De belofte van Odessa

Wilt u op de hoogte worden gehouden van de boeken
van uitgeverij Artemis & co? Meldt u zich dan aan voor de
nieuwsbrief via onze website www.uitgeverijartemis.nl

NATACHA DE ROSNAY

De belofte van Odessa

Vertaald uit het Frans
door Noor Koch

Artemis & co

De vertaalster dankt Irina Souch voor haar onmisbare hulp bij de
vertaling en spelling van Russische namen en begrippen.

ISBN 978 90 472 0383 4

Oorspronkelijke titel *La promesse d'Odessa*
Oorspronkelijke uitgever Éditions France Loisirs
Omslagontwerp Janine Jansen
Omslagillustratie © Malgorzata Maj/Trevillion Images
Foto auteur privécollectie

Verspreiding voor België:
Veen Bosch & Keuning uitgevers n.v., Antwerpen

Voor mijn kleinkinderen

I

ZINAÏDA

1

Mijn naam is Zinaïda Varfolomejev. Ik ben geboren in Moskou, maar mijn jeugd heb ik in Koersk doorgebracht, zo'n zeshonderd werst zuidelijker. Als ik aan ons landgoed terugdenk, zie ik zelfs nu nog het meer en de weiden voor me, en de bomen van het berkenbos, waarvan de takken tegen de omheining van onze tuin zwiepten, en ruik ik die specifieke geur weer van mos en paddenstoelen, en hoor ik het gezang van de nachtegalen dat zich vermengt met het ruisen van de bomen.

We waren thuis met drie kinderen: Nikolaj was twintig, Anna zestien en ik veertien. Mijn broer maakte nauwelijks deel uit van mijn wereld, maar ik adoreerde mijn zus, ook al waren we heel verschillend. Ik was jaloers op haar kastanjebruine krullen, haar twinkelende blauwe ogen, haar rondingen en haar kokette lach, en hield van haar spontaniteit en vrolijkheid; zelfs haar driftbuien hadden iets innemends. Anna was dol op ontvangsten, ging graag uit en zag het leven als één groot feest.

Zelf was ik lang en spichtig, en hoewel ik twee jaar jonger was, stak ik een kop boven haar uit. Op mijn gezicht was ik niet bepaald trots. Het was nogal lelijk: ik had bruine, priemende oogjes en blond haar dat maar niet wilde krullen.

Hongerig naar kennis, en verlegen en gesloten als ik was,

leefde ik in een fantasiewereld die bevolkt werd door de helden uit mijn boeken. Ik wilde alles weten en las graag en veel om het leven beter te begrijpen en de Russische ziel te doorgronden. Mijn nieuwsgierigheid kende geen grenzen.

Op 20 augustus 1862* hing er in huis een weemoedige sfeer. Anna en ik zouden de volgende dag naar Smolny gaan, een kostschool voor adellijke meisjes in Sint-Petersburg, en afscheid nemen van een gelukkige jeugd, beschermd door ouders die zielsveel van elkaar hielden. Ik zou mijn familie en Fedosja, mijn *niania*, ons kindermeisje, verlaten en het onbekende tegemoet gaan. Wat zou ons in Smolny te wachten staan? Ook al hadden we daar avondenlang over gepraat en gefantaseerd, we konden er ons geen voorstelling van maken.

In mijn slaapkamer had Fedosja mijn jas, hoed en wollen mof zorgzaam klaargelegd op de canapé. Ernaast stond een open reistas voor mijn persoonlijke spulletjes. Alles was in gereedheid gebracht; deze kamer waarin ik veertien jaar had geslapen zou voortaan tot het verleden behoren.

Plotseling kwam Anna mijn kamer binnengestormd. Snikkend wierp ze zich op mijn bed.

'Bewaar je tranen maar voor morgen,' zei ik, een beetje geergerd over haar sentimentele uitbarsting.

'Wat ben jij toch ongevoelig – ongelooflijk. Ik zie er als een berg tegen op. Hoe zullen ze daar op ons reageren? Denk je dat we vriendinnen zullen maken, dat ze me aardig vinden?'

Anna hoefde zich nergens zorgen over te maken. Met haar hartelijke lach en uitbundigheid nam ze iedereen voor zich in. Ik reageerde niet op haar verwijt. Ze was haar verdriet over het afscheid inmiddels vergeten en dacht al aan de toe-

* De schrijfster hanteert de indertijd in Rusland geldende juliaanse kalender, die dertien dagen achterloopt op de gregoriaanse kalender. [vert.]

komst; morgen zou ze weer het lieve, aardige meisje zijn met wie iedereen graag omging. Toch stelde ik haar gerust. 'We hebben in elk geval elkaar,' zei ik.

Liet het mij dan onberoerd? Misschien niet helemaal, maar hoe mijn leven er precies uit zou gaan zien, daar maakte ik me niet zo druk over. Toch was ik minder kalm dan ik me voordeed en die laatste nacht schrok ik een paar keer wakker uit een nachtmerrie.

Toen Fedosja de luiken opendeed, stroomde het stralende licht van de augustuszon mijn kamer binnen. Ik keek nog één keer naar de bomen, waarvan ik elke kromming en elke vertakking kende. Het was zover. Mijn hart klopte in mijn keel, maar ik nam me voor me koste wat het kost goed te houden.

Het afscheid verliep precies zoals ik had verwacht. Alle familieleden en bedienden kwamen bijeen in de hal; daarna volgde de onvermijdelijke minuut stilte, waarna er lieve dingen tegen ons werden gezegd en we een kruisje op ons voorhoofd kregen. Ik was diep geroerd. Ik begon aan een nieuw leven, verloor iets wat ik niet eens kon benoemen.

Anna snikte, Fedosja pinkte een traan weg, maar mama hield zich groot, ook al werd haar blik wazig. Vertederd staarde ik naar de grappige korte haartjes die zo mooi krulden in haar hals. Maar ik keek er niet lang naar en borg het dierbare beeld op in een geheim laatje van mijn geheugen. Mama. Pas jaren later zou ik beseffen hoezeer haar kalme, stabiele persoonlijkheid, haar rechtschapenheid en toegeeflijkheid mij hadden gevormd.

Mijn vader stapte samen met ons in de diligence. Hij bracht ons naar Moskou, waar we een paar nachten zouden doorbrengen bij zijn nicht Jelizaveta, die ons daarna naar Smolny in Sint-Petersburg zou vergezellen. Terwijl de koets voortreed praatte papa honderduit om ons af te leiden en het verdriet over het afscheid te verzachten.

Hij haalde diep adem en vroeg: 'Kennen jullie het ongelooflijke, droevige verhaal van jullie tantes Jelizaveta en Ljoedmila? Die werden, nadat hun ouders waren verongelukt, toevertrouwd aan een tante, niet echt een hardvochtige, maar wel een strenge en humeurige vrouw. Met hun bekoorlijke uiterlijk hadden de meisjes zo aan een man kunnen komen.

Gelukkig konden ze dankzij de connecties die ze hadden overgehouden aan hun verblijf op Smolny in hun eigen onderhoud voorzien: Ljoedmila was pianolerares en Jelizaveta gaf geschiedenis, literatuur en Frans. Jelizaveta was bescheiden, bleekjes en haast ziekelijk verlegen, terwijl Ljoedmila veel uitbundiger, maar ook enorm gevoelig was en periodes van uitzinnige vreugde kende, die gevolgd werden door grote neerslachtigheid. De mensen om haar heen schreven die veelvuldige stemmingswisselingen toe aan haar kunstenaarstemperament. Tot Ljoedmila op een dag helemaal naakt voor het raam ging staan en riep: 'Ik heb de boodschap ontvangen. We moeten een einde maken aan alle hypocrisie en terugkeren naar onze natuurlijke staat.'

Ontzet sloot haar tante haar op in haar slaapkamer en vertelde Jelizaveta wat voor verschrikkelijks er was gebeurd.

"Kind, je zus is gek geworden!"

De arts die er onmiddellijk bij werd gehaald, bevestigde die afschuwelijke diagnose. Ljoedmila had haar verstand verloren. Erger nog: haar aandoening bleek ongeneeslijk; er zat niets anders op dan haar onder te brengen in een gesticht. De arts beval een instelling aan waarvan hij de directeur kende.

Om haar hierop voor te bereiden, legde Jelizaveta haar zus uit dat ze een rustkuur moest volgen in een daarin gespecialiseerde kliniek. Ljoedmila zei niets en keek afwezig; het leek haar allemaal niet te deren, maar de avond voor hun vertrek verbrak ze haar zwijgen en vroeg aan haar zus: "Ik ben gek, hè? Laat je me opsluiten?"

Jelizaveta, die het niet over haar hart kon verkrijgen om te liegen, nam haar zus liefdevol in haar armen en probeerde haar onmacht te compenseren met genegenheid. Dat heldere moment van Ljoedmila maakte de toch al vreselijke situatie nog erger en Jelizaveta bereidde zich voor op een dramatisch afscheid. Maar daar was totaal geen sprake van; het afscheid verliep probleemloos. Samen met de directeur van de kliniek, die haar zelf kwam halen, stapte Ljoedmila doodgemoedereerd in het rijtuig. Daarna zei ze tegen Jelizaveta, die op haar beurt wilde instappen: "Sorry, schat, maar ik heb mijn tas op mijn kamer laten staan. Zou je zo lief willen zijn om hem te halen?"

Terwijl Jelizaveta snel terug naar binnen ging, zei Ljoedmila op vertrouwelijke toon en met een welwillend lachje tegen de arts: "Weet u, dokter, het is afschuwelijk om je eigen lieve zus te moeten overdragen aan onbekenden. Beloof me dat u zich persoonlijk over haar zult ontfermen. Maar ik moet u ook waarschuwen: als ze niet met u mee wil gaan, omdat er volgens haar sprake is van een vergissing, trap daar dan niet in, ook al komt ze nog zo redelijk over."

"Wees maar gerust, juffrouw," antwoordde de arts. "U kunt erop vertrouwen dat ik goed voor uw zus zal zorgen."

Het rijtuig zette zich in beweging. Ljoedmila was heel ontspannen en kletste zelfs vrolijk met de arts, terwijl Jelizaveta zwijgend in een hoekje zat. Toen ze echter de ongedwongen houding van haar zus zag en de manier waarop die meelevend naar haar keek, sloeg de twijfel toe. Opeens had ze door wat er aan de hand was, maar ze was te schuchter en te bang om haar mond open te doen.

Toen ze aankwamen, ging alles heel snel: er verschenen verpleegsters, de arts nam haar vaderlijk bij de arm, Ljoedmila omhelsde haar met een bezorgde blik, en voor ze het wist werd Jelizaveta naar haar cel gebracht, ook al sputterde ze een beetje tegen. Vlak voor het afscheid vroeg Ljoedmila aan de arts of ze hem even kon spreken. In zijn kamer zei ze heel ernstig: "Ik zou graag willen dat u mij onderzoekt. Er is namelijk iets raars gebeurd: ik ben in verwachting."

"Hoelang al?"

"O! Het gebeurt me heel vaak, maar deze keer weet ik zeker dat ik een stel generaals ter wereld zal brengen. Ik ben doodop, help me alstublieft."

"Natuurlijk kunnen we u van die indringers verlossen," antwoordde de arts, terwijl hij zich realiseerde dat hij zich had vergist.

Toen Jelizaveta niet veel later samen met de arts, die zich uitputte in excuses, naar buiten liep en ze de bomen en de hemel zag, haalde ze diep adem en fluisterde: "Dank u, God.'"

'Wat een ongelooflijk verhaal, papa. Arme tante Jelizaveta.'

We vervolgden onze tocht langs eindeloze wuivende korenvelden. Ik droomde weg, geholpen door de monotonie van het landschap en het onophoudelijke gebabbel van Anna.

Even later wekte de lach van mijn vader me uit mijn mijmeringen. Die lieve papa, zo innemend en vriendelijk, altijd vrolijk en dol op vrouwen, ook al aanbad hij mijn moeder. Er was niemand die een verhaal kon vertellen zoals hij, niemand die zijn gehoor zo wist te boeien. Hij was vastberaden maar toegeeflijk, en wist altijd een oplossing voor mijn problemen te bedenken – en God weet dat ik die, jong als ik was, onoverkomelijk vond. Dankzij hem heb ik altijd gedacht dat vaders tot een aparte categorie behoren en met geen enkele andere mensensoort te vergelijken zijn. Wanneer ik jaren later terugdacht aan mijn gelukkige jeugd, was ik mijn ouders intens dankbaar en hoopte ik dat ik mijn kinderen ook zo'n harmonieuze omgeving zou bieden.

Toen we aankwamen, waren we doodmoe en hadden we honger en dorst, maar we waren wél in Moskou. Tante Jelizaveta had voor een heerlijk souper gezorgd en ik vond haar meteen aardig. Ze droeg haar eenzaamheid dapper: haar heldere, zachte oogopslag vertoonde geen spoor van verbittering.

Toevallig kende ze de directrice van Smolny heel goed, wat de kostschool iets minder angstaanjagend maakte, en ze had zich voorgenomen ons op het laatste deel van de reis te vergezellen, zodat papa de dingen kon doen die hij in Moskou te doen had.

We hadden twee dagen om Moskou te bezichtigen, al onze familieleden en vrienden op te zoeken en langs te gaan bij mijn geboortehuis. Daar werd voor iemand die zo jong was als ik een hele ceremonie van gemaakt.

Op het perron namen we afscheid.

Voor het eerst gingen we met de trein – voor ons een groot avontuur. Al die gehaaste mensen, de stoom, het gesnerp van de fluitjes... Ook al was er geen enkele aanleiding toe, toch zetten we het op een hollen, in de overtuiging dat de trein anders zou vertrekken zonder ons.

Om zijn emoties te verbergen overlaadde vader ons met goede raad, die maar half tot ons doordrong, maar waaraan we later weemoedig zouden terugdenken. Anna, bleek, stilletjes en uiterst serieus, deed zowaar eens niet sentimenteel. De trein schokte even. Papa gaf ons een kruisje op ons voorhoofd, omhelsde ons innig en toen de trein zich in beweging zette, stapte hij snel op het perron.

Met een dichtgesnoerde keel en een wazige blik keek ik naar zijn lange gestalte die langzaam kleiner werd. Het was voorbij: met papa lieten we ook onze kinderjaren achter ons. Tijd om aan de leerschool van het leven te beginnen en onze illusies vaarwel te zeggen.

2

Al direct was ik helemaal weg van Smolny: de geur die er
hing, de wat mysterieuze sfeer, de lange gangen, het strenge regime. Toen we aankwamen werden tante Jelizaveta,
Anna en ik naar de kamer van de directrice gebracht, een
hartelijke vrouw met een zangerige stem die ons in het
Frans aansprak.

'Welkom op Smolny, jongedames. Jullie heten Anna en
Zinaïda, is het niet?'

Met neergeslagen ogen maakten mijn zus en ik een diepe
reverence.

'Ik zal jullie meteen voorstellen aan jullie klasgenootjes.'
Daarna wendde ze zich tot onze tante. 'Jelizaveta Petrovna,
zou u hier even willen wachten? Uw nichtjes komen zo terug
om afscheid van u te nemen.'

Ze ging ons voor door gangen die me eindeloos lang leken,
en bleef staan voor een glazen deur waar DERDE KLAS op
stond. Dat zou voortaan mijn klas zijn. Anna bleef op de
gang. Alle meisjes en zelfs de lerares kwamen rumoerig overeind.

'Jongedames, dit is jullie nieuwe klasgenootje.'

Ik had het idee dat ik door mijn medeleerlingen gemon-
sterd werd en zag alleen maar ogen, die me spottend, lachend,
afkeurend dan wel welwillend aankeken.

'Wie van jullie wil haar naar de huisbewaarster brengen om haar uniform te halen?'

Op Smolny was het namelijk niet toegestaan om je eigen kleren te dragen.

Een meisje op de eerste rij kwam naar me toe. Net als alle anderen droeg ze een turquoise jurk met lange mouwen, die met een koordje strak om haar polsen zaten, en een wit schort. Te zeer onder de indruk om mezelf te zijn, liep ik als een mechanische pop achter haar aan.

Nadat mijn maten waren opgenomen, kreeg ik een jurk, een schort, een roze stropdas, blauwe rijglaarsjes, kousen, rokken, blouses en onderhemdjes, die ik meenam naar de slaapzaal. Van elkaar gescheiden door gordijnen stond in die enorme, lichte ruimte een dertigtal bedden met evenzoveel kledingkasten die voorzien waren van een nummer. Toen we terugliepen naar de kamer van de directrice vroeg het meisje mijn naam en vertelde ze hoe ze zelf heette: Jelena. Ze lachte me zo hartelijk toe dat ik dacht al een bondgenote te hebben gevonden. Nadat we afscheid hadden genomen van tante Jelizaveta, sprak de directrice nog even met ons.

'Jullie hebben al kennisgemaakt. Nu moeten jullie je onze regels en ons rooster eigen maken. De eerste week neem je nog niet echt deel aan ons leven, maar kijk je alleen toe. Ik wil jullie wel waarschuwen dat hier een strenge discipline heerst, niet alleen tijdens de lessen, maar ook op de slaapzaal. Jullie krijgen te horen wanneer er gepraat mag worden. De dagindeling is als volgt: om zeven uur bidden, om acht uur ontbijt en daarna een les van vijftig minuten, gevolgd door tien minuten pauze, dan weer les tot halfeen, om halftwee lunchen, vervolgens weer les tot vijf uur, dan een uur wandelen in het park, om zes uur avondeten, van zeven tot acht uur huiswerk, gevolgd door een uurtje ontspanning en om negen uur naar bed. Ik weet zeker dat jullie het fijn zullen hebben bij ons, en je mag altijd naar me toe komen als je behoefte hebt aan raad of een luisterend oor. Ga nu maar naar je klas en probeer niet te verdwalen in de gangen. Tot ziens, jongedames.'

Voor de kamer van de directrice wierp Anna zich in een opwelling in mijn armen. Zij was de oudste, en toch wist ik dat ik me over háár moest ontfermen.

'Zina, ik ben bang dat het me niet lukt. Ik zal me steeds moeten inhouden om niet de slappe lach te krijgen.'

'Ach, maak je maar geen zorgen. Het zal best snel wennen en je krijgt vast veel vriendinnen. Weet je waar je heen moet?'

'Ja, ik geloof van wel. Dank je. Ik zie je weer tijdens de pauze.'

Anna zat in de vijfde. Onze lokalen lagen niet ver van elkaar. Ik ging mijn klas binnen.

'Ga maar naast Jelena zitten, want die ken je al,' zei de lerares, een vrouw van onbestemde leeftijd.

Het was de 'Russische' dag: alle lessen werden in onze eigen taal gegeven. De volgende dag zou er alleen Frans worden gesproken. Ik probeerde de uitleg te volgen die de lerares van de grammatica gaf, maar al snel verdween haar stem naar de achtergrond en bekeek ik het lokaal en de leerlingen. We waren ongeveer met z'n veertigen. Toen Jelena naar me lachte, voelde ik me iets meer op mijn gemak.

Die eerste dag kan ik me niet precies meer herinneren. Alles was zó overweldigend. De lunch was een kwelling. Van alle kanten werden er vragen op me afgevuurd, maar door te doen alsof ik bepaalde onbescheiden of stekelige opmerkingen niet hoorde, wist ik me er aardig doorheen te slaan. Anna was meteen populair; ze kreeg veel aandacht, praatte honderduit en schaterlachte.

Op donderdag mocht tijdens de naailes van vijf tot zes uur familie op bezoek komen, en op zondag van twee tot vijf, de tijd die bestemd was om te lezen. Het was altijd een groot feest als er een *pepinjerka* (een ouderejaars) binnenkwam met de boodschap dat onze ouders er waren. Maar als niemand ons kwam halen, wat vaak gebeurde, doordat de meeste families ver van Smolny woonden, was de teleurstelling minstens zo groot. Verder gingen we eens in de twee weken naar de baden van een kuuroord buiten Smolny.

We kregen ook dans-, teken- en muziekles. Ik speelde graag piano – dat deed ik al vanaf mijn zesde – en was blij dat ik mijn lessen kon voortzetten bij een al wat oudere docent met een Duits accent en engelengeduld. En dankzij de danslessen verloor ik mijn stunteligheid, waardoor ik ook minder verlegen werd. Het stuurse, schriele meisje met een platte boezem en het hardnekkig steile haar onderging een ware metamorfose. Dat dacht ik tenminste.

Algauw raakte ik aan het ritme van Smolny gewend en had ik twee vriendinnen: Jelena, afkomstig uit een rijke, zeer oude, adellijke familie uit het Baltische gebied, en Zjenia, wier ouders tot de lage adel behoorden en zeer bescheiden inkomsten hadden. Voor Zjenia was de kostschool gratis, terwijl de rijke ouders verplicht waren jaarlijks een schenking te doen, waarvan de onkosten van kinderen uit minder welgestelde kringen konden worden betaald.

We waren er allemaal heel trots op dat we op Smolny zaten. Het was een eenvoudig, streng, maar ook prachtig gebouw, dat Giacomo Quarenghi aan het begin van de eeuw had ontworpen. De kostschool en de kathedraal stonden tegenover elkaar, gescheiden door een met zorg onderhouden gazon. Toen ik voor het eerst de kerk binnenging, die ongeveer een eeuw geleden was gebouwd naar een ontwerp van Bartolomeo Rastrelli, stokte mijn adem bij de aanblik van al dat weelderige goud en licht. Het rijke interieur van Vasili

Stasov gaf je een nederig gevoel en riep op tot gebed. Vol vuur bad ik het Onzevader.

Soms dacht ik aan mijn ouders, aan hun leven zonder ons in Koersk. Wat zou mijn moeder op dit moment doen? Was mijn vader klaar met de inspectieronde van zijn landgoed? Spraken ze over ons? Maar die weemoedige momenten duurden nooit lang, want algauw ging ik weer op in de lesstof. De geschiedenis van het Russische volk boeide me mateloos. Voor het eerst keek ik verder dan mijn eigen beschermde wereldje en begon ik mezelf vragen te stellen. Hoe leefden andere mensen? Hoe zag het leven van die of die lerares eruit, of van die keukenhulp? Hoewel ik daar slechts een glimp van opving, besefte ik dat er ook mensen waren met een heel ander leven, een hard bestaan van zwoegen en ploeteren.

En zo verstreken er twee maanden. Op een donderdag kwam tante Jelizaveta ons met een tas vol koek, snoep en chocolade opzoeken. Ze vroeg hoe het met ons ging, en aangezien Anna en ik het allebei op onze eigen manier naar ons zin hadden op Smolny, ging ze gerustgesteld weer weg. Maar van mij had ze veel langer mogen blijven.

Half november zou op Smolny het jaarlijkse bal gegeven worden, waar alleen meisjes ouder dan vijftien heen mochten. Anna was helemaal in de wolken. Hoe zou ze haar haar doen? Zou ze overladen worden met aandacht of zou ze een muurbloempje zijn? Zou ze niet op de tenen van haar danspartner trappen?

Zoals ik al had verwacht, was ze de ster van de avond. Binnen een mum van tijd was haar balboekje vol en de volgende dag had ze het alleen nog maar over een jonge cadet met een melodieuze stem en een onweerstaanbare glimlach, op wie ze smoorverliefd beweerde te zijn.

We hadden totaal andere interesses, en alleen al van het idee naar een bal te moeten kreeg ik het benauwd. Gelukkig zou het voor mij nog een jaar duren. Ik genoot het meest van de lessen. Omdat ik niet knap was, voelde ik aan dat ik mensen met mijn intelligentie voor me moest zien te winnen. Maar ik wilde vooral leren; kennis stond voor mij gelijk aan een vlucht uit het alledaagse, aan vrijheid en geluk. Op Smolny volgden we ook alle gebeurtenissen, niet alleen in Rusland, maar ook in het buitenland, en al die ontwikkelingen leidden tot levendige discussies. In de pauze spraken we over van alles en nog wat. Ja, op Smolny werd de basis gelegd voor mijn latere leven.

De lessen werden op Smolny niet gezien als een loos tijdverdrijf voor meisjes van goeden huize. Omdat haar cijfers onder de maat waren, moest de arme Anna tijdens de kerstvakantie op school blijven. Ik liet haar dus achter en reisde af naar Koersk, samen met mijn vader, die me was komen halen.

Toen we aankwamen, was het heel koud; de sneeuw knerpte onder mijn schoenen, uit de salon kwamen flarden van een oud wijsje dat mijn moeder op de piano speelde en bij het lustig knapperende haardvuur stond de thee voor ons klaar. Ik vond het heerlijk om thuis te zijn en voelde me geborgen in die warme sfeer. Doordat mijn zus er niet was, werd ik dubbel verwend en tot mijn schande moet ik bekennen dat ik genoot van al die aandacht. Mama vond dat ik groot was geworden, minder spichtig, en vooral volwassener. Voor het eerst mengde ik me in de gesprekken. Tsaar Alexandr II had een jaar geleden de afschaffing van de lijfeigenschap gedecreteerd en dat leidde tot felle discussies. Mijn vader, die zijn boeren al veel eerder hun vrijheid had geschonken, was van mening dat de maatregel onvermijdelijk was. Mijn broer Nikolaj daarentegen was behoudender; hij vond het nog te vroeg en maakte zich zorgen over alle hervormingen die in het landsbestuur, het leger, het rechtssysteem en de pers werden doorgevoerd. Volgens hem deed de tsaar er geen goed aan om zijn oren te laten hangen naar die liberalen die Rusland klakkeloos wilden omvormen naar westers model.

Ik kletste ook met de tuinman en met Fedosja, die ik niet meer alleen zag als mijn niania, maar ook als een vrouw met een eigen leven en eigen opvattingen waarin ik heel geïnteresseerd was. Kostschool had mijn kijk op de wereld van mijn kinderjaren veranderd.

Toen ik op 6 januari 1863 terugkwam op Smolny, stond me een aangename verrassing te wachten: als beste van mijn klas was ik met vlag en wimpel over naar de vierde. Ik was heel trots op mijn cijfers en voelde me vooral gevleid, want omdat ze wisten hoe leergierig ik was, hadden de docenten de neiging zich tijdens de lessen vooral tot mij te richten.

Maar achter die façade van de goede, vlijtige, oplettende leerling smeulde een vuurtje. Een fraai gevormde mond of een intense blik bracht me al uit mijn evenwicht. Zodra een jonge docent naar me keek, begon mijn stem te trillen en verloor ik de draad van mijn betoog.

De meisjes van de zesde ontfermden zich graag over de leerlingen van de vierde en vijfde en heel vaak zag ik een jonger meisje vol bewondering naar zo'n zesdeklasser opkijken. Zelf had ik ook graag aandacht getrokken, had ik me ook graag door een van die oudere meisjes onder haar hoede laten nemen, maar helaas moet ik geen enkele aantrekkingskracht hebben bezeten, want niemand keek naar me om.

Alle meisjes hadden het alleen maar over hun grote liefde. Voor de een was dat die docent met die o zo blauwe ogen, voor een ander die neef op wie ze al vanaf haar kinderjaren verliefd was, maar ik had niemand. En omdat ik dacht dat ík die gevoelens waarvan hun hart op hol sloeg nooit zou kennen, stopte ik mijn behoefte om lief te hebben diep weg. Ik kon toen immers nog niet weten dat mijn hele leven beheerst zou worden door één grote, alles verterende liefde.

Ik kletste vaak met Jelena, die ook was overgegaan naar de vierde, en samen maakten we plannen voor de toekomst. Voor mijn vriendin leek die al helemaal uitgestippeld. Ze was verliefd op een jongen die net als zij uit Riga kwam en de families – bevriende buren – kenden elkaar al generaties lang. Jelena en Igor waren samen opgegroeid en hadden besloten ook de rest van hun leven een paar te vormen.

Die zekerheid en trouw vond ik vertederend. Maar tegelijkertijd begreep ik niet dat ze zich wilden onderwerpen aan een bestaan dat al bij voorbaat vaststond en nooit zou veranderen. We hadden veel gemeen, Jelena en ik: we waren allebei leergierig, hielden allebei van kunst en literatuur, maar onze kijk op de wereld was totaal anders. Voor Jelena bestond de toekomst uit een huwelijk, een gezin en kinderen, terwijl ik, ook al wilde ik het niet toegeven, maar naar één ding hunkerde: een hartstochtelijke liefde beleven met de man van mijn dromen.

Op Smolny kregen we natuurlijk ook godsdienstles en ons leven volgde het ritme van de grote kerkelijke feestdagen; met name Pasen was belangrijk. Ik was gevoelig voor de emotie die de eenvoudige mis opriep met zijn vrolijke tijding: 'Christus is opgestaan,' waarop de hele gemeente antwoordde: 'Waarlijk, hij is opgestaan,' en voor die speciale geur van wierook en kaarsen, en het moment van de grote absolutie, wanneer de mens vol vreugde en goedheid één is met God.

Het geloof maakte al vanaf onze geboorte deel uit van ons dagelijkse leven; bij alles wat we deden lieten we ons leiden door God, ook al hoefden we ons pas op ons twaalfde, tijdens onze eerste biecht, voor ons gedrag te verantwoorden. Ik herinner me die eerste biecht nog heel goed: de angst een zonde te zijn vergeten en tegenover de priester te moeten zitten die me op de confessie had voorbereid, maar nu opeens mijn 'strenge biechtvader' was geworden. Orthodoxen zoals wij ontvangen de communie al vanaf onze doop. De eerste jaren dragen de peetoom en peettante de zonden van het kind, maar na de eerste biecht worden we geacht het gewicht van onze zonden zelf te torsen, en dat kan soms heel angstaanjagend zijn.

Aan die 'nachtmis' waarin het lang verwachte 'Christus is opgestaan' klonk, gingen veertig dagen van vasten vooraf, maar toen we daarna met een kaars in de hand de kerk verlieten en naar huis gingen, stond ons daar een prachtig gedekte tafel met de lekkerste gerechten te wachten: kaviaar, gerookte zalm, speenvarken en allerlei andere heerlijkheden. Overal lagen in met vers gras gevulde mandjes eieren in alle kleuren van de regenboog. Het *koelitsj* met *pasja* was het symbool van dit vrolijke feest. Alle bedienden kusten ons drie keer en gingen samen met ons aan tafel, die drie dagen achter elkaar telkens opnieuw werd gedekt, want vrienden en buren gingen bij elkaar langs om elkaar te feliciteren en nog eens te zeggen: 'Waarlijk, Christus is opgestaan.' In die tijd was ik diepgelovig en had ik nog geen enkel besef van het noodlot dat de mens zo gemeen kan treffen.

De paasvakantie bracht ik bij mijn ouders door, deze keer samen met Anna, en in mijn herinnering was alles tijdens dat tweede verblijf in Koersk volmaakt. Het vrolijke, onschuldige gelach van mijn zus en mijn broer Nikolaj schalde door het huis.

Ik wist het toen nog niet, maar dat zou de laatste keer zijn dat we mijn broer zagen, want niet lang nadat hij zich weer bij zijn regiment had gevoegd om een opstand in Polen neer te slaan, vond hij in een hinderlaag de dood. Voor mijn ouders was het overlijden van hun enige zoon een drama waar ze nooit overheen zouden komen. Mama zonderde zich af in een wanhopig zwijgen en sloot de klep van de piano voorgoed. Mijn vader verloor al zijn levenslust; hij kon maar niet bevatten waarom hun zo'n groot leed was aangedaan.

Het nieuws van zijn dood bereikte Smolny in september. De directrice riep mijn zus en mij bij zich om ons de brief van onze ouders te geven. Aangezien mijn vader ons niet wilde belasten met hun rouwbeklag, vroeg hij ons op kostschool te blijven. Hij wilde liever alleen zijn met moeder, allebei gevangen in een verdriet dat wij op onze jeugdige leeftijd niet zouden kunnen begrijpen.

Arme, lieve papa – hoe konden we hem duidelijk maken hoeveel we van hem hielden, hoe konden we tegen hem zeggen: U hebt ons nog! Dat zou het vreselijke verlies alleen maar hebben benadrukt. Later zou het gezicht van Nikolaj zich nog vaak aan me opdringen en voelde ik me onbehaaglijk als ik aan mijn broer dacht, die ik door ons grote leeftijdsverschil nooit echt had gekend. Ik vond zijn vroege dood onrechtvaardig; onwillekeurig kwamen er allerlei vragen bij me op: had Nikolaj dan geen recht op leven gehad? Had hij beseft dat hij zou sterven? Was hij er trots op zijn leven te geven voor zijn vaderland, waarvan hij zoveel hield?

Toen ik op 4 oktober vijftien werd, stuurde mama me een prachtig, in parels gevat medaillon, dat van mijn overgrootmoeder was geweest. Vanwege Nikolajs dood kon ik niet naar het eindejaarsbal, waardoor ik het verfijnde miniatuurtje niet kon dragen. Anna was diep ongelukkig dat ze het bal moest missen, maar ik was juist erg opgelucht.

Omdat ik mijn ouders graag weer wilde zien en hun wilde laten merken hoeveel ik van hen hield, sloeg ik de uitnodiging van Jelena om de kerstvakantie bij haar familie door te brengen af. Samen met mijn zus reisde ik naar Koersk. Mijn vader leek me sterk veranderd: oud geworden, krom, en niet meer zo vrolijk als vroeger. Hij zag er slecht uit en dat raakte me diep. Mama leek minder getekend door het verdriet. Vrouwen zijn vaak sterker als ze door tegenspoed worden getroffen, misschien doordat ze het gewend zijn hun grotere gevoeligheid te moeten beteugelen.

Ze zocht vaak mijn gezelschap op, dat beter paste bij haar gemoedsgesteldheid; Anna was altijd druk en raakte van het minste of geringste overstuur. Moeder had het vaak over onze kinderjaren, maar de naam Nikolaj liet ze nooit vallen; ze hield het op 'de kinderen'. Ik herkende mezelf wel in haar en vroeg haar naar háár jeugd: wat voelde en dacht zij toen ze zo oud was als ik? Waar had zij naar verlangd?

Vader ging ons meestal uit de weg en verschanste zich in de beslotenheid van zijn studeerkamer, maar in zijn blik zag ik een enorme liefde, die zich leek te uiten in een stil gebed: Moge God hen bewaren.

Toen we teruggingen naar kostschool, hadden we het idee dat we het verdriet van onze ouders kortstondig hadden verlicht.

De vrolijke sfeer op Smolny en het weerzien met onze vriendinnen verdreven algauw onze melancholie. Vol enthousiasme dook ik weer in mijn boeken en ik voerde eindeloze gesprekken met Jelena en Zjenia.

Jelena, een briljante leerling, leek alles te halen zonder er iets voor te hoeven doen. Voor haar stond alles al vast en vol vertrouwen keek ze uit naar haar toekomst in een vredig en veilig Rusland. Ze hield van de rust van de uitgestrekte vlaktes, het ruisen van de bossen, de dorpse folklore en het zo rijkgeschakeerde Russische volk. Ze vertrouwde op de onmetelijke wijsheid van onze leiders en had bewondering voor de enorme vooruitgang die ons land in vergelijking met andere staten had geboekt.

Voor Zjenia was Smolny een geweldige kans – de kans om zich te ontplooien en vrienden te maken die ze anders nooit zou hebben ontmoet. Zij hield vooral van de grote steden. 'Een stad is als een kloppend hart,' zei ze vaak. 'Sint-Petersburg: wat een wonder van evenwicht! Die architectuur, die parken, die paleizen en de Neva; vooral in de winter, als schaatsers van die ingewikkelde arabesken op het ijs maken.'

Daar zou zij gaan wonen. Ze zag zichzelf al als directrice van een theater en als gastvrouw van salons waar *tout* Sint-Petersburg kwam: schrijvers, kunstenaars, militairen en hoge ambtenaren.

En ik? Hoe zag mijn Rusland eruit? Ik stelde me een land voor zonder idealisme, maar ook zonder pessimisme, hoewel ik me zorgen maakte over de waanzinnige moordzucht waaraan ons land in vroegere eeuwen ten prooi was gevallen. Dit volk kon, ook al was het diepgelovig en naïef, door zijn extreme vaderlandsliefde heel wreed zijn en bezat een schrikbarende expansiedrift. De gedachte aan de jonge soldaten die naar verre contreien werden gestuurd, bracht altijd weer mijn broer Nikolaj in herinnering.

Mijn mijmeringen voerden me vaak over onze grenzen heen, naar Frankrijk, het land dat de Russen zo adoreerden, naar het mistige Engeland en het romantische Italië. Of verder nog: naar de Oriënt en Amerika.

Die denkbeeldige reizen maakte ik nooit alleen. We trokken altijd met z'n tweeën de wijde wereld in. De man die ik zo graag wilde leren kennen, bezat alleen maar goede eigenschappen, was charmant en knap. In mijn dagdromen was er altijd iemand bij me, en ik was ervan overtuigd dat ik die man op een dag zou ontmoeten.

3

Binnenkort zou het Pasen zijn en zou ik de vakantie bij de familie van Jelena in de buurt van Riga doorbrengen. Ik was vijftien en voor mijn intrede in de wereld wilde ik er op mijn voordeligst uitzien. Tante Jelizaveta had zich net in Sint-Petersburg gevestigd om les te geven aan een jong meisje dat een te zwakke gezondheid had om naar school te gaan. Mijn moeder had aan mijn tante gevraagd een reiskoffer voor me samen te stellen: schoenen, ondergoed, hoeden en japonnen. Sommige Parijse ontwerpen stonden me zo goed dat ik mezelf bijna mooi ging vinden. Tante Jelizaveta genoot zichtbaar van de metamorfose die zich voor haar ogen voltrok. Gul als altijd bedacht ze allerlei accessoires: ze gaf me zakdoekjes waar mijn initialen op waren geborduurd, een handtas en een prachtige parasol.

Smolny had me zelfvertrouwen gegeven. Dankzij de dans- en bewegingslessen had mijn puberlichaam zijn stunteligheid verloren. Ik sprak vloeiend Duits, Engels en Frans en kon een gesprek voeren over kunst, literatuur of geschiedenis. Voortaan was ik niet meer het schuchtere provinciaaltje. Ook Anna sloeg haar vleugels uit; ze had mijn bescherming niet meer nodig en ging naar vrienden in Tsarskoje Selo, de residentie van de keizerlijke familie.

Toen ik Smolny verliet, voorvoelde ik al dat er iets stond te gebeuren.

Tijdens de reis vertelde Jelena – toen zeventien – over haar familie en vooral over haar drie broers. Anton, die twaalf jaar ouder was dan zij, leek me een beetje intimiderend. Hij was sinds vier jaar getrouwd met Jeanne, een charmante Française, en had een dochtertje, Delphine genaamd. Jelena kreeg niet goed hoogte van haar schoonzus, die haar soms overrompelde met haar spottende opmerkingen. 'Ach, zolang Anton maar gelukkig is,' zei ze.

Ludwig, een marineofficier van zevenentwintig, bruiste van levensvreugde. Hij was dol op vrouwen en kwam altijd met fantastische verhalen terug van zijn reizen. Maar haar lievelingsbroer was Alexej, de jongste, van drieëntwintig: hij was charmant, gevoelig en had oog voor kunst. Volgens Jelena de ideale man.

'Zina, beloof me dat je eerlijk zult zeggen wat je van mijn familie vindt. Ik ben heel benieuwd naar je mening!'

Ik moest haar dat wel beloven. Wat kon ik anders?

Het rijtuig reed een lommerrijke laan met eeuwenoude bomen in die uitkwam bij een oud stenen landhuis. In de verte was een vijver te zien, waarin twee zwanen zich sierlijk voortbewogen, en onder aan het bordes stond een oude bediende in livrei ons op te wachten.

'Welkom, juffrouw.'

Gregori was zichtbaar ontroerd toen hij zijn jonge meesteres weer zag. Een monumentale trap van rijkelijk bewerkt hout leidde naar de bovenverdiepingen. Onze voetstappen weerklonken op de grijze tegels. Even later deed Gregori de dubbele salondeuren open, en ik weet nog dat ik vol bewondering naar dat ruime vertrek keek. Het baadde in het licht en kwam uit op een terras dat iets hoger lag dan het licht aflopende gazon. Het geurde er licht naar bloemen, bijenwas en houtvuur.

'Mijn lieve kind!'

De donkere stem van een rijzige, elegante vrouw die Jelena aan haar boezem drukte, wekte me uit mijn mijmeringen.

'Mama, dit is Zinaïda Varfolomejev, mijn beste vriendin.'

'Wat een genoegen om kennis met je te maken, Zinaïda. Ik hoop dat je het fijn zult hebben op Soelima,' zei ze in het Frans met een gemak alsof het haar moedertaal was. Ik maakte een lichte buiging en omdat ik niet wist hoe ik op die hartelijke woorden moest reageren, glimlachte ik maar.

'Onze buren komen vanavond dineren. Igor kan niet wachten om je te zien, Jelena. Ga maar naar boven om uit te pakken en even te rusten; om zeven uur worden jullie verwacht. En Jelena, kom over een halfuurtje weer naar beneden. We hebben zoveel bij te praten.'

Toen we de salon verlieten, kwam de niania van Jelena op haar af gerend en riep: '*Moja doesjka*,' en overlaadde haar met kusjes.

'Dit is uw kamer, juffrouw. Die van juffrouw Jelena is hiernaast,' zei Gregori toen hij een zware eikenhouten deur opendeed.

Het vertrek was pastelgroen met paarse accenten; er hingen zware gordijnen in dezelfde tinten, en er stonden een hemelbed, een tegelkachel, een kaptafel en een levensgrote spiegel. Toen ik daarin keek, vond ik dat ik er goed uitzag. Die welwillende spiegel zorgde ervoor dat ik mooi wilde zijn. Voor mij is een spiegel een mysterie waar je maar beter beducht voor kunt zijn, want je eerste weerspiegeling houdt hij voor altijd vast. Ik nam de tijd, zodat Jelena haar dierbaren kon begroeten. Geblaf, vreugdekreten en geruis van lange rokken in de gang drongen tot me door. Als een wervelwind kwam Jelena even binnen om te zeggen dat ze me om kwart voor zeven zou komen halen.

Ik borstelde zorgvuldig mijn haar, scheidde het in twee gladde strengen, die ik opstak tot een lage knot. Na lang wikken en wegen besloot ik een goudbruine jurk met een heel strakke taille aan te trekken, die om de polsen met een speels biesje van kant was afgezet. Het geheel sierde ik op met het medaillon dat ik van mijn moeder had gekregen. Ontroerd deed ik het voor het eerst om.

Toen Jelena binnenkwam in een japon van koningsblauwe tafzijde, deed haar verraste reactie me plezier.

'Wat heb jij een mooi figuur, Zina. Die jurk oogt misschien wat streng, maar wat zie je er elegant uit!'

In de salon werden we onthaald op bewonderende kreten. Jelena stelde me voor aan haar vader. Hij leek me een wat kille man. Alleen zijn glimlach, die zijn bijna te regelmatige gelaatstrekken wat warmte gaf, had iets geruststellends. Daarna waren Igor, zijn zus en zijn ouders aan de beurt, vervolgens Anton en diens vrouw, en tot slot Ludwig en Alexej.

Ondanks al die blikken die op me gericht waren, voelde ik me op mijn gemak. Jeanne nam me bij de arm en stelde honderden vragen over mijn ouders, mijn interesses en mijn opvattingen. Ze luisterde aandachtig en ik waardeerde haar oprechte belangstelling en ongedwongen reactie. Igor en zijn zus Marie nodigden ons uit om de volgende dag naar hun datsja te komen, die blijkbaar de ontmoetingsplek van de jongelui was.

Mijn blik kruiste die van Alexej. Aanvankelijk keek hij onverschillig naar me, maar daarna heel intens. Daar raakte ik zo van in verwarring dat mijn stem schor werd en ik mijn ogen neersloeg. Hij sprak me niet aan, maar zijn blik, waarmee hij me maar bleef volgen, hield me in zijn ban. Ik schonk hem een glimlachje waarin ik mijn hele ziel en zaligheid blootlegde.

Ludwig verbrak echter de betovering: 'Zinaïda Pavlovna, uw ogen stralen zo'n liefde uit. Mag ik me daaraan warmen?'

'Laat je niet inpakken door die charmeur,' riep Jelena.

Ik kletste wat met Ludwig en vroeg naar zijn reizen. Gevleid vertelde hij het ene verhaal na het andere. Iedereen luisterde naar hem toen hij met verve de zeden en gewoonten in verre landen en zijn talloze avonturen beschreef. Later realiseerde ik me dat mensen alleen maar uit beleefdheid vragen stellen. Mannen willen dat je in ze geïnteresseerd bent, dat je naar ze luistert, en zoeken bij voorkeur het gezelschap op van vrouwen die aan hun lippen hangen. Dat werd me die dag wel duidelijk.

Aan tafel zat ik tussen de vader van Igor, een joviale landheer die zich vooral tot zijn linkerbuurvrouw en haar diepe decolleté richtte, en Alexej.

'U leek de avonturen van mijn broer heel boeiend te vinden. U zult wel veel van romans houden,' zei Alexej.

'Dat hebt u goed geraden. Ik ben nieuwsgierig van aard en de verhalen van Ludwig vond ik inderdaad heel interessant.'

'En bespeelt u soms ook een muziekinstrument?'

'Ja, al vanaf mijn zesde speel ik piano. Maar jammer genoeg ben ik nog nooit naar een concert geweest.'

Hij keek me aandachtig aan en zei toen zacht: 'U bent pas vijftien, en toch lijkt u me al heel volwassen.'

'Het doet me plezier om dat te horen. Vertelt u eens iets over uzelf. Ik vind het altijd leuk om mensen te leren kennen en ze te begrijpen.'

'Mijn leven – ach – wat valt daarover te zeggen? Het is niet bijzonder. In onze kringen is alles al vanaf je kinderjaren vastgelegd, van je lieve niania en de cadettenschool tot en met het regiment waar je heen gaat. Maar het militaire leven trekt me niet. Alleen mijn verstand zegt me dat ik bepaalde dingen moet doen. Mijn toekomst ligt toch al vast. Maar waar ik echt van hou? Van muziek, schilderkunst en ballet. Ik zou graag schrijver zijn, maar daar heb je talent en doorzettingsvermogen voor nodig. Ik ken veel kunstenaars, en die zijn het over één ding allemaal eens: passie en talent zijn niet voldoende. Je moet stug doorwerken, ondanks alle teleurstellingen en twijfels volhouden, jezelf steeds vragen blijven stellen en je werk als een roeping beschouwen. Het scheppingsproces is een kwelling en kunst staat geen amateurisme toe. Maar in onze kringen zijn we het niet gewend om ergens moeite voor te doen, en dat vind ik spijtig. Maar ik verveel u met mijn uitweidingen.'

'Hoezo? Denkt u soms dat een vrouw niet in staat is een kunstenaar te begrijpen, aan te moedigen of zelfs te inspireren? Hoe zit het volgens u dan met Marie d'Agoult en Liszt, en met George Sand en Chopin?'

'Wat een hartstocht!' zei Alexej, verrast door mijn felheid.

Hij keek me aan, en op dat moment wist ik dat hij altijd in mijn gedachten zou blijven. In ons contact heerste harmonie; er sprak wederzijds vertrouwen uit.

Na het diner praatten we ongedwongen verder, totdat Jelena en Igor naar ons toe kwamen en ons mee naar buiten trokken voor een wandeling in de maneschijn. Met tegenzin liepen we achter onze lachende vrienden aan.

Eenmaal in bed haalde ik me elke blik, elke glimlach en elk woord van Alexej voor de geest. Het lot had mijn leven bepaald.

De volgende dag had ik nauwelijks tijd om me door mijn gevoelens te laten meeslepen. Het landgoed van Igors ouders was mooi, maar miste de majestueuze uitstraling van Soelima. Iets verderop in het park stond een ander huis, dat van de jongere generatie was. Igor en Marie hadden een grote schare vrienden uitgenodigd en de grootste attractie was een croquetspel dat in de gigantische wintertuin was uitgezet. Met Ludwig als partner won ik alle partijtjes. Alexej week geen moment van de zijde van een prachtig meisje, naar wie ik jaloers keek: donkerbruin haar, enorme blauwe ogen en een lange hals, die haar de houding van een vorstin gaf; ze bewoog zich heel zelfverzekerd en haar energieke, zij het wat harde blik had iets verleidelijks, vooral als ze met Alexej praatte. Ik hoorde haar naam vallen, Larissa von T., en even later begreep ik dat iedereen haar als de verloofde van Alexej beschouwde. Ze vormden een prachtig stel. Maar hoe vriendelijk ze ook mocht zijn, alles aan haar stond me tegen, en dan vooral de blik in haar ogen.

Die avond ging een van de gasten achter de piano zitten en stortte zich op een wals van Strauss. Tot mijn vreugde ging iedereen dansen. Onmiddellijk trok Ludwig me de dansvloer op. Hij danste geweldig; mijn hart bonsde en alle ogen waren op ons gericht. Dat het een enorm voorrecht was om door Ludwig te worden uitgekozen, had ik totaal niet in de gaten.

'Ik heb nog nooit met iemand gedanst die zo licht is. Ik wil alleen nog maar met u walsen,' zei hij.

Ik vergat Alexej, ik vergat Larissa, ik vergat de hele wereld. Mijn voeten raakten de grond niet meer; onvermoeibaar waren we. Tot de stem van de pianist ons tot staan bracht.

'Heb meelij, gun het me even om op adem te komen.'

Die eerste wals zou ik nooit vergeten. Ook zonder schoonheid kon je dus verleidelijk zijn. Dat was de eerste keer dat ik als volwassene gelukkig was. Het was onvergetelijk. Daarna namen vrijwel alle dansers plaats aan de speeltafels, en net toen ik dacht dat ik er een beetje verloren bij zou staan, omdat ik niet kaartte, kwam Alexej naar me toe.

'Wilt u ons gezelschap houden? Ik kan ook niet kaarten.'

Met een geringschattende blik liet Larissa ons alleen. Waarschijnlijk dacht ze dat ik Alexej toch niet zou weten te boeien. Ze was zo mooi, zo stralend. Ik slaakte een zucht.

'Waarom zo triest?' vroeg Alexej.

'Larissa is heel mooi!'

'Klopt,' zei hij zonder enig ander commentaar. 'Ik heb u gezien met Ludwig. U danst heel goed.'

'Met uw broer is dat ook niet moeilijk,' zei ik, om te verhullen dat ik heel blij was met het complimentje.

Tegelijkertijd dacht ik: waarom zou ik het voor me houden, waarom zou ik hem niet bekennen dat ik me heel prettig voel in zijn gezelschap?

'U lijkt te dromen, Zinaïda Pavlovna. Ik zou er veel voor overhebben om te weten wat u denkt.'

'Wat voor zin zou dat hebben? Onze diepste zielenroerselen geven we toch nooit prijs. Onze opvoeding legt ons nu eenmaal op dat we onze geestdrift en spontaniteit beteugelen, al is het nog maar de vraag of we daar blij mee moeten zijn.'

'Nou, ik zal u vertellen wat ik denk: ik voel me bij u helemaal op mijn gemak.'

'Ik ook bij u,' zei ik verward.

Dus hij kon mijn gedachten lezen!

'Weet u, ik heb het idee dat ik u al mijn hele leven ken. Jelena heeft het heel vaak over u.'

Zijn stem klonk lief en hartelijk; ongetwijfeld besefte hij dat ik hem aanbad. Maar waarom zou ik me daartegen verzetten? De warmte die in mijn lichaam opgloeide en me een loom gevoel gaf, was zo behaaglijk.

Toen er niet meer werd gekaart, ging onze toegewijde muzikant weer achter de piano zitten. Zonder een woord te zeggen pakte Alexej mijn hand en nam me in zijn armen. Aan die hemelse wals leek geen einde te komen. Woorden schieten tekort om te beschrijven hoe ik me voelde. Ik zweefde en had de indruk dat ik niet als enige bedwelmd was. Van ver drong zijn stem tot me door.

'Dank u.'

Het was voorbij. Zo begon de liefde van mijn leven.

Die nacht deed ik nauwelijks een oog dicht en beleefde ik elk moment opnieuw, elke seconde van die avond. Weer danste ik in de armen van Alexej een hemelse wals.

De twee weken die ik onder hetzelfde dak doorbracht als hij, waren de gelukkigste van mijn leven. Hij zocht telkens mijn gezelschap op en genoot merkbaar van onze gesprekken, die over de meest uiteenlopende onderwerpen gingen. Het hoogtepunt van dat geluk viel samen met een concert dat Tsjaikovski, een jonge componist van vierentwintig, in de schouwburg van Riga gaf, waar de familie van Alexej een loge had. Mijn eerste concert aan de zijde van de man die mijn hart had veroverd. De melodieën brachten me in vervoering en ik trilde als een gespannen snaar. Ik had de indruk dat de pianist alleen voor mij speelde, dat hij een taal improviseerde die alleen ik verstond en waarin vreugde en droefheid, lieflijkheid en geweld elkaar afwisselden. Toen ik naar Alexej keek, zag ik dat hij hetzelfde ervoer als ik, dat hij het ook een heel bijzonder moment vond. De intimiteit van de prachtige muziek deed onze zielen versmelten.

Toen ik de avond voor mijn vertrek vol melancholie door de tuindeuren van de salon naar het landschap stond te kijken en dat in mijn geheugen probeerde te prenten, hoorde ik iemand achter me.

'Zinaïda, wat fijn dat ik u alleen tref. Morgen gaat u weg, maar weet dat ik met weemoed zal terugdenken aan de dagen die ik hier met u heb doorgebracht. Ik zal onze lange gesprekken missen.'

Hij was op me toe gelopen. Zonder erbij na te denken wierp ik me in zijn armen en liet mijn hoofd tegen zijn schouder rusten. Oneindig teder drukte hij me tegen zich aan, streelde mijn haar en kuste me zacht op mijn voorhoofd. Ik besefte dat mijn impulsieve gedrag belachelijk was, maar hij keek me liefdevol aan. Plotseling beschaamd rende ik de gang op en vluchtte naar mijn kamer.

Hoe had ik zoiets dwaas kunnen doen! Ik had die twee gelukkige weken helemaal verpest. Hij zou me verachten.

Toen Jelena binnenkwam en mijn ontdane gezicht zag, bleef ze stokstijf staan.

'Wat zie jij bleek. Wat is er? Ben je ziek?'

Ik barstte in tranen uit en vertelde waarom ik zo van streek was.

'En ik maar voortdurend over hem praten,' riep ze uit. 'Het is mijn schuld, ik had nooit gedacht dat je je tot mijn broer aangetrokken zou voelen. Maar je hoeft niet bang te zijn. In zijn ogen ben je nog maar een kind. Hij zal je spontaniteit en aanhankelijkheid ongetwijfeld vertederend hebben gevonden. En heeft hij het zelf niet een beetje uitgelokt?'

Ik geloof dat het me goeddeed om mijn hart te luchten, maar ik vroeg haar niet te laten merken dat ze op de hoogte was van mijn onbezonnen gedrag, want dan zou ik me nog dieper schamen.

'Je schamen? Maar waarvoor zou je je schamen, Zina? Het is toch niet meer dan normaal dat je je op jouw leeftijd tot een jongen aangetrokken voelt? Kwel jezelf niet langer en kom beneden eten alsof er niets aan de hand is. Je zult zien dat het goed gaat. En ik beloof dat ik niemand iets zal vertellen.'

Ik kleedde me met zorg en trok voor het eerst de jurk van groene tafzijde aan die ik voor deze laatste avond had bewaard. Ik hield van Alexej en niets kon me ervan weerhouden hem nog één keer te zien. Wat dwaas was ik met mijn hartstocht, hoop en hersenspinsels! Maar toen ik de salon binnenkwam nam de glimlach van Alexej mijn angst weg. Voor mij was er niemand anders dan hij. Mijn hele wezen ging naar hem uit. En ik geloof dat dat verlangen hem naar me toe lokte. Hij vroeg me ten dans. Ik beefde over mijn hele lichaam; mijn benen werden zwaar. We zeiden geen woord. Ik was hem dankbaar. Misschien deed hij het uit medelijden, maar dat wilde ik niet geloven.

Later probeerde ik te achterhalen waarom Alexej mij zoveel aandacht had geschonken en zo teder voor me was geweest tijdens die dagen op Soelima, want ik herinnerde me zijn woorden heel goed: Ons bestaan staat al vast. Ik was nog geen zestien. Wat begreep ik van die man, van zijn gevoelens en zijn belangstelling voor een meisje dat openlijk liet blijken dat ze hem aanbad?

4

Ik moest mijn hartstocht, die innerlijke kracht die mijn verstand vertroebelde, absoluut zien te vergeten en ik wist maar één remedie tegen mijn droombeelden: studeren. En dus dook ik op Smolny in de boeken om geestelijk in balans te blijven.

Anna was helemaal betoverd teruggekomen van haar vakantie in Tsarskoje Selo. Zij had ook de man van haar leven ontmoet, Nikolaj Svertsjkov, een kunstschilder van dierentaferelen, die al een zekere faam genoot. Hij werd zelfs ontvangen aan het hof, vertelde ze me niet zonder trots. Die zomer zou Nikolaj samen met zijn ouders naar Koersk komen om om de hand van Anna te vragen. Gelukkig voor haar leken hun plannen reëler dan de mijne.

Toen ik in augustus kennismaakte met Nikolaj, viel zijn frappante gelijkenis met mijn zus me onmiddellijk op. Hij was de mannelijke uitvoering van Anna: kastanjebruin haar, van gemiddelde lengte, maar knap en gesoigneerd, met een uitbundig karakter en een soms bijtende kritiek. Maar hij was ook behaagziek, hield van gezelschap en droeg het hart op de tong. Nikolaj Svertsjkov leek in de verste verte niet op het beeld dat ik van een kunstenaar had. Napoleon III had onlangs nog een tafereel van een berenjacht van hem gekocht. Zijn ouders leken me nogal pompeus en afstandelijk

– ze zagen me niet staan – maar tegen Anna waren ze heel vriendelijk, en daar ging het om. Het huwelijk zou de volgende lente in Koersk worden voltrokken.

Alexej en Soelima – die twee namen moest ik beslist uit mijn gedachten zien te bannen, want als die zich aan me opdrongen, gaf ik me over aan hartstochtelijke dromerijen. Het was een voortdurende, bittere strijd, vooral doordat Jelena en ik onafscheidelijk van elkaar waren en ze het niet kon laten me op de hoogte te houden van het reilen en zeilen van haar familie. Maar eerlijk gezegd spoorde ik haar daar ook toe aan en was ik blij nieuws over Alexej te horen. Ze stelde zich op als mijn bondgenote, maar waakte er wel voor illusies bij me te wekken. Terecht wees ze me erop dat ik nog jong, onervaren en naïef was. En ik wist ook wel dat ik met mijn bescheiden persoonlijkheid en weinig aantrekkelijke uiterlijk niet goed genoeg was voor iemand die zo fantastisch was als Alexej.

Toch deed het me goed toen Jelena op een dag bekende dat ze nauwelijks sympathie kon opbrengen voor de vrouw die ze inmiddels als haar schoonzus beschouwde.

Aan het einde van het jaar slaagde ik voor de overgangsexamens en ging ik naar de zesde. De lessen in filosofie en buitenlandse literatuur openden nieuwe horizonten voor me en ik las steeds meer.

Op een dag kwam tante Jelizaveta me opzoeken en vertelde over Vladimir Varfolomejev, een verre neef die haar zeer dierbaar was. Hij was in de dertig en was als wees opgevoed door een oom, een generaal die vaak van huis was. Vladimir was docent Russische taal- en letterkunde, en mijn tante had aan de directrice gevraagd hem uit te nodigen voor het bal in november.

Mijn eerste bal.

Sinds die bijzondere wals met Ludwig zag ik daar niet meer tegen op. De muren van Smolny raakten doortrokken van de opgewonden verwachting die elk jaar rond die tijd op school heerste. Het gelach werd scheller, de intriges namen toe en in de gangen heerste een onrustige stemming. De schaarse spiegels werden bestormd door gespannen gezichten. Die sfeer paste niet bij het strenge karakter van de gebouwen die ik zo opvallend had gevonden toen ik hier voor het eerst aankwam, ook al verloren we op Smolny nooit ons gevoel voor decorum.

Dat jaar zou keizerin Maria Alexandrovna ondanks haar zwakke gezondheid het bal bijwonen. Om ons op die belangrijke ontmoeting voor te bereiden, oefenden we elke dag reverences en probeerden we zonder te stamelen de meest uiteenlopende vragen te beantwoorden. Dat leidde tot toneelstukjes waarin een leerlinge de rol van keizerin op zich nam en vragen bedacht waar we zonder te horten op moesten reageren.

Eindelijk brak de grote avond aan. Een laatste blik in de spiegel stelde me gerust. Mijn haar met zijn weerspannige lokken die vrolijk in mijn hals vielen, maakte het uniform minder streng. Toen de keizerin, een verschijning met een haast doorschijnende huid en ondoorgrondelijke houding, me aansprak, wist ik me best aardig te redden en lukte het me haar zonder al te veel aarzelingen antwoord te geven.

Ik maakte ook kennis met Vladimir Varfolomejev. Hij had fijne, nobele gelaatstrekken en heel lichtblauwe ogen. Ik had een aangename avond en werd tijdens het eerste deel door talloze dansers gevraagd; daarna vulde Vladimir mijn balboekje. Ik waardeerde zijn gezelschap. Hij kon goed dansen en zijn enthousiaste verhalen vond ik grappig, en toch dacht ik: was hij Alexej maar, waarop mijn hart begon te bonzen. Net als Alexej keek Vladimir me een beetje verbaasd aan en zei: 'Hoe kan het dat u op uw leeftijd al zoveel weet, Zinaïda Pavlovna?'

'Voor u ben ik geen Zinaïda Pavlovna, maar Zina. We zijn toch neef en nicht, Vladimir?'

Het komende jaar zou ik uit mogen gaan. We spraken af elkaar bij tante Jelizaveta te zien.

Met Kerstmis ging ik alleen naar huis – naar mijn ouders, naar mijn niania en naar de herinneringen aan mijn kinderjaren. Anna bracht de feestdagen bij haar toekomstige schoonouders door. Ik had een dubbel gevoel over Koersk. Aan de ene kant was ik blij om terug te zijn, maar ik was ook melancholisch. Toen moeder vroeg hoe het op Soelima was geweest, vertelde ik haar spontaan over mijn hopeloze liefde.

'Maak je geen illusies, kind. Probeer het van je af te zetten door hard te werken. Het is verdrietig voor je, maar op jouw leeftijd wist afstand veel uit.'

Ik vertelde haar ook over het bal en mijn ontmoeting met Vladimir, die me heel bescheiden en sympathiek leek.

Tijdens die vakantie probeerde ik mijn vader afleiding te bieden en maakte ik met hem wandelingen door het bos of ritjes met de koets. Vroeger was hij overal in geïnteresseerd geweest, vertelde hij anekdotes over de boeren en sprak hij uren met zijn opzichter over de aankoop van espenhout en over wat het beste seizoen was om klaver te zaaien. Maar nu had hij zijn enthousiasme verloren. De vrolijke vader van mijn kinderjaren bestond niet meer. Opeens deed het huis er niet toe en bestond dat voor mij alleen nog maar uit herinneringen.

Ik nam de plaats van mijn moeder achter de piano in en schilderde stillevens, maar ik zonderde me vooral af in de bibliotheek, waar ik boeken van Gogol verslond. De heks op haar bezemsteel, de duivel die op bezoek gaat bij de altijd aangeschoten dorpspastoor... Ik werd heel vrolijk van al die verhalen waarin de schrijver het kleine Rusland met zijn streekgewoontes schetste; soms kwam ik zelfs niet meer bij van het lachen.

Maar al dat nietsdoen bracht me ook aan het dromen en dan verzon ik sprookjes rond mijn liefde voor Alexej en sloot ik me op in mijn mijmeringen. Zo nu en dan zag ik mijn moeder naar me kijken met een blik waarmee ze leek te zeggen: Kom bij ons terug.

Met het huwelijk van Anna in gedachten wilde mama weer contact leggen met familieleden die ze sinds de tragische dood van mijn broer had verwaarloosd. Op oudejaarsavond organiseerde ze een souper dat uitzonderlijk gezellig was. Het was lang geleden dat er in ons oude huis zulke levendige gesprekken werden gevoerd en zo spontaan werd gelachen.

Er werd veel gepraat over politiek. Voor het eerst hoorde ik van de nihilisten, waar leden van de intelligentsia en buitenlandse docenten toe behoorden die de maatschappij wilden veranderen. De jongere generatie raakte in vuur en vlam en eiste moderniseringen, maar de ouderen maakten zich zorgen over de hervormingen, die volgens hen overhaast werden doorgevoerd; dat deed me aan Nikolaj denken, en aan de afschaffing van de lijfeigenschap, waar hij zo beducht voor was geweest. De naam Dostojevski viel vaak. Na *Aantekeningen uit het dodenhuis*, dat hij na zijn terugkeer uit zijn ballingschap in Siberië had geschreven, had hij net *Aantekeningen uit het ondergrondse* gepubliceerd en ik nam me voor die boeken te lezen.

Voor we het wisten sloeg het twaalf uur. Gewoontegetrouw deed iedereen stilletjes een wens; welke ik zou kiezen was voor mij geen enkel probleem. Mijn wens bestond uit drie woorden: Alexej weer zien.

Terug op Smolny werd die wens al snel vervuld. Op een ochtend kwamen Jeanne en Anton, die in Petersburg verbleven, naar Smolny om aan de directrice te vragen of Jelena en ik mee mochten naar een concert van Rimski Korsakov. Zonder veel problemen kregen we toestemming: op Smolny was men trots op onze musici die zich lieten inspireren door de nationale folklore. De symfonie in es kleine terts was betoverend. Werktuiglijk liet ik mijn blik van de ene loge naar de andere gaan, tot ik opeens Alexej en Larissa herkende, omringd door elegante vrouwen en officieren.

'Kijk, je broer,' fluisterde ik tegen Jelena.

'Ach ja... Maar wat kijk je verliefd. Tijdens de pauze zal Anton hem wel vragen naar ons toe te komen.'

Ik kon mijn ogen niet afhouden van de plek waar Alexej zat. Al het andere verdween naar de achtergrond, zo gelukkig was ik dat ik Alexej weer zag. Afwezig luisterde ik naar het concert.

Tijdens de pauze kwam hij naar onze loge. Bij de begroeting en ook even later bij het afscheid, toen hij 'Tot straks' tegen me zei en me doordringend aankeek, meende ik oprechte blijdschap in zijn ogen te zien. Ik zou overnachten bij de ouders van Jelena, waar ons een souper stond te wachten.

Het enige waarover gesproken werd was de fenomenale vertolking van Rimski Korsakovs symfonie. De tijd verstreek, maar Alexej was er nog steeds niet. Vergeefs dacht ik: God, zorg dat hij komt. De bronzen pendule sloeg de hele uren. Ik kletste met Jelena en voelde er niets voor om te gaan slapen, maar op een gegeven moment kon ik daar niet meer onderuit. Met zwierende armen bleef ik in mijn kamer voor de spiegel staan en vanuit een dwaze, hardnekkige hoop besloot ik me niet uit te kleden. Ik moest het onmogelijke proberen. Zachtjes deed ik de deur open, liep de grote houten trap af en ging naar de bibliotheek. Voor het geval ik per ongeluk iemand zou tegenkomen, had ik een smoes bedacht: omdat ik de slaap niet kon vatten, wilde ik een boek lenen.

Een kort geluid: de voordeur ging dicht en Alexej kwam binnen. Ik wist het, ik wilde het zó graag. Hij leek niet eens verbaasd me te zien, en deze keer nam híj me in zijn armen. Eén blik en zijn mond vond de mijne.

Ik drukte me tegen hem aan. Krachteloos gaf ik me over; ik wilde helemaal niets veranderen aan dat moment waarnaar ik zo had verlangd. Ik voelde zijn warme handen, die een ongekende sensatie bij me opwekten en me dwongen te zeggen: 'Neem me!' Zonder precies te weten wat ik wilde, bloeide dat verlangen in mijn hele lichaam op.

'Nee,' zei hij terwijl hij zich van me losmaakte, 'dat mag ik niet doen, want ik heb Larissa mijn woord gegeven.'

Hij slaakte een zucht. 'Toch heb ik nooit eerder zulke heftige gevoelens gehad. Sinds de dag dat jij je met zo'n kinderlijk vertrouwen in mijn armen wierp, heb ik je steeds willen omhelzen. Ik voelde me zo prettig bij jou. En vandaag in het theater had ik dat weer, maar dat gevoel maakte me vervolgens zo bang dat ik liever bij Larissa bleef en je niet meer wilde zien. Waarom heb ik haar uitgerekend deze week gevraagd mijn vrouw te worden? Het heeft zo moeten zijn... Kus me.'

Zijn hart ging net zo tekeer als het mijne. Ik wilde dat de tijd stil bleef staan.

'Nee, ik zou mezelf nooit meer recht in de ogen kunnen kijken als ik misbruik zou maken van je onschuld. Het is al onvergeeflijk van me dat ik zulke heftige emoties bij je heb opgeroepen.'

'Maar die heftige gevoelens vind ik juist fantastisch! Die zou ik voor geen goud willen missen. Waarom zou ik me het plezier ontzeggen om in je armen te liggen, je te kussen? Ik ben van jou, ik wíl van jou zijn. Dat is het enige wat voor mij telt.'

'Jij bent heel zeker van jezelf, Zina. Maar ik ben niet zo sterk. Ik ga ons niet in een avontuur storten dat ons leven op z'n kop zal zetten zonder daar eerst heel goed over na te denken. Ik zal je via Jelena laten weten wat ik heb besloten.'

Ik wilde hem tegenhouden, drukte me tegen hem aan en streelde zijn nek, maar zijn blik was niet liefdevol meer. Plots leek alles me vijandig: zijn ogen, dat huis, de stilte.

'Je hebt gelijk. Welterusten.'

En ik ging naar mijn kamer, waar ik me op mijn bed wierp. Mijn lichaam stond in brand van liefde en mijn handen probeerden dat onbevredigde verlangen tot bedaren te brengen, terwijl mijn geest, geprikkeld door alle nieuwe sensaties, wanhopig werd van die onmogelijke hartstocht.

De volgende ochtend zag ik ertegen op om naar beneden te gaan, maar naarmate de dag vorderde, ontdekte ik tot mijn verrassing dat er twee persoonlijkheden in mij schuilden. De ene kletste rustig met Jelena en had het over het concert en over de examens die ons te wachten stonden; de andere liet alle gebeurtenissen van de vorige avond eindeloos de revue passeren. Vooral tijdens de stilte van de nacht, waarin mijn verbeelding en verlangen me naar Alexej voerden.

5

Ik liet mijn studie niet versloffen, integendeel, ik las enorm veel, volgde de lessen en probeerde me alles wat op Smolny werd onderwezen eigen te maken. Ik begon me ook toe te leggen op tekenen. Onze leraar had een aanstekelijk enthousiasme: 'Observeer de natuur,' zei hij. 'Prent alles wat je opvalt in je hoofd, vergeet je omgeving, ga af op je eerste indruk en verlies je niet te veel in details.' Ik vroeg Jelena om voor me te poseren en tekende haar portret. Na verschillende sessies begreep ik pas waaraan ik was begonnen. Mijn leraar, die mijn ruwe schets had goedgekeurd, kwam telkens kijken om me raad te geven en aan te moedigen, want hij vond dat ik aanleg had. Mijn houtskoolportret kreeg vorm. Jelena poseerde heel geduldig en ik vergat alles, ging helemaal op in die nieuwe, inspirerende bezigheid.

Elke week ging ik langs bij tante Jelizaveta. Vaak was Vladimir Varfolomejev daar ook, en dan dronken we thee en spraken we over geschiedenis. Vladimir was een gedreven man en kon enthousiast vertellen; we hadden het over de invloed van de oude beschavingen op ons land en over alle beroering die de wereld in haar greep hield, zoals de burgeroorlog in de Verenigde Staten. Door dat aangename contact kwam ik steeds meer in aanraking met de buitenwereld en maakte ik me los van de te beschermde omgeving van Smolny. Ik moest mijn vleugels uitslaan.

Ondertussen wachtte ik elke dag op nieuws van Alexej, maar er kwam niets. Anna zou vlak na Pasen trouwen. Toen ze me op Smolny kwam opzoeken, gaf ze een uitgebreide beschrijving van haar uitzet en liet ze me haar ring zien. Samen met tante Jelizaveta liep ze alle couturières en winkels af. Ze leek ineens veel verder van me af te staan dan Jelena of Zjenia. Maar onze ouders hielden nog altijd evenveel van ons.

Ik had het portret van Jelena af; het leek best aardig en ook al was het wat gewoontjes en klassiek, toch voelde ik dat die kunstvorm mijn hele leven een passie zou blijven. Eind maart kreeg Jelena een brief van Alexej; hij vroeg haar mij de groeten te doen en liet weten dat hij zijn huwelijk had uitgesteld tot het volgende jaar. Het was een afscheidsbrief, want hij zou eerst door Europa trekken – Frankrijk, Italië, Engeland – en na zijn terugkomst de balans opmaken.

Ik begreep dat er in zijn plannen geen plaats was voor mij; ik maakte me daar trouwens ook geen illusies over. Ondanks mijn liefde voor Alexej wist ik heel goed dat hij besluiteloos was. Toch geloofde ik dat onze paden elkaar nog ooit zouden kruisen.

De uitnodiging van Jelena om de paasvakantie op Soelima door te brengen moest ik afslaan, want begin mei zou Anna in Koersk trouwen.

Ik nodigde Zjenia uit, omdat ik het zielig voor haar vond dat ze tijdens de vakantie in haar eentje op Smolny zou moeten achterblijven. Gelukkig was ons huis groot genoeg om ook onderdak te bieden aan tante Jelizaveta en Vladimir Varfolomejev, en aan Nikolaj en Don, een Engelse vriend van hem. Pasen viel laat dat jaar, waardoor we zonder problemen toestemming kregen onze vakantie te verlengen in verband met de bruiloft; onze goede cijfers hielpen ook een handje mee. De blijdschap van Zjenia deed me goed en al snel had ik in de gaten dat Don, de vriend van Nikolaj, veel belangstelling voor haar had. Hij wilde docent vreemde talen worden en studeerde Russisch.

Het huis verkeerde in een staat van opwinding. Er kwamen veel vrienden langs, die ons uitnodigden voor allerlei feesten.

Elke dag zag ik Zjenia steeds verliefder naar Don kijken en dacht: daar gaat haar wens om in Sint-Petersburg te wonen. In haar dwaaste dromen lokte alleen de mist van Engeland haar nog aan. Don, een dromer, nam ons mee op eindeloze wandeltochten en vermaakte ons met zijn vrolijkheid en humor.

En toen begonnen de voorbereidingen voor het huwelijk, die de laatste dagen van de vakantie in beslag namen. Er heerste een bijzondere sfeer in huis. Alleen mijn vader bemoeide zich nergens mee; als altijd hield hij zich afzijdig en hij zag ons alleen tijdens de maaltijden.

Eindelijk brak de grote dag aan: Anna bleef zo rustig dat ik er diep van onder de indruk was. Zette haar nieuwe leven haar soms aan het denken? Al haar genegenheid ging uit naar vader. Onbewust moest ze bang zijn voor die nieuwe man met wie ze voortaan haar leven zou delen.

Aan de vooravond van het huwelijk ging Nikolaj met vrienden uit eten om 'zijn jongensleven te begraven'. Vanaf dat moment mocht hij zijn verloofde tot aan de huwelijksplechtigheid absoluut niet meer zien. We waren nu eenmaal erg aan onze oude tradities gehecht.

Toen Anna ons vroeg haar te helpen de knoopjes van haar jurk dicht te maken en haar haar te schikken, dromden we allemaal om haar heen. Haar strak getailleerde japon van tafzijde liet haar boezem, lange hals en delicate huid mooi uitkomen. Een kroontje van oranjebloesem hield haar met antiek kant afgezette tulen sluier op zijn plek. Het was zover.

Nadat mama Anna heel rustig haar zegening had gegeven, gingen we naar de plechtigheid.

We werden opgewacht door een enorme menigte. Alle boeren waren gekomen om het huwelijk van de *barysjnia* bij te wonen. Anna kwam aan de arm van papa de kerk binnen en hield stil voor het altaar, dat speciaal voor de gelegenheid in het midden was geplaatst; daarna trok mijn vader zich terug en nam Nikolaj de plaats naast zijn verloofde in, waarna twee bruidsjonkers achter het paar gingen staan en een met edelstenen ingelegde gouden kroon boven hun hoofd hielden. Voor het altaar lag een roze kleed van satijn. Volgens een gezegde is de eerste die daar een voet op zet de baas binnen het huwelijk. Resoluut ging Anna erop staan. Ik had niet anders verwacht!

Toen het koor het Onzevader zong, waren we diep ontroerd. De kerk, zo mooi met zijn schitterende bloemen en iconen, bleef voor mij iets mysterieus hebben. De priester die ons had gedoopt en voorbereid op onze eerste biecht, leek even geëmotioneerd als mijn ouders. Ik was blij en bad voor Anna: Zorg dat ze gelukkig wordt. Wat kon ik voor mezelf vragen? Mijn wens bleef niet te verwezenlijken.

In met slingers versierde koetsen reden we terug naar huis. De vrolijke sfeer deed alle zorgen en droefenis vergeten. Zelfs mijn vader lachte toen hij de gasten ontving. Mama zag er prachtig uit: ze had een paarse jurk aan, haar haar was mooi gekapt en ze droeg een met briljantjes bezet collier waaraan een druppelvormige diamant hing.

Die onvergetelijke, zonovergoten dag vol liefde zou me altijd bijblijven.

Mijn laatste herinnering aan die dag was het vertrek van het prille paar. Eerst was er in een salon het afscheid van familieleden, onze niania en het huispersoneel, dat deel uitmaakte van ons leven en ons zo trouw diende. Zittend namen we allemaal een minuut stilte in acht. Daarna zegenden mijn vader en moeder het stel en gaven hun een icoon die ze zouden meenemen, als een band die hen heel hun hele leven zou beschermen. Niania huilde om haar kleine meisje. Iedereen zei dat ze hen zouden missen en wenste hun geluk.

Nadat Anna en Nikolaj zich nog even onder de gasten hadden begeven, kleedden ze zich om. Het rijtuig stond al voor het bordes klaar. Toen ze naar buiten kwamen, werden ze onthaald op de kreten en felicitaties van de vrienden en het personeel.

Ondanks onze weemoed ging het feest door. Er klonk gelach en muziek, maar mijn hart was niet meer bij de uitgelatenheid.

Laat die nacht kwam Zjenia helemaal ontroerd naar mijn kamer. Don had haar gekust, Don had haar zijn liefde verklaard, Don wilde met haar trouwen. Hij ging terug naar Engeland voor zijn tentamens en om zijn ouders van zijn plannen op de hoogte te brengen, maar daarna zou hij zo snel mogelijk terugkomen om haar te halen.

Die lieve Zjenia. Haar gezicht liet er geen enkele twijfel over bestaan: geluk bestond echt op deze aarde. De gedachte dat ik dat nooit zou kennen stemde me droef. Mijn hartstocht was als een eeuwig schrijnende, brandende pijn.

Ik bleef nog een paar dagen bij mijn ouders en probeerde de leemte te vullen die Anna had achtergelaten. Mama, nog helemaal vol van het huwelijk, stelde gelukkig niet één vraag over Alexej.

Op Smolny werden Zjenia en ik bestookt met vragen over de bruiloft, die we tot in de kleinste details moesten beschrijven. Ik vond het fijn om Jelena weer te zien, die vertelde over haar vakantie met Anton en Jeanne op Soelima; over Alexej repte ze met geen woord.

Ze had het over Igor, over hun geweldige band en gemeenschappelijke smaak. Hij gaf leiding aan een papierfabriek en aan een landgoed in de buurt van Riga, dat zijn peetvader hem had nagelaten.

Zjenia en Jelena zouden binnenkort het kleine wereldje van Smolny verlaten; waarschijnlijk zou ik eenzaam achterblijven. Tenzij... Ik zag Vladimir regelmatig en wist dat hij niet ongevoelig voor me was; ik voelde me bij hem op mijn gemak. Maar hoe kon ik hem aanmoedigen, terwijl mijn hart naar een ander verlangde?

Toch zag ik me niet mijn leven in Koersk slijten en de dagen doorbrengen met pianospelen, tekenen en kleedjes knopen. Maar er was nog een andere oplossing, die me wel aanstond: lesgeven, en dan vooral in Russische en buitenlandse literatuur. Daarom stortte ik me met hernieuwde ijver op Molière, Balzac, George Sand, Dumas, Dickens en de gezusters Brontë. En niet te vergeten op onze eigen schrijvers: op Toergenjev en Tolstoj natuurlijk. Die laatste had net een prachtig boek gepubliceerd, *Oorlog en vrede*, waarin hij een treffend beeld van ons land schetste. De onvergetelijke Natasja en haar liefde voor prins Andrej – die ontknoping had ik niet verwacht.

Mijn vrije tijd gebruikte ik om Petersburg beter te leren kennen. Ik was al eerder naar het Winterpaleis en de Zomertuin geweest en ik had al over de Nevski Prospekt en langs de oevers van de Neva gelopen, maar daar had ik altijd als een buitenstaander naar gekeken.

Toen ik op een middag over de Nevski Prospekt slenterde, schrok ik op van een vrolijke lach die ik uit duizenden zou herkennen: de lach van Alexej. Ik wilde opgaan in de menigte, onzichtbaar worden, maar toen ze ter hoogte van mij waren, kruiste de stralende blik van Larissa helaas die van mij.

'Zina, wat een aangename verrassing!'

Wegvluchten kon niet meer; ik stond pal voor Alexej, die Larissa bij haar arm vasthield.

'Tot mijn grote vreugde kan ik u vertellen dat we volgend voorjaar gaan trouwen,' zei ze. 'We zouden het fijn vinden als u er op die dag bij zou zijn.'

'Gefeliciteerd. Het zal me een groot genoegen zijn me onder uw vrienden te scharen.'

Alexej stond er als versteend bij. Dat viel Larissa ook op.

'Lieverd, waar ben je met je gedachten?'

'O, sorry, Zina, wat een toeval u hier te treffen. We hopen u voor de lente nog een keer te zien.'

'U ziet er heel elegant uit,' voegde Larissa er nog aan toe.

'Dank u. Tot gauw.'

En ik liep weg. Ik was bedrukt en schaamde me voor mijn schijnheilige glimlach. Doelloos doolde ik rond. Waarom had het lot bepaald dat ik zijn gelukkige lach moest horen? Ik wilde dat stel nooit meer zien.

Terug op Smolny vertelde ik niets aan Jelena. Ik ging haar trouwens toch al een beetje uit de weg, want voor mij stond ze voor alles wat ik wilde vergeten. Zjenia daarentegen bood me wel afleiding. Ze wachtte op Don, die met zijn ouders zou komen om kennis met haar te maken. Hij was glansrijk voor zijn tentamens geslaagd en Zjenia verslond alle boeken die ook maar iets met Engeland te maken hadden en vertelde er enthousiast over.

Een week na die pijnlijke ontmoeting met Alexej stelde Jelena voor om naar *Roessalka* te gaan, een opera van Alexandr Dargomisjki. Haar broer zou er ook zijn, maar zonder Larissa. Hoewel ik net nee wilde zeggen, zei mijn mond spontaan ja.

Jeanne en Anton kwamen me ophalen bij tante Jelizaveta, naar wie ik toe was gegaan om me om te kleden. Mijn eerste zwarte jurk! Ik heb nog heel veel herinneringen aan die strak getailleerde jurk van tafzijde met een gewaagd decolleté, die ik gekocht had van het geld dat mijn moeder me had gestuurd voor mijn zeventiende verjaardag. 'Zwart op jouw leeftijd,' had mijn tante afkeurend gezegd. Maar ik had voet bij stuk gehouden. Indertijd schreef de mode korsetten voor, maar mijn taille was zo smal dat ik zo'n martelwerktuig niet nodig had, waar al mijn vriendinnen me om benijdden. Een scheiding in het midden, een bandje om mijn hoofd, een lage knot – ik deed mijn haar precies hetzelfde als toen ik voor het eerst op Soelima was verschenen.

Vlak voordat ik wegging, deed tante Jelizaveta me een platina halsketting om waaraan een grote, zwarte, peervormige parel hing.

'Hij is van mijn moeder geweest; als je gaat trouwen, krijg je hem van me. Als je tenminste niet bijgelovig bent,' voegde ze eraan toe, 'want, zoals het gezegde luidt: een zwarte parel geeft tranen.'

Ik vloog haar om de hals.

'Wees maar niet bang. Ik ben totaal niet bijgelovig.'

Ze leende me ook nog een lange zwarte cape.

Alexej stond ons voor het theater op te wachten. Door de bewonderende blik waarmee hij naar me keek toen hij me hielp mijn cape af te doen, voelde ik me heel even mooi en dat gaf me een warm gevoel. Zoals gewoonlijk vertelde Jeanne me, vergezeld van vriendelijk, maar soms ook spottend commentaar, welke bekende persoonlijkheden in de zaal aanwezig waren: grootvorst Vladimir, de op een na oudste zoon van de tsaar, gravin Leon Tolstoj, Anton Rubinstein, de componist. De opera was een beetje langdradig en de gezette zangeres die de rol vertolkte van Roessalka, de waternimf met blonde vlechten, sprak ondanks haar schitterende stem niet tot de verbeelding.

Tijdens de pauze fluisterde Alexej tegen me: 'Zina, ik móét je even onder vier ogen spreken.'

'Wat heeft dat voor zin? We hebben elkaar niets meer te zeggen.'

'Alsjeblieft, ik vraag het je als een gunst. Kom na het souper naar me toe in de bibliotheek.'

'Goed, ik zal komen.'

Ik praatte op mezelf in, verbood mezelf te gaan. Toch wist ik diep in mijn hart dat ik de verleiding om in zijn armen te liggen niet zou kunnen weerstaan.

IJsberend door de bibliotheek wachtte hij me op.

'Zina, vergeef me. Ik ben een zwakkeling, een lafaard, maar ik ben zo ongelukkig sinds die keer dat we elkaar tegen het lijf zijn gelopen.'

'Je leek anders behoorlijk gelukkig.'

'Luister, probeer me te begrijpen. Larissa is mooi, vrolijk en aantrekkelijk. Dagenlang heb ik geprobeerd met haar te breken, maar door de macht der gewoonte, de druk van de familie, en uit respect voor de wetten van het fatsoen heb ik me daar niet toe kunnen brengen. Toch voel ik dat ons huwelijk op een mislukking zal uitlopen en dat ik langzaam maar zeker een respectabel man zal worden, een keurige, onbeduidende meneer. Geloof je me als ik zweer dat ik alleen van jou hou?'

'Als je echt meent wat je zegt, heb ik met je te doen, Alexej. Ik hou ook van jou, maar niet één man zal me ervan weerhouden mezelf te zijn. Ooit zal ik trouwen, maar ik zal mijn man vertellen over de gevoelens die ik voor jou heb. Ik hou er niet van iemand te bedriegen, maar ik heb geen zelfrespect en als het lot ons op een dag bij elkaar brengt, zal ik van jou zijn, zoals ik al eerder heb gezegd.'

Alexej stond op. Ik liep naar hem toe en kuste hem. Als ik hem op dat moment had gesmeekt – wie weet? Hij was zo besluiteloos.

We omhelsden elkaar heel lang. Daarna maakte ik me ineens los en vluchtte ik ontdaan over zoveel zwakte weg.

Op mijn kamer ging mijn hart enorm tekeer, maar mijn
hoofd was helder en ik dacht: Alexej dwingen Larissa te verlaten? Vroeg of laat zal hij me dat zeker verwijten, of zal ik
hem gaan minachten om zijn gebrek aan wilskracht. Ik deed
er beter aan hem zijn lotsbestemming te laten volgen.

Toen ik weer op Smolny was, lag daar een brief op me te
wachten van Anna, die terug was van haar huwelijksreis. Ze
vertelde over haar leven en haar huis, waar ze zich al helemaal thuis voelde. Haar schoonouders zouden in de lente
Don en zijn ouders op bezoek krijgen. Anna vroeg of ik dan
wilde komen logeren. Dat was een mooi excuus om het huwelijk van Alexej niet te hoeven bijwonen.

6

Waarom, weet ik niet, maar ik was ervan overtuigd dat 1865, het jaar waarin ik zeventien was geworden, een kentering in mijn leven zou zijn. Ik moest kiezen: nog een jaar op Smolny blijven als repetitor van de laagste klassen of terugkeren naar mijn ouders in Koersk.

Voordat ik een beslissing nam, wilde ik tante Jelizaveta om raad vragen. In die tijd keek ik net als mijn klasgenootjes uit naar het jaarlijkse bal. Ook dan zouden we ons uniform moeten dragen, en ook al mochten we het wel opsieren, toch vond ik het jammer dat ik mijn prachtige zwarte jurk niet aan kon, want die leek me de garantie voor succes.

Ik vond het fijn om mijn neef Vladimir weer te zien, maar uiteindelijk bleek zijn aanwezigheid toch hinderlijk; ik liet hem vaak in de steek om met een ander te dansen. De hele avond ging ik met blozende wangen van opgetogenheid van de een naar de ander. Ik viel in de smaak – sterker nog: ik werd verleidelijk gevonden. Ik genoot uitbundig, en voor het eerst ervoer ik hoe het voelt als al die aandacht je naar het hoofd stijgt. Vladimir was verliefd op me, dat wist ik, en ik genoot van mijn gemene spelletje.

Om het goed te maken sprak ik de volgende dag bij mijn tante met hem af.

Daar stond me een grote verrassing te wachten.

'Lieve Zina,' zei tante Jelizaveta. 'Ik wil je een voorstel doen. Tijdens de kerstvakantie ga ik met mijn pupil naar het buitenland. De arts vindt de vochtige winter van Rusland niet goed voor haar gezondheid en heeft haar ouders aangeraden haar naar het zachte klimaat in Zuid-Frankrijk te sturen, waar ze een villa hebben. En om te voorkomen dat ze zich eenzaam voelt, nodigen ze je uit om haar samen met mij te vergezellen.'

Ik dacht dat ik droomde en vergat zelfs Vladimir te groeten, die op dat moment binnenkwam.

'Mijn god, echt waar?'

Ik zei direct ja.

'Maar eerst moet je je ouders schrijven om toestemming te vragen. Kom mee, dan stel ik je voor aan mijn pupil en haar ouders en kunnen we meteen vertellen dat je in principe meegaat, want ik ga ervan uit dat je ouders ermee zullen instemmen en blij voor je zullen zijn. Vladimir, ga zitten. We zijn zo terug.'

Bij de Skoroebski's zei tante Jelizaveta tegen een heel jong meisje dat ongeduldig op haar had zitten wachten: 'Irina, mag ik je voorstellen? Dit is mijn nicht Zinaïda.'

Irina kwam naar me toe. Ze was heel klein, had mooi golvend blond haar en haar glimlach nam haar onmiddellijk voor me in.

'Wat fijn om met u op reis te gaan. Beloof me snel dat we goede vriendinnen zullen worden.'

'Dat wil ik ook heel graag. Mijn tante heeft het vaak over u.'

'Juffrouw Varfolomejev laat zich ook altijd heel lovend over u uit, en aangezien ze dol op u is, weet ik zeker dat wij drietjes het heel goed met elkaar kunnen vinden.'

En terwijl ze dat zei, vloog ze me zo spontaan om de hals dat ik haar zonder terughoudendheid een zoen gaf.

'Kom mee naar mama.'

We gingen naar een boudoir. Een vrouw die op Irina leek, kwam op me af. Maar nog voor ze de kans kreeg iets te zeggen, riep Irina: 'Mama, mama, ze gaat heel graag mee. Ik ben zo blij!'

Ze was zo enthousiast dat ik me nauwelijks kon voorstellen dat ze broos was.

'Lieve Zinaïda – mag ik u zo noemen? – het is een hele zorg minder nu ik weet dat u haar zult vergezellen. Zelf kan ik namelijk niet mee. Dank u dat u onze uitnodiging aanneemt.'

Na nog even over koetjes en kalfjes te hebben gepraat gingen we terug naar Vladimir, die heel verdrietig was over het vooruitzicht dat hij me een tijd niet zou zien.

Ik stelde tante Jelizaveta allerlei vragen om meer te weten te komen over onze reis.

'Daar hebben we het wel over als je me de brief van je moeder brengt.'

Ik schreef mijn moeder meteen en vroeg mijn tante de brief op de post te doen.

Het antwoord liet niet lang op zich wachten. Hoewel mijn moeder het jammer vond dat ze me met Kerstmis niet zou zien, gaf ze toestemming; mijn vader vond het ook goed. Mijn hart liep over van dankbaarheid dat ik ouders had die niet alleen aan zichzelf dachten. Ik moest nog wel speciale toestemming vragen om voor het einde van het schooljaar van Smolny weg te gaan, maar dankzij mijn goede cijfers in vrijwel alle vakken was dat geen probleem.

Ik ging naar tante Jelizaveta om samen inkopen te doen voor de reis. Telkens als ik Irina zag, raakte ik meer gesteld op dat jonge, open, spontane meisje. De eindbestemming van onze reis zou Nice zijn, een onlangs Frans geworden stad. Maar daarvóór zouden we zes dagen in Parijs doorbrengen: tante en Irina bij vrienden van de Skoroebski's, en ik bij de familie van Jeanne, de schoonzus van Jelena.

Parijs, eindelijk! Ik leek het al te kennen, zo vaak had ik ervan gedroomd als ik over die stad las in een boek. Toch vond ik alles betoverend. Ik werd afgezet voor een groot herenhuis aan de rand van het park Monceau, waar de ouders van Jeanne woonden. Een huismeester deed open. Ik werd naar een vrij groot gezelschap gebracht, waarvan zich een dame losmaakte, die naar me toe kwam.

'Dag Zinaïda, wat een genoegen kennis met u te maken.'

Ze stelde me voor aan haar man en de anderen, allemaal familieleden en vrienden van Jeanne. Daarna werd ik naar de slaapkamer gebracht die voor mij was klaargemaakt. Toen ik die binnenliep, kon ik een uitroep niet inhouden. 'Wat mooi!' Het raam bood uitzicht op het park Monceau. Ik keek de kamer rond. Toen ik de volmaakte harmonie zag die de elegantie, de kleurstelling en het oog voor detail hadden geschapen, begreep ik de verfijnde smaak van de Fransen. Ik friste me op en ging naar beneden, naar mijn gastvrouw.

Ik werd letterlijk bestookt met vragen. Iedereen wilde weten hoe het met Jeanne ging. Een beetje duizelend van de snelheid waarmee mijn gesprekspartners spraken, probeerde ik zo goed mogelijk antwoord te geven. Daarna wilde iedereen mijn korte verblijf voor me invullen en me Parijs laten zien. 's Avonds: theater, opera, een restaurant. Ik liet me alles welgevallen, maar de ochtenden wist ik – zij het met veel moeite – voor mezelf te houden, omdat ik vastbesloten was de stad in mijn eentje te verkennen.

De ouders van Jeanne gaven ter ere van mij nog diezelfde avond een ontvangst waar ook mijn tante en Irina zouden komen. Mijn reisgezellen, die ik na de thee ging opzoeken, namen de uitnodiging met plezier aan. Ze logeerden in dezelfde wijk als ik, bij een diplomatenechtpaar op leeftijd dat in Parijs was gestationeerd. De iconen in de slaapkamers en de donkerrode bekleding van de zware eiken meubels gaven het appartement een typisch Russische uitstraling.

Irina, dolblij met het vooruitzicht te gaan dansen, paste al haar jurken en deed haar haar tien keer anders. Op mijn aanraden liet ze het loshangen, zodat het zijn natuurlijke beweging behield en koos ze een japon van rood fluweel. Ze zag er heel delicaat en mooi uit.

Terug bij de familie van Jeanne ging ik snel naar boven om me om te kleden, maar niet nadat ik eerst even gekeken had wat de andere jonge vrouwen droegen. Toen ik hun gulle decolleté en weelderige verschijning zag, besloot ik mijn zwarte japon aan te doen, waarvan de snit iets Parijs' had.

Het diner was zeer geanimeerd. Op twee grote tafels die smaakvol waren gedekt en opgesierd met bloemen, stonden verfijnde gerechten. Ondanks hun onmiskenbare afkeer van reizen waren de Fransen zeer geïnteresseerd in mijn geboorteland. Mijn Frans en goede manieren leken hen te verrassen. Ongetwijfeld dachten ze dat Rusland een land van barbaren was, en in bepaalde opzichten hadden ze daar niet helemaal ongelijk in.

In het gesprek dook de politiek voortdurend op. Ik verbaasde me over de harde kritiek en de hoon waarmee er over Napoleon iii en zijn ministers werd gesproken. De vorst was op dat moment verwikkeld in een onfortuinlijke expeditie in Mexico, en ook het tegen hervormingen gerichte beleid van zijn regering leidde tot onvrede in de liberale pers.

Ik stelde de ouders van Jeanne gerust, die zich zorgen over haar maakten omdat er geruchten de ronde deden over complotten en mogelijke moordaanslagen op Alexandr ii. Maar ik was vooral geïnteresseerd in mijn tafelgenoten; die hadden het niet over 'de ziel' en 'gevoelens', maar over schilderkunst, muziek en literatuur. De nieuwe stroming in de schilderkunst leidde tot levendige discussies: die wanordelijke vlekken, die orgie van schokkend felle kleuren. Ik kreeg zin om het zelf te gaan bekijken.

Mijn tafelheer, een ingenieur die net terug was uit Suez en me uitgebreid vertelde over de werkzaamheden aan het kanaal, was verrast dat ik gehoord had van dat project. Mijn andere buurman, een tot de romantiek behorende jonge dichter, sprak zo enthousiast over Baudelaire en diens omstreden poëzie dat ik me voornam de bundels die hij aanraadde al de volgende dag te kopen. Helaas liep dat uit op een teleurstelling, want in die tijd werd Baudelaire alleen in Engeland uitgegeven.

In de loop van die avond danste ik veel en werd ik overladen met complimentjes over mijn elegantie en mijn wat schorre uitspraak, die charmant werd gevonden. Mijn tante had het onophoudelijk over Rusland. En Irina... haar ogen straalden, haar lach sprankelde, en opgetogen vertelde ze dat een paar andere jonge gasten ook naar Nice zouden gaan en haar daar zouden komen opzoeken.

De volgende dag werd ik moeizaam wakker. Een attent kamermeisje deed de gordijnen open en bracht me een copieus ontbijt op bed. Wat een luxe! Adélaïde, de jongere zus van Jeanne, gaf me een plattegrond van de stad en bood zich aan als gids. Ik deed echter alsof ik een afspraak had met mijn tante en ging alleen op pad. Blij met mijn vrijheid nam ik een huurrijtuig en vroeg de koetsier me via de mooiste route naar de Notre-Dame te brengen. Alles wat ik onderweg zag, probeerde ik in mijn hoofd te prenten, want om Parijs te beschrijven moet je over het talent van een dichter beschikken; ik kan mijn indrukken maar beter voor mezelf houden.

De binnenkant van de Notre-Dame riep een totaal nieuwe sensatie bij me op. Toen ik die kille en door zijn immense omvang indrukwekkende kathedraal binnenkwam, voelde ik me een vreemdeling. Geen enkele band met God. Het was een kunstwerk, zeker, maar voor mij was God in mijn kerk in Koersk, die zo vrolijk, vertrouwd en intiem was met zijn iconen, kaarsen en koren. Hier moest ik aan Nikolaj denken en aan de dood. Toen ik weer buiten kwam, voelde ik me heel nietig, maar tegelijkertijd bruiste ik van levenslust.

Ik haalde diep adem en liep naar de kade. Sommige mensen hadden haast; verliefde stelletjes keken elkaar diep in de ogen; oudjes kromden hun rug tegen de koude wind. Ik slenterde rond en hield stil bij de stalletjes, waar ik door boeken bladerde en gravures bekeek.

Plotseling deed het profiel van een man die maar een paar passen bij me vandaan stond me trillen. Zijn gestalte leek zo sterk op die van Alexej dat je zou hebben gedacht dat hij het was. Ik kon mijn ogen niet van hem afhouden. Toen hij zich naar me omdraaide, vielen zijn donkere blauwgrijze ogen me meteen op. Om zijn mond verscheen een lachje.

'Kan ik u soms ergens mee helpen?' vroeg hij met een zwaar buitenlands accent.

'Neemt u me niet kwalijk,' zei ik zonder mijn teleurstelling te verbergen. 'Ik zag u aan voor een vriend.'

'Gezien uw droevige gezicht stel ik u teleur en dat spijt me,' zei hij glimlachend. 'Mag ik me voorstellen? Mijn naam is Wilhelm, ik ben Duits en bekwaam me hier in de schilderkunst. En u?'

'Op doorreis. Ik heb net de Notre-Dame bezichtigd. Toen ik daar uit kwam, voelde ik me een beetje verloren, dus ik neem uw hulp graag aan. En ik heb trek.'

En zo zat ik even later met een onbekende aan de koffie en croissants. Ineens kreeg ik de slappe lach, ik kwam niet meer bij. Toen ik de verraste en enigszins bezorgde blik van mijn tafelgenoot zag, legde ik hem uit wat ik zo hilarisch vond.

'Begrijpt u, hier zit ik, Zinaïda, een kersvers van de verre steppes afkomstige jonge Russin, in het gezelschap van een volslagen onbekende, en in Parijs nog wel. Geweldig!'

'En ik ben heel blij dat het lot zo'n spontane vrouw op mijn pad heeft gebracht. Ik zal u meteen geruststellen: ik verzeker u dat ik volkomen respectabel ben. Gelooft u dat? Maakt ook niet uit. We zitten hier nu samen; vertel eens wat u in Parijs doet.'

Ik vertelde waarom ik in Parijs was, dat ik altijd al graag had willen reizen en dat ik een hartstochtelijke belangstelling had voor de schilderkunst. En dat ik van mijn verblijf in de Franse hoofdstad optimaal wilde profiteren om me verder te bekwamen in het tekenen.

Wilhelm stelde voor om samen naar de École des Beaux Arts te gaan; we maakten een afspraak voor de volgende dag.

Mijn blijdschap om in het gezelschap van die man met dat vastberaden gezicht en die bescheiden, vertrouwenwekkende blik Parijs te leren kennen, is niet in woorden uit te drukken.

Die middag ging ik naar mijn tante en Irina, en we bezochten zoveel musea dat we op het laatst niet meer op onze benen konden staan. Toen Irina van mijn ontmoeting met Wilhelm hoorde, klapte ze spontaan in haar handen, maar mijn tante gaf te kennen dat ze zich zorgen maakte, ook al vertrouwde ze erop dat ik geen domme dingen zou doen.

's Avonds namen mijn vrienden me mee naar het theater om een stuk van Marivaux te zien. Het melodieuze Frans, het luchtige en amusante onderwerp, de sfeer en de gesprekken tijdens de pauze en al die elegante, prachtige vrouwen... Dat was het Parijs van mijn dromen.

De volgende dag trof ik Wilhelm voor de École des Beaux Arts. Dat instituut genoot een grote faam, maar het onderricht strookte niet met de opvattingen over esthetiek van mijn metgezel. Hij hield van de natuur, van de buitenlucht, en voelde zich veel meer verwant met de schilders die zich verzetten tegen wat de 'grote kunst' werd genoemd.

Hij vertelde over de academie van de beroemde Thomas Couture. We besloten erheen te gaan. Nadat Wilhelm me had voorgesteld aan een paar vrienden, kwam meester Thomas Couture een praatje met me maken. Toen hij hoorde dat ik me toelegde op tekenen, stelde hij voor dat ik een studie zou maken van het vrouwelijke model dat poseerde als een personage uit de mythologie. Ik kreeg een vel papier, houtskool en de aanmoediging: 'Toe dan!'

Aanvankelijk was ik vreselijk onzeker en durfde ik nauwelijks op te kijken, maar daarna spiedde ik naar de anderen, terwijl ik deed alsof ik het model bestudeerde. Toen ik besefte dat iedereen opging in zijn werk en geen aandacht aan me schonk, observeerde ik het model: gehuld in een gewaad en met haar rechterhand smekend opgeheven naar de hemel en de linker rustend op haar hart, maakte ze een belachelijk gekunstelde indruk. Ik besloot haar menselijker te maken en beeldde haar af voor een rij huizen, gehuld in lompen, bedelend om een aalmoes bij een figuur die vanaf een balkon naar haar keek. Ik ging zo op in mijn schets dat ik niet hoorde dat de leermeester achter me kwam staan, en ik schrok op toen hij hard lachend uitriep: 'Nee maar, een Russische nihilist die onze matrone uit de oudheid verandert in een bedelares!'

Ik bloosde en voelde me opgelaten toen iedereen nieuwsgierig naar me keek.

Nadat we elkaars tekeningen hadden bekeken gingen we met z'n allen naar Guerbois, een café dat de ontmoetingsplek was van dichters, schrijvers en schilders.

De leerlingen complimenteerden me en zelfs de leermeester gaf me een pluim. Waren ze oprecht? Ik geloofde ze niet helemaal. Wilhelm daarentegen leek met stomheid geslagen door mijn tekening, en vanaf dat moment sprak hij met me over schilderkunst alsof hij met een ware kunstenares van doen had. Mijn metgezel vertelde wie er aan de tafeltjes naast ons zaten: Zola, Fantin-Latour, Whistler, mensen van wie ik nooit had gehoord, en nog veel meer anderen van wie ik de naam ben vergeten. Ik hoorde praten over een zekere Manet, die op dat moment in Spanje zat. In de verwachting dat het later onvergetelijke herinneringen zou opleveren, probeerde ik alles wat ik hoorde in me op te nemen. Zittend naast Wilhelm voelde ik me volkomen op mijn gemak in die omgeving, en hij zei dat dat ook voor hem gold. Nog maar drie dagen Parijs! Die wilden we samen doorbrengen om over schilderkunst te praten.

Nooit eerder had ik me zo op mijn gemak gevoeld bij een man. Rusland en mijn leven en mijn zorgen verdwenen. Parijs riep een sfeer op van volledige onafhankelijkheid, en ik begon te begrijpen waarom buitenlandse kunstenaars zoveel van de stad hielden en de grootste moeite hadden er weg te gaan. Waar kwam die aantrekkingskracht vandaan? Misschien van het bijzondere licht, van de grillig kronkelende Seine, van de kades en de parken. De elegantie van de vrouwen en de hoffelijkheid van de mannen droegen er ongetwijfeld ook aan bij.

Adélaïde nam me mee naar een hoedenmaakster en daarna naar het bekendste modehuis, van de Engelsman Worth, die zijn ontwerpen door mannequins liet tonen. 's Avonds gingen we na een diner in een restaurant naar een vaudeville-voorstelling in een theater aan een van de grote boulevards. De volgende dag ging ik met mijn tante en Irina winkelen.

Ondanks al die vrolijke bezigheden had ik toch nog tijd om Wilhelm te zien, die niet veel over zijn leven vertelde, maar tijdens mijn verblijf in Parijs wel altijd voor me klaarstond. Vlak voordat we weggingen, vroeg ik hem of hij een wandelingetje met me wilde maken over de kades, net zoals we de eerste dag hadden gedaan. In een opwelling pakte ik zijn arm vast en hij nam mijn hand in de zijne: zwijgend en blij met dit vluchtige moment liepen we verder. Bij het afscheid keken we elkaar in de ogen en kuste Wilhelm me.

'Beloof me dat je zult schrijven. Ik voel me zo goed bij jou! Op een dag zal ik je in Rusland komen opzoeken,' zei hij.

Toen moest ik daarom lachen, maar het leven kan soms raar lopen.

In de trein naar Nice werd ik zo in beslag genomen door al die nieuwe indrukken dat het me moeite kostte om naar het onophoudelijke gebabbel van Irina te luisteren.

Op een heldere ochtend kwamen we in Nice aan, en het eerste wat ik opmerkte was die bijzondere geur van kaneel, pijnbomen en zee. Ik voelde de zachte lucht, zag het wuiven van de palmbomen, het geel van de mimosa's, het rood van de geraniums, maar vooral het grijsblauw van de zee. Het was december, en toch deed het me denken aan het begin van een Russische zomer. Het zuidelijke accent vermengd met Italiaans vond ik charmant. 'Deze reis, wat een ongelooflijke kans!' fluisterde ik vanuit de grond van mijn hart.

Onze villa heette 'Les Bougainvilles'. Alle ramen keken uit op een terras en de tuin met verschillende niveaus liep af naar de zee. Op de begane grond was een grote salon, gemeubileerd met gebloemde, comfortabele canapés en fauteuils. Het parket glansde en het vertrek was opgesierd met consoletafeltjes, spiegels en gravures van landschappen en kindergezichtjes.

De huisbewaarders deden er alles aan om ons verblijf zo aangenaam mogelijk te maken. Marie, een gezette vrouw met een zangerig accent, was kokkin en kamermeisje; haar man, Justin, was tuinman, huismeester en koetsier. Juliette, een jong dorpsmeisje, hielp hen.

De eerste dag gebruikten we om kamers uit te kiezen en onze koffers uit te pakken. Na een heerlijke lunch van rauwkost, olijven, ansjovis, gegrilde vis en zelfgebakken taart, dronken we koffie op een lagergelegen terras in de tuin, uitgerust met onze parasolletjes, want ondanks het winterseizoen was het zonlicht fel. Ik schermde mijn gezicht niet af en koesterde me in de zonnestralen, ook al liep ik daardoor het risico een kleurtje te krijgen.

De volgende ochtend bracht de koets ons naar de luidruchtige, drukke markt. De mensen waren goedlachs en er werd vrolijk gekletst. Het geschreeuw van de marktvrouwen die hun waren aanprezen, de vishandelaren, de onbekende groentes... We wilden alles kopen, alles proeven. Een eindje verderop raakten we op de bloemenmarkt helemaal betoverd door de schitterende kleuren en de bedwelmende geuren. Ik kreeg te horen dat de meeste soorten, en dan met name bloemen die gladiolen heetten, in kassen werden gekweekt. Die middag gingen we winkelen en als afsluiting van de dag kocht tante Jelizaveta voor mij een prachtige lavendelkleurige jurk van luchtig mousseline met speelse kanten volants. Mijn eerste Franse jurk.

Een paar dagen na onze aankomst kreeg ik een brief van Wilhelm, waarin hij schreef dat hij me erg miste. Ongetwijfeld zou hij me heel snel weer vergeten, maar ik vond het fijn om te weten dat ik werd begeerd.

Op een ochtend kwam Hubert de Saint-E., de jongeman die zich tijdens onze eerste avond in Parijs zo had uitgesloofd voor Irina, ons opzoeken in de villa, en vanaf die dag bleef hij komen. We maakten kennis met zijn innemende ouders, die in Nice woonden en enthousiast leken over de verovering van hun zoon. Irina had trouwens een verandering ondergaan: ze hoestte niet meer en was niet meer bleek en slapjes. Integendeel zelfs, haar grote ogen straalden een ongelooflijke energie uit en weerspiegelden haar dromen. Die nieuwe Irina en haar ontluikende liefde deden me denken aan mijn eigen metamorfose en aan mijn hopeloze liefde. Dat deed haast lichamelijk zeer.

De maand verstreek veel te snel: rijtoertjes in de omgeving van Cannes en Monaco, door Hubert en zijn vrienden georganiseerde picknicks, en natuurlijk soirees, concerten en theatervoorstellingen. Op uitdrukkelijk verzoek van Wilhelm, die me regelmatig schreef, gingen we zelfs langs bij een fotograaf, en omdat ik mezelf bijna knap vond, bestelde ik een paar foto's.

Het afscheid tussen Hubert en Irina was hartverscheurend. Begin januari gingen we terug naar Parijs, waar we een dag zouden blijven om afscheid te nemen van de ouders van Jeanne. Ik had een koffer vol cadeaus voor hun lieve kinderen bij me. Wilhelm zag ik heel kort. Daarna begonnen we aan de reis naar ons verre land.

Tijdens de terugreis zwegen we, ieder verzonken in herinneringen. Ik zag het oudejaarsfeest bij de ouders van Hubert weer voor me, toen Irina als afscheidscadeau een prachtige camee had gekregen, tante Jelizaveta een gravure van Nice en ik een waaier. Toen het twaalf uur sloeg, was er geen enkele wens bij me opgekomen. Ik was vrolijk en dankbaar voor alle mooie momenten die ik had beleefd. Ik ging ervan uit dat het lot mijn leven zou bepalen.

7

Bij onze aankomst in Sint-Petersburg werden we onthaald door sneeuw, kou en een grijze lucht. Ik bracht twee dagen door met mijn moeder en Anna, die me kwamen opzoeken bij tante Jelizaveta. Ik moest hun alles vertellen, en daarna nog een keer aan Jeanne, die uitkeek naar het bezoek van haar zus Adélaïde in de lente.

Voor Anna had ik een sjaal om haar rondingen te verhullen, voor mama een prachtige naaitas, voor mijn niania, die ik niet was vergeten, een kanten mutsje. En voor mijn vader een fraai geïllustreerd boek over Nice.

Het was een hele schok om voor het laatste jaar terug te gaan naar Smolny. Ik leek ruw te worden teruggeworpen in mijn kinderjaren. Toen ik Jelena zag, kwamen alle gevoelens die ik tijdens die maand in het buitenland had weggemoffeld meteen weer boven. Toch durfde ik haar niet te vragen hoe het met Alexej ging, ook al wilde ik hem dolgraag zien en bij hem zijn. Mijn liefde voor hem had zich niet laten smoren, noch door de afstand, noch door de aandacht van andere mannen.

Ik ging weer serieus aan de slag. Ik tekende en las vooral; ik dook in de boeken die ik meegenomen had uit Frankrijk. De heldere stijl van Zola sprak me bijzonder aan en *De dame met de camelia's* van Dumas riep bij mij de sfeer op van de Parijse salons, even schitterend en luchtig als vuurwerk.

Zowel in Parijs als in Nice had ik aardig wat Fransen leren kennen; ik hield van hun gevatheid, hun scherts en snelle, heldere manier van denken. Vaak leidde tijdens een gesprek een kwinkslag tot diepzinnige bespiegelingen. Ik had grote bewondering voor hen, vond hen amusant en verrassend. Als ik naar mijn tante ging om met Irina herinneringen op te halen, was Vladimir daar soms ook. Die vond het geweldig dat ik weer terug was, maar hij hoorde me niet graag praten over mijn Franse vrienden en al helemaal niet over Wilhelm.

Het was lente, de paasvakantie stond voor de deur en ik verheugde me op mijn logeerpartij bij Anna. Helaas moest ik al die mooie plannen laten varen. In maart kreeg ik een brief van mijn moeder waarin ze liet weten dat mijn vader een beroerte had gehad. Ze vroeg me meteen naar huis te komen. Ik ging erheen, samen met Anna, die me in Sint-Petersburg kwam ophalen. Ze was zes maanden in verwachting en moeder had haar bezworen vooral niet te komen, maar daar wilde ze niets van horen, want ze was erg op papa gesteld. Helaas kregen we bij aankomst slecht nieuws te horen.

Vader had nog een beroerte gehad, en die snelle terugval vond de arts zorgwekkend. Hij stak niet onder stoelen of banken dat hij het somber inzag: een derde attaque zou fataal zijn. Vader herkende ons, maar sprak moeizaam en was deels verlamd.

Mama bleef kalm, regelde alles, bestierde het huishouden als voorheen en vroeg hoe het met ons ging. Om de beurt zaten we aan het bed van vader. Met name Anna zat vaak met haar breiwerkje bij hem. Mama en ik merkten dat haar aanwezigheid hem goeddeed. Vijf dagen verstreken zonder dat er enige verbetering optrad. De ochtend van de zesde dag werd mama gewekt door de verzorgster, die vertelde dat vader in zijn slaap was gestorven.

Ik was volledig van de kaart en had de indruk dat een ander de dingen deed die ik deed toen ik de vrienden en familieleden ontving die hun leedwezen kwamen betuigen. Op de ochtend van de begrafenis kwam er een grote schare mensen naar de kerk, zo groot zelfs dat niet iedereen erin paste. De boeren kwamen hun dankbaarheid betuigen omdat ze al vóór het befaamde decreet hun vrijheid hadden gekregen.

Het moment van onze thuiskomst vond ik het moeilijkst. Het huis leek heel kil. Ik moest aan mijn kinderjaren en aan mijn goedlachse vader en Nikolaj denken. Waren wij dat echt, die gelukkige mensen? Waarom moet een mens oud worden, moet hij lijden? Samen met tante Jelizaveta, die met ons mee was gekomen, zaten we in de salon, niet in staat een woord uit te brengen, laat staan om aan de toekomst te denken.

En toch moesten we de situatie onder ogen zien. Gelukkig was Anna al onder de pannen en binnenkort zou ze moeder worden. Mijn tante kwam als eerste met een voorstel.

'Maria, je kunt niet in je eentje in dit huis blijven wonen. Ik zal een appartement voor je zoeken in Petersburg. Dan woon je dicht bij je dochters. En als Zina in augustus Smolny verlaat, kunnen jullie verhuizen. Maar kom tot die tijd bij mij wonen.'

'Dat vind ik heel lief van je, Jelizaveta, maar ik kan me er niet toe brengen om al zo snel hier weg te gaan. Ik zou het gevoel hebben dat ik Pavel zou verraden als ik dat deed.'

'Mama,' zei ik, 'dan blijf ik bij jou. Jammer dan van dat laatste trimester.'

'Geen sprake van. Je maakt je school af; je bent een veel te goede leerling.'

Op dat moment onderbrak tante Jelizaveta haar.

'Ik heb een beter idee. Ik vraag verlof bij de ouders van Irina en kom hier bij jou wonen.'

Anna gaf mijn moeder en mij niet de kans om te reageren.

'Dank u, tante, dat zou een geweldige oplossing zijn, want Zina en ik kunnen geen van beiden bij u blijven, mama. Ik wilde u meenemen naar mijn huis, maar ik kan me goed voorstellen dat u hier niet weg wilt. Bovendien krijg ik over drie maanden een kind en dan móét u wel naar ons toe komen.'

'Ik vind het vreselijk om jullie leven zo op z'n kop te zetten. Lieve Jelizaveta, ik ga graag op je voorstel in en dank je uit de grond van mijn hart.'

Het was een enorme opluchting voor me dat ik mijn lieve moeder in zulke goede handen kon achterlaten. Anna en ik bleven bij haar tot mijn tante terugkwam, die naar Petersburg was vertrokken om de familie van Irina op de hoogte te stellen.

Omdat ze hetzelfde karakter had als ik, sprak ik met moeder niet over mijn vader. Ik wist dat ze het niet fijn vond om over haar verdriet te praten met iemand die haar zo na was als haar eigen dochter. Waarschijnlijk was ze bang dat ze zich dan zou laten gaan. Anna, attent en evenwichtiger dan voorheen, was opgebloeid; haar gezicht straalde vredigheid uit. Weer vroeg ze me om in april samen met Zjenia bij haar te komen logeren, maar ik sloeg de uitnodiging af, omdat ik met Pasen liever naar mama ging.

Terug op Smolny dacht ik vertederd terug aan papa. Net als Anna wist ik dat hij al vanaf Nikolajs dood stilletjes uit het leven had willen wegglippen, precies zoals hij gedaan had.

Sinds een paar jaar had ik een verwijdering laten ontstaan tussen mijn ouders en mij, maar aan mijn jeugd heb ik altijd gelukkige herinneringen overgehouden.

Toen ik net terug was in Petersburg, kwam mevrouw Skoroebski, de moeder van Irina, bij me langs. Op verzoek van tante Jelizaveta had ze een appartement voor ons gevonden en ze kwam me halen om het te bezichtigen. Het bestond uit een salon, een eetkamer, een boudoir, vier slaapkamers, een keuken, een linnenkamer, drie bediendekamers en twee onafhankelijke ingangen. We mochten ook gebruikmaken van een deel van de tuin.

Ik ging er meteen heen. De eigenaresse, Nadezjda Petrovna Jelisejev, die weduwe was, woonde alleen, want haar enige dochter was onlangs uit huis gegaan om te trouwen. Ze leek aardig en hartelijk. Met haar als vriendin zou mijn moeder zich minder eenzaam voelen, bedacht ik.

Haar voorstel om in juni met de werkzaamheden te beginnen, zodat we in september konden verhuizen, kwam goed uit en ik stemde er ter plekke mee in.

Ik voelde dat ik mijn moeder in bescherming moest nemen, haar moest omringen met mijn liefde en verantwoordelijkheden van haar moest overnemen om haar leven zo rustig en aangenaam mogelijk te maken. Tante Jelizaveta deed daar ook alles aan en bereidde haar met veel tact voor op de verhuizing, waardoor hun familieband uitgroeide tot een innige vriendschap.

Vladimir zag ik regelmatig; we gingen samen schaatsen, theedrinken of naar het theater. Tijdens een concert verklaarde hij mij zijn liefde, maar hij zei ook dat hij bereid was me net zoveel tijd te geven als ik nodig had. Aangezien Alexej niet beschikbaar was, had ik liever een leven opgebouwd met Wilhelm, met wie ik veel gemeen had. Alleen, wat wist ik van hem en van zijn karakter en familie? Vladimir was een veilige keuze. Hij was een ver familielid, was zeer erudiet en was het vaak met mij eens – misschien wel iets te vaak naar mijn smaak. Maar om nou een verstandshuwelijk aan te gaan met een saai, bedaagd leven als vooruitzicht... Ik had nog tijd. Ik ontnam hem niet alle hoop, maar bekende wel dat een andere man mijn gedachten beheerste, een hopeloze liefde, want het volgende voorjaar zou hij met een ander trouwen.

Mama bleef in Koersk, waar ze de zaken van papa op orde bracht. De notaris had haar op hoogte gebracht van onze financiële situatie, die niet bepaald florissant bleek. In zijn testament liet vader het landgoed in Koersk na aan mijn moeder en een huis in de Krim aan mijn zus en mij, maar de inkomsten die hij ons naliet waren zo bescheiden dat we genoodzaakt waren Koersk te verkopen.

Ons familiehuis stond voortaan in de Krim. Anna en ik hadden er niet veel moeite mee om afstand te doen van het huis waar we waren opgegroeid, want dat riep te veel trieste herinneringen op. Moeder zou het er echter veel moeilijker mee hebben om zich los te maken van dit huis waar de belangrijkste gebeurtenissen in haar leven zich hadden afgespeeld. Maar wat konden we anders?

Doordat ik Smolny zou verlaten, was ik bang mijn twee beste vriendinnen, Zjenia en Jelena, kwijt te raken. Vriendschap is nu eenmaal een beperkt leven beschoren en vaak verwatert het contact helemaal, maar bij ons was dat niet het geval. Zjenia zou binnenkort Don opzoeken, die bij Anna logeerde, en Jelena, die met Kerstmis met Igor zou trouwen, stortte zich helemaal op de voorbereidingen van Alexejs huwelijk. Ik drong erop aan dat ze me daar alles over zou vertellen, want uit zichzelf durfde ze er niet over te beginnen, omdat ze wist wat ik voor hem voelde en me niet wilde kwetsen.

Het lot had echter geluk voor me in petto.

Wanneer ik 's middags vrij had, doolde ik vaak zomaar wat rond door Petersburg, en op een dag werd ik door een onweerstaanbare kracht naar het huis van Jelena's ouders gelokt. Ik stond net treurig naar de portiek te kijken toen ik Alexej naar buiten zag komen, die, diep in gedachten verzonken, recht op me af liep. Mijn hart begon te bonzen en met een door emoties gesmoorde stem mompelde ik: 'Alexej.' Ik zag grote blijdschap in zijn ogen opgloeien en pakte zijn hand vast.

'Kom mee,' zei hij.

Als betoverd ging ik met hem het verlaten, stille huis binnen. De hal, de trap, zijn slaapkamer – en ik lag in zijn armen, dronken van geluk door het idee vóór zijn huwelijk van hem te zijn. Langzaam en bedaard trok ik mijn kleren uit; elke beweging kwam me heel natuurlijk voor. Alexej keek naar me; hij verlangde net zo naar mij als ik naar hem. Met een hartstocht die ik al had voorvoeld, gaf me ik aan hem. De schemering die de kamer binnendrong haalde ons uit een toestand die zich niet laat beschrijven. Had het een seconde geduurd, een eeuwigheid?

Vier dagen achter elkaar ging ik naar Alexej toe en verzon ik allerhande smoesjes om mijn afwezigheid te verklaren. Ik zweefde in een onwezenlijke wereld, dook met mijn hele lichaam in een golf van gedeelde sensualiteit. Ik was vrouw, bevredigd. Maar helaas vloog de tijd om.

Wanhopig zwijgend namen we afscheid. Ik omhelsde hem nog één keer en toen ging ik weg in het besef dat ik had gekregen waarop ik zo had gehoopt. Er zijn niet veel vrouwen die dat kunnen zeggen.

Ik stortte me weer op mijn studie. Van tijd tot tijd kreeg ik een brief van Wilhelm, die het spijtig vond dat we elkaar maar zo kort hadden gezien en me vertelde over de hoogteen dieptepunten in zijn werk. In een van zijn brieven schreef hij dat een neef van hem in oktober naar Petersburg zou komen, waar hij was aangesteld als docent Duitse taal- en letterkunde. Wilhelm zou hem mijn adres geven, zodat hij me kon opzoeken.

Toen ik met Pasen naar mijn moeder in Koersk ging, was

ik ervan overtuigd dat ze alles door zou hebben. Ik durfde haar niet aan te kijken, maar mijn vrees bleek ongegrond. Ze stelde me wel heel veel vragen over het appartement dat ons nieuwe onderkomen zou worden. Ik wist dat ze inmiddels graag weg wilde uit het huis in Koersk. Ondertussen zonk ik weg in het verleden, zag ik mezelf weer met mijn broer en Anna in het park lopen en ging ik naar het dorp om onze oude speelkameraadjes op te zoeken en wandelde ik door het dichte, donkere bos waar we vroeger altijd heel bang voor waren geweest: het deed ons altijd aan sprookjes denken en in het geruis van de zilverberken en espenbomen meenden we het sluipen van een wolf of de lach van een heks te horen.

Op eerste paasdag moest ik een uitvlucht verzinnen om niet te hoeven biechten en tijdens de nachtmis ter communie te gaan, en dat betreurde ik, maar 's nachts beleefde ik in mijn dromen onze romance opnieuw. Alexej nam me in zijn armen en in zijn omhelzing vergat ik alles. Onvoldaan werd ik wakker. De gedachte aan mijn toekomst snoerde mijn keel dicht. Het besef dat mijn minnaar net was getrouwd bleef aan me knagen. Wanneer zou ik hem weer zien? Ik had in een droom geleefd en nu was mijn lichaam een en al verlangen.

Om niet de gevangene te worden van die hartstocht zocht ik afleiding. Ik tekende ons huis en de plekken die me dierbaar waren en die ik nooit meer zou zien, en herlas boeken over de geschiedenis van ons grote Rusland, ook al vond ik de versie die daarin van de gebeurtenissen werd gegeven aanvechtbaar.

Mama en ik hadden het vaak over ons toekomstige appartement. Dat had ze inmiddels gezien en het sprak haar zeer aan. Mevrouw Jelisejev, de eigenaresse, had ze ook al ontmoet; ze hadden het van meet af aan goed met elkaar kunnen vinden.

We besloten om Masja, het kamermeisje, Trofim, de koetsier, Fedosja, mijn niania, en haar dochter, die onze kokkin was, mee te nemen naar Petersburg. Al ons huispersoneel wilde wel met ons mee; ze waren vrij en zeer gehecht aan onze familie. Een bevriende buurman had ons landgoed gekocht voor zijn zoon, en omdat hij blij was dat de huishouding al was geregeld, hield hij het overige personeel in dienst.

Zodra ik terug was op Smolny, deed Jelena me uitgebreid verslag van de bruiloft. Ze vertelde over de jurk van Larissa, haar stralende schoonheid, de ernstige, wat afwezige houding van Alexej en hun huwelijksreis naar Frankrijk en Italië. Het deed me pijn om dat te horen, maar had ik mijn vriendin niet zelf gevraagd me te kwellen?

Op verzoek van mijn moeder, die eind juni naar Tsarskoje Selo was gegaan voor de bevalling van Anna, bekommerde ik me in mijn eentje om de inrichting van het appartement. Op 29 juni 1866 werd Georgi, haar eerste kleinkind, geboren, tot grote trots van de hele familie.

Zjenia was ook naar Smolny gekomen om haar jaar af te maken. De ouders van Don, die opgetogen waren over de keuze van hun zoon, maakten talloze plannen voor het toekomstige leven van het jonge paar. Al mijn vriendinnen zagen hun bestaan beetje bij beetje vorm krijgen, terwijl ik zonder enig toekomstperspectief alleen achterbleef met mijn hopeloze liefde.

Dat laatste trimester verliep zonder bijzondere gebeurtenissen. Het afscheid leidde zoals gewoonlijk tot tranen bij de *pepinjerki*, van wie de meesten een pad zouden volgen dat vaak al was uitgestippeld. Ongetwijfeld zou Smolny een onuitwisbare indruk op hen achterlaten.

Daarna ging ik samen met tante Jelizaveta naar Koersk om voor het laatst de zomer in het huis van mijn kinderjaren door te brengen. We hadden zoveel snuisterijen, boeken, meubels en servies dat we de hele dag zoet waren met sorteren, schiften en inpakken. Dat was een heel vervelende klus, maar het verjoeg wel de melancholie. Bovendien was mijn tante met haar praktische instelling een geweldige steun voor ons.

De werkzaamheden in ons appartement waren flink opgeschoten en zoals gepland konden we begin september verhuizen. Op de dag van ons vertrek wekte mijn moeder, die de leiding op zich nam, de indruk dat ze alleen maar op reis ging. Geen tranen, geen zwakte, zelfs niet toen de boeren en bedienden afscheid kwamen nemen en luidruchtig uiting gaven aan hun verdriet.

In het rijtuig slaakte moeder een diepe zucht; dat was het enige teken van haar droefenis. Ik had er grote bewondering voor dat ze zo sterk was en had haar in mijn armen willen nemen, maar aangezien we ons geen van beiden wilden laten gaan, zwegen we, ieder verzonken in ons eigen verdriet. Mijn tante en de bedienden, die ons vooruit waren gereisd om onze aankomst voor te bereiden, stonden ons op te wachten voor het huis. Het appartement rook nog nieuw. De lichte salon stond vol met onze vertrouwde spullen: aan weerszijden van de schoorsteen, die was opgesierd met een spiegel, stonden de boekenkasten, en tussen twee canapés voor de haard lag een prachtige witte berenhuid. Rond de piano was een ander gezellig hoekje ingericht met fauteuils, een tafeltje en bloemen. Het begin van een nieuw leven. Over het ernstige gezicht van mijn moeder gleed een lachje. In de slaapkamer wekten de meubels uit Koersk de illusie dat we thuis waren. Het dessin met grote pioenrozen en de roze- en groentinten van de gordijnen en de stoelbekleding fleurden het geheel op. Ik had me laten inspireren door de interieurs die ik in Parijs en Nice had gezien om een intieme en warme sfeer te creëren, en toen mama me complimenteerde met mijn goede smaak gloeide ik van trots.

8

Het duurde een tijdje voordat we aan dat nieuwe leven gewend waren. We hadden het aanzien van grootgrondbezitters verloren en dat leven verruild voor een stads bestaan. Het contact met de natuur, het huis waarvan de deur altijd openstond, buren die op elk moment van de dag binnenwipten – het was allemaal voorbij. Doordat we nog in de rouw waren kon moeder de verplichte visites uitstellen, maar ik zocht met veel plezier het gezelschap van mijn vriendinnen van Smolny op, en dat van Irina en van Vladimir, die bij mijn moeder in de smaak viel, en de gewoonte had rond theetijd langs te komen.

Om mijn achttiende verjaardag te vieren nodigde mijn neef me uit voor een concert en nadat hij me had thuisgebracht, vroeg hij vlak voor het afscheid: 'Wil je met me trouwen?'

Ontroerd door zijn spontane verklaring zei ik geen nee, maar ik liet hem wel weten dat ik daar vanwege de rouwperiode niet op korte termijn aan kon denken. Daarop nam hij me in zijn armen en overlaadde me met kussen. Tot mijn grote verrassing wond dat mij net zo op als hem en moest ik beschaamd toegeven dat zijn lichaam me niet onberoerd liet. Van de andere kant had het geen zin om te ontkennen dat lichamelijke liefde bij mijn aard hoorde. Ik vond Vladimir heel aardig en wist dat ik op een dag zijn vrouw zou zijn.

Rond die tijd verscheen er echter een andere man in mijn leven. Op een middag in oktober belde een onbekende bij ons aan die een buiging voor me maakte en zijn hakken tegen elkaar sloeg.

'Mag ik me voorstellen? Mijn naam is Berthold Weiss, de neef van Wilhelm.'

Ik was onder de indruk van zijn uiterlijk. Hij was lang, blond en heel knap. Zijn gezaghebbende, priemende blik bracht me van mijn stuk.

Daarna zei hij, alsof hij verslag uitbracht: 'Twee weken geleden ben ik in Sint-Petersburg aangekomen, en inmiddels heb ik onderdak gevonden, ben ik langs geweest bij het lyceum waar ik les ga geven en heb ik contact opgenomen met een stel vrienden, en nu ik geen enkele verplichting meer heb, kom ik u opzoeken.'

'Welkom, Berthold. We wilden net thee gaan drinken. Kom binnen, dan stel ik u voor aan mijn moeder.'

Door zijn vlakke toon en uitzonderlijke hoffelijkheid was de sfeer wat stijfjes. Zijn blik bezorgde me koude rillingen, maar trok me tegelijkertijd aan. Ik was blij dat Vladimir er niet was, want ik voorvoelde dat hij Berthold niet zou mogen. Mijn moeder vroeg naar zijn familie en interesses. Berthold kwam uit een Pruisische familie en zijn vader, de oom van Wilhelm, was advocaat. Terwijl ik naar hem luisterde probeerde ik vergeefs die dromerige kant, dat kunstenaarstemperament, bij hem te ontdekken die me bij zijn neef zo had aangetrokken.

Berthold was geïnteresseerd in recht, rechtvaardigheid, menselijke betrekkingen en het leven van het volk, en toen hij over een van die onderwerpen begon die hem zo na aan het hart lagen, verdwenen zijn stijfheid en afgemeten manier van praten. Hij bleek zelfs over een grote overredingskracht te beschikken en speelde met zijn charmes, waardoor zijn grijsblauwe ogen hun stalen glans verloren.

Ik vond hem fascinerend.

Sindsdien kwam de neef van Wilhelm elke dag na het avondeten langs en als mama naar haar kamer was gegaan, bleven we nog uren praten. Zijn leermeesters waren Hegel en Marx; hij meende dat hij een missie had: opkomen voor de onderdrukten.

Voortaan las ik Feuerbach, de vader van de moderne filosofie, en *Wat te doen?*, dat Tsjernysjevski in gevangenschap had geschreven. Langzaam maar zeker wist Berthold me ervan te overtuigen dat de tsaren tirannen waren en dat onze religie achterlijk was en vol bijgeloof zat. God? De duivel? Hersenspinsels, de eerste om ons gerust te stellen als we oog in oog komen te staan met de dood, de tweede om ons angst in te boezemen, zodat we gedwee en volgzaam zouden blijven. Die achterhaalde beelden moesten we vervangen door 'de nieuwe mens' die zich liet inspireren door denkers en voor wie elk geloof gestoeld moest zijn op een wetenschappelijke basis.

Het kostte me heel veel moeite om mijn geloof af te zweren, om naar mijn ouders te kijken alsof het anonieme mensen waren die geen enkele genegenheid of respect verdienden, en om God uit mijn leven te bannen.

Toch lieten die theorieën me niet onberoerd. Aan de liefde voor mijn vader kon ik niet twijfelen, maar hoe zat het met God, die ik altijd had beschouwd als de gids van mijn ziel? Hádden we eigenlijk wel een ziel? De oppervlakkigheid van onze maatschappij en het gebrek aan idealen brachten me ertoe op zoek te gaan naar de zin van mijn bestaan en een strijd aan te gaan. Bovendien – waarom zou ik het ontkennen? – was ik in de ban van Berthold en laafde ik me aan zijn woorden.

Op een avond hakte ik de knoop door en zei: 'Berthold, ik geloof in de zaak waar uw vrienden en u voor opkomen. Ik wil me bij uw beweging aansluiten, er al mijn energie in steken en er mijn levensdoel van maken.'

'Dan zult u zich wel moeten onderwerpen aan de discipline van onze groep, uw vrouwelijke overgevoeligheid moeten beteugelen, uw seksuele lusten onderdrukken en uw familiebanden verbreken,' waarschuwde hij.

Beetje bij beetje liet hij zich door mijn vasthoudendheid en enthousiasme overtuigen en nam hij me op in zijn groep. En zo begon voor mij een nieuw leven, dat van militante binnen de Beweging.

Hij nam me mee naar bijeenkomsten. Al de eerste keer viel me op dat het stil werd zodra hij het woord nam. Zijn overtuigende toon maakte hem tot een groot redenaar. Toen ik naar de leden van de groep keek, zag ik vooral jongemannen: onderwijzers, studenten, kunstenaars en buitenlanders. Tot mijn grote verbazing zag ik niet één man uit mijn kringen, ook geen rijke handelaren, en maar weinig vrouwen, die allemaal nogal lelijk en van onbestemde leeftijd waren. Soort zoekt soort, schoot door me heen toen ik naar hen keek. Ze waren net zo onopvallend als ik, zeker geen schoonheden.

Aandachtig luisterde ik naar het streven, naar de gewenste verbeteringen die tot een rechtvaardig leven en een gelijke verdeling van bezit moesten leiden in ons land. Langzaam maar zeker zou onze ideologie zich over alle continenten verspreiden. De oprechtheid en passie van al die mensen sterkten me in mijn eigen overtuigingen en alles wat Berthold zei, zoog ik in me op. Voor mij was hij een soort profeet.

Ik dacht nergens anders meer aan en bewoog me als een mechanische pop door het leven.

Toen mijn moeder me op een keer vroeg waar ik's avonds toch altijd heen ging, vertelde ik dat ik filosofie en literatuurlessen volgde bij een docent die daar alleen's avonds tijd voor had. Arme mama: zo naïef en gemakkelijk om de tuin te leiden.

Vladimir stelde ook vragen over mijn relatie met Berthold. Ik probeerde mijn enthousiasme op hem over te dragen, maar dat was tevergeefs, want hij had rotsvaste opvattingen en mijn idealistische ideeën stonden hem totaal niet aan. Hij waarschuwde me en raadde me aan me goed te verdiepen in alles wat ik tijdens de bijeenkomsten hoorde en mijn hoofd koel te houden.

Gaandeweg nam ik steeds meer deel aan de debatten en als secretaresse bereidde ik de redevoeringen van Berthold voor en noteerde ik zijn gedachten. Ik was er uren mee bezig en wisselde dat werk af met het lezen van de boeken die hij me aanraadde.

Met Kerstmis woonde ik het huwelijk van Jelena bij. Ik had daartegen opgezien, omdat ik wist dat ik Alexej dan weer zou tegenkomen. Ik kon mezelf nog zo voorhouden dat liefde er niet toe deed en dat alleen het geluk en de vereniging der mensheid belangrijk waren, maar toen ik hem zag, werden al mijn theorieën weggevaagd door het snelle kloppen van mijn hart. Het was gedaan met mijn gemoedsrust.

Het huwelijk vond plaats in Sint-Petersburg. Er kwam een grote schare genodigden naar de kerk. Daarna waren er een diner en een bal. Jelena leek te stralen van geluk. Tot mijn genoegen zag ik heel wat vriendinnen van Smolny terug. Het was een mondain en stijlvol feest. Net toen ik van het ene groepje naar het andere liep, zag ik Larissa. Haar japon van rode zijde stond haar prachtig. Ze droeg een parelsnoer dat de glans van haar huid en haar donkere haar accentueerde. En het gemak waarmee ze zich bewoog! Ik had voor de gelegenheid een jurk van paarse tule met blote schouders gekozen en had mijn haar opgestoken, zodat mijn hals mooi uitkwam. Maar hoe kon ik het ooit opnemen tegen de zelfverzekerde schoonheid van mijn rivale? Ik vroeg me af of Alexej naar me toe zou durven komen. En ja, hij kwam op me af en groette me alsof er niets aan de hand was.

Tijdens het diner vroeg Ludwig me aan zijn tafel te komen zitten. Hij stelde me voor aan een prachtige vrouw, een beroemde Franse zangeres. Al snel kwam ik erachter dat dit zijn nieuwe vlam was. De neef van Jeanne, die ik in Parijs had ontmoet, gaf te kennen dat hij graag naast mij wilde zitten. Hij leek heel blij dat hij te midden van al die onbekenden een zielsverwant had gevonden. Ik was vrolijk en gelukkig. Mijn 'bekering' en Berthold verdwenen naar de achtergrond. De weelderige jurken en juwelen, de champagne die rijkelijk vloeide... Met veel plezier dompelde ik me onder in de feestelijke stemming.

Aan het einde van het diner kwam Alexej heel ongedwongen tussen zijn broer Ludwig en mij zitten. Terwijl hij zich in het gesprek mengde zag ik zijn blik de mijne zoeken en keek hij me aan met een tederheid die recht naar mijn hart ging. Hij mocht dan getrouwd zijn, hij was me niet vergeten.

Toen het orkest de eerste wals inzette, zwierde Ludwig met zijn zangeres in de armen weg. Alexej ging terug naar Larissa en de neef van Jeanne vroeg me ten dans.

Terwijl ik walste met mijn partner, die diep onder de indruk van me leek, volgde ik vanuit mijn ooghoek Alexej en zijn vrouw. Het viel niet te ontkennen dat ze een prachtig stel vormden.

Tegen het einde van de avond kwam Alexej, die aan al zijn verplichtingen had voldaan, weer naar me toe.

'Eindelijk kan ik met je praten, Zina. Hier heb ik zo lang op gewacht. Ik heb je zoveel te vragen en we hebben maar heel weinig tijd. Maar eerst moet je me vertellen wie die man is met wie je tegenwoordig zoveel omgaat.'

'Berthold? Hoe weet je van hem?'

'Wanneer je van iemand houdt zoals ik van jou, weet je hoe je aan je informatie moet komen. Wie is die Berthold?'

Ik vertelde hem hoe ik Berthold had leren kennen, zonder duidelijk te maken wat nu precies de aard van onze relatie was. Waarom zou ik de enige zijn die verteerd werd door jaloezie en zich ellendig voelde?

'Natuurlijk, je hebt gelijk,' antwoordde hij. Hij leek terneergeslagen. 'Het is mijn eigen schuld, ik heb totaal geen recht om aanspraak op je maken. Maar ik kan je verzekeren dat ik veel spijt heb van mijn huwelijk. Ik zie steeds jouw gezicht en jouw lichaam voor me. Ik verlang enorm naar je. Ik zweer het.'

'Te laat. Ieder zijn lot. Je hebt het zelf zo gewild.'

Ik herkende mijn eigen stem niet, zo kil en onpersoonlijk klonk ik, terwijl mijn hart overliep van liefde. En toen ik de trieste blik zag die zijn ogen vertroebelde, mompelde ik: 'Lieve Alexej, ik hou meer van je dan ooit.'

De wals liep ten einde en toen hij bij me vandaan liep, schitterde er een sprankje hoop in zijn ogen.

En zo vergat ik mijn heilige voornemen en liet ik me weer meeslepen door mijn hart.

Omdat ik me schaamde voor die kortstondige zwakte, stortte ik me met nog meer energie op de Zaak. Ik kreeg steeds meer uiteenlopende taken: traktaten naar de drukker brengen, clandestiene boodschappen doorgeven en artikelen kopiëren van auteurs die, zoals de meeste denkers van de Beweging, in Zürich woonden. Ik geloofde oprecht dat ik een schakeltje was in een keten van solidariteit die op termijn zijn ambitieuze doel zou bereiken: de mensheid gelukkig maken. Hoelang dat ook zou duren, wat onze opdracht ook zou vergen, het doel leek me gerechtvaardigd. Ik had alleen oog voor de altruïstische kant, voor de belangeloosheid van mijn kameraden. Het idee dat een revolutionaire beweging tot intriges, rivaliteit en haat kan leiden kwam niet bij me op. Misschien vloeide dat idealisme voort uit mijn gelovige achtergrond.

Voor de eerste jaarwisseling die we in ons nieuwe appartement vierden, had mama tante Jelizaveta, mevrouw Jelisejev, de eigenaresse, en mijn neef Vladimir uitgenodigd. Toen ze me gelukkig nieuwjaar wenste, zei ze: 'Ik hoop dat je gelukkig wordt en dat je je leven voor mij openstelt. Ik kan niet zonder jouw vertrouwen en liefde.'

Aangezien mijn moeder zich van nature niet zo gauw blootgaf, raakten haar woorden me diep. Ik verweet mezelf dat ik egoïstisch was geweest en haar had verwaarloosd, en nam me voor mijn leven te beteren.

Toen Berthold me kort daarop vroeg met hem mee te gaan naar een stad waar hij een voordracht zou houden, antwoordde ik dan ook: 'Ik kan niet. Mijn moeder woont bij me en die kan ik niet zomaar alleen laten.'

'Maar ik heb een secretaresse nodig,' antwoordde hij kortaf. 'Hoe komt het dat je nog steeds zo aan je moeder gehecht bent?'

'Heel simpel: omdat ik van haar hou, en daar ben ik trots op. Ik ben een vrij mens. En als dat je niet aanstaat, moest je misschien maar niet meer naar ons toe komen.'

Berthold zei geen woord, maar ik wist dat ik door mijn onafhankelijkheid te benadrukken een punt had gemaakt. Sterker nog: de volgende dag vroeg hij of hij bij mijn moeder op de thee mocht komen en gedroeg hij zich heel hoffelijk, bijna hartelijk zelfs. Ik merkte dat hij haar wilde geruststellen. Maar ondanks zijn houding liet zijn vreselijke opmerking 'Hoe komt het dat je nog steeds zo aan je moeder gehecht bent?' me niet los.

We rekruteerden steeds meer leden uit alle klassen van de maatschappij, ook uit de bourgeoisie. We zagen elkaar in uiteenlopende milieus, zelfs in de mondaine kringen, om te voorkomen dat de politie ons zou verdenken.

Mijn hoofd was vol van al die prachtprincipes die ons zouden helpen het aangezicht van de wereld te veranderen. Onze revolutie zou zich voltrekken in naam der mensheid, zou vrijheid en gelijkheid brengen, en ons bevrijden van de tirannie van een achterlijke Kerk. Maar hoe we dat zouden doen, daar bekommerde ik me niet om.

Ik was daarentegen wel geïnteresseerd in mijn kameraden, die ik observeerde en al naar gelang hun karakter onderbracht in verschillende categorieën. De 'leiders', met Berthold aan kop, waren kil en volkomen ongevoelig. Ze gaven niets om de genoegens van het leven, lachten nooit en veroordeelden grapjes. Zij hadden zich als taak gesteld zo veel mogelijk leden te rekruteren en de nieuwelingen te overtuigen met intelligente en subtiele redeneringen. Vooral vrouwen raakten in hun ban en gehoorzaamden hun blindelings. Dat mij dat niet gebeurde, had ik grotendeels te danken aan mijn gesprekken met Vladimir, die ik heel graag mocht; daardoor liet ik me niet meeslepen en kon ik mijn medemilitanten met een zekere afstandelijkheid beoordelen.

De 'gladde praters' verhulden met hun spraakwaterval hun gebrek aan argumenten. De voorstellen van anderen kamden ze altijd af, maar zelf droegen ze ongefundeerde ideeën aan, die ze verpakten in een pseudofilosofie. Zij fungeerden als ronselaars en wisten zich dankzij hun ongedwongen houding toegang te verschaffen tot de kringen van de bourgeoisie.

De 'intellectuelen', die zichzelf graag hoorden praten, reduceerden de wereld tot irreële theorieën en gebruikten een voor leken onbegrijpelijke taal.

Onder aan de ladder stonden de 'loopjongens', die er oprecht van overtuigd waren dat ze de bevelen van boven klakkeloos moesten opvolgen. Ik had ook oog voor de vrouwen, voor het merendeel onderwijzeressen die te bestempelen waren als verongelijkt, overdreven enthousiast of zelfs fanatiek.

En ik? Waar hoorde ik bij? Er was niet één categorie waarin ik thuishoorde. Ik was simpelweg een 'toegewijde observator'.

Op een avond dat Berthold zijn toehoorders met zijn gebruikelijke charisma in de ban hield, merkte ik dat hij een theorie had ontwikkeld die in tegenspraak was met een idee dat hij niet lang daarvoor had verkondigd. Verbijsterd ging ik na de bijeenkomst naar hem toe en vroeg om uitleg.

'Arme Zinaïda, het gaat er niet om dat je gelijk hebt, maar dat je altijd de overhand houdt, en soms moet je daarvoor je tekst aanpassen aan de omstandigheden.'

Ik vond zijn antwoord schokkend. Als liegen geoorloofd was, was alles geoorloofd, zelfs zaken die ons geweten afkeurt. En in dat geval waren zelfs misdaden gerechtvaardigd.

Kort daarvoor had Karakosov geprobeerd Alexandr II te vermoorden en ik was heel erg geschrokken van zijn daad. Natuurlijk propageerden wij geen terrorisme, maar kwam die aanslag niet voort uit een gedachtegoed dat sterk op het onze leek en de tsaar en zijn beleid aan de kaak stelde?

Ik had grote behoefte om met Berthold over mijn ideeën te praten. Ik sprak thuis met hem af, en hij was nog niet binnen of ik vroeg hem nogal agressief: 'Waarom heb je je keuze eigenlijk op mij laten vallen?'

'Omdat jij bepaalde eigenschappen hebt die je bij een

vrouw niet vaak tegenkomt. Je bent intelligent en ontvanke-lijk.'

'Berthold, ik móét het weten. Als een van je meerderen je de opdracht zou geven in naam van de Zaak iemand uit de weg te ruimen, zou je dat dan doen?'

'Als het nodig zou zijn wel, ja. Maar maak je maar geen zor-gen, want mocht zoiets zich voordoen, dan ben ik niet dege-ne die de vijand uitschakelt. Voor dat soort klussen hebben we zeer goed opgeleide specialisten,' antwoordde hij ietwat geringschattend.

'Waarom ben je eigenlijk naar Rusland gekomen?'

'Omdat ze me hierheen gestuurd hebben.'

Ik was van mijn stuk, en zonder precies te weten waarom, vroeg ik: 'Maar ben jij nog wel in staat om van iemand te hou-den?'

'Tegenwoordig niet meer. Ik heb mezelf aangeleerd per-soonlijke gevoelens terzijde te schuiven. Zoals Tsjernysjevs-ki zegt: "Mijn verloofde, dat is de revolutie, en daar moet je je helemaal aan wijden." Onze spontane volksopstand zal de burgerlijke maatschappij te gronde richten, dat is ons doel.'

'Zelfs als dat ten koste gaat van talloze slachtoffers? En vind je het nobel om mensen tegen elkaar op te zetten?'

'Je vergeet dat het wél om het geluk van de mensheid gaat.'

Ondanks zijn ontwijkende antwoorden las ik in zijn ogen een tomeloze vastberadenheid en plotseling zag ik hem in een totaal ander licht.

'En jij, ben jij bereid om te gehoorzamen en zonder vragen te stellen een bevel op te volgen?' vroeg hij.

Zijn vraag wekte me uit mijn gepeins.

'Dat is een lastige vraag. Daar moet ik goed over nadenken. Kom morgen maar om dezelfde tijd terug. Dan zal ik je ant-woord geven.'

Ik sloot me op in mijn slaapkamer en omhuld door het

donker probeerde ik mijn gedachten op een rijtje te zetten. Eén tafereel passeerde telkens de revue: eindeloze korenvelden, bezaaid met klaproosjes en korenbloemen die wuifden in de wind. Daarna zag ik diezelfde velden weer, maar dan verbrand en vernietigd. Terwijl mannen zich schuilhielden of vochten, vluchtten in lompen gehulde vrouwen en kinderen met een angstige blik in hun ogen weg. Nee, ik kon mijn land niet zien lijden, ik kon niet meewerken aan zijn vernietiging.

Hoe had ik zo naïef kunnen zijn dat ik een man had geloofd die bereid was alle middelen in te zetten om zijn doel te bereiken? Berthold stond voor kilte en vernietiging, terwijl ik juist warmte, vrede en het leven zocht. Mijn beslissing was onomkeerbaar: ik zou de Beweging de rug toekeren.

Al de volgende dag vertelde ik dat aan Berthold, die even verbouwereerd als teleurgesteld was. Ik verbrak de beladen stilte die tussen ons hing en zei: 'Niemand, maar dan ook echt niemand zal ooit te weten komen dat ik lid ben geweest van de Beweging. Erewoord.'

'Ik vertrouw je volledig, Zinaïda.'

Ik voegde er nog aan toe dat hij altijd op mijn hulp kon rekenen als hij persoonlijk in de problemen zou komen.

Het afscheid duurde niet lang. Hij moest naar Polen, waar hij minstens een jaar zou blijven.

En zo kwam er een einde aan dat hoofdstuk van mijn leven: ik was niet uit revolutionair hout gesneden.

9

Liefde en balans, dat was waar ik behoefte aan had. Ik voelde me vrij en wilde lachen, dwaze dingen doen. Ik zocht vaker het gezelschap van mijn moeder en mijn tante op, die overduidelijk dolblij waren met deze onverwachte metamorfose.

Zjenia was naar Engeland gegaan om te trouwen. In haar laatste brief vroeg ze me naar haar toe te komen. Eigenlijk had ik daar veel zin in, maar ik twijfelde: het was een lange reis om in mijn eentje te ondernemen en ik zou mijn moeder alleen moeten laten. Daarom besloot ik haar uitnodiging af te slaan, maar wel die van Anna te accepteren. Samen met mijn moeder reisde ik af naar Tsarskoje Selo.

Mijn zus was in verwachting van een tweede kind, maar dat was nog nauwelijks te zien: ze zag er stralend uit en had een hele stoet bewonderaars. Nikolaj gaf geen enkele blijk van jaloezie en leek zelfs trots op zijn vrouw, die nog steeds graag uitging en als perfecte vrouw des huizes zelf ook ontvangsten hield.

Soms had ik de indruk dat ik uit een tunnel kwam en de mondaine sfeer sloot naadloos aan bij mijn stemming. Vertederd keek ik naar Anna, ook al vond ik het jammer dat onze gesprekken wat stroef verliepen. Toch deed ze haar best om mijn verblijf zo aangenaam mogelijk te maken: ze nam me mee naar de paardenrennen, feestjes en het theater.

Helaas bleef ik voor haar vrienden toch een buitenstaander, doordat ik de sleutelwoorden en geheime codes niet kende waarmee de deuren van hun wereld zich voor me geopend zouden hebben. Bovendien hechtten ze veel waarde aan uiterlijkheden en elegantie. Ik besefte dat ze me alleen accepteerden als de zus van de schitterende Anna.

Dus richtte ik me maar op iets anders, op de vélocipède. Dat uit Frankrijk afkomstige apparaat dat onlangs zijn intrede had gedaan, bestond uit twee grote wielen, twee pedalen en een piepklein zadeltje waar je op moest gaan zitten. De bedoeling was om al trappende vooruit te komen zonder je evenwicht te verliezen. Talloze spectaculaire valpartijen leidden tot grote hilariteit. Hoe het me lukte, begreep ik niet, maar ik wist in het zadel te blijven, wat me de titel 'koningin van de vélocipède' opleverde.

Verder hadden we het allemaal druk met de voorstelling die een vriend van Nikolaj wilde geven, want daarvoor had hij muzikanten, zangers en toneelspelers nodig. Tijdens de repetities was ik wel helemaal in mijn element, want ik begeleidde de zangers en dansers op de piano. Ons stuk werd enthousiast ontvangen en ik stond te kijken van het gemak en de natuurlijkheid waarmee Anna haar kleine rol speelde.

Na die twee toch vrij drukke weken keerden we terug naar Sint-Petersburg. Mama had erg genoten van de logeerpartij, maar ik merkte dat ze terugverlangde naar de rust van haar alledaagse bestaan. Bovendien had Anna er nauwelijks op aangedrongen dat we langer zouden blijven. Mijn zus had haar eigen leven, haar eigen wereld, en op den duur zouden we misschien een blok aan haar been zijn geworden.

Weer thuis besloot ik, nog wat verdoofd door alle feesten, de zaken op een rijtje te zetten. De Beweging, Tsarskoje Selo: ik ontkwam er niet aan om die twee totaal verschillende werelden waartoe ik had behoord tegen elkaar af te zetten. Uiteindelijk hadden de dagen bij Anna toch een bittere nasmaak en een gevoel van leegte achtergelaten. Die kringen waar je zogenaamd intelligente en beschaafde mensen tegenkwam vond ik frivool en oppervlakkig. Bovendien had mijn contact met Berthold mijn kijk op de samenleving veranderd. Ik vond nog steeds dat er hervormingen nodig waren, maar niet tot elke prijs. Het volk, die kudde die nu eenmaal een leider nodig heeft, zou zich volgens mij altijd laten manipuleren en uitbuiten.

Berthold zou heel ver gaan, daar was ik van overtuigd. Maar helaas had hij lak aan het welzijn van het volk, en de toekomst en eenheid van Rusland. Om in naam der mensheid zijn revolutie te laten slagen, was hij bereid net zoveel levens op te offeren als nodig was.

En dat vooruitzicht deed me huiveren.

Ik zag Vladimir vaak, en zonder in details te treden vertelde ik hem over mijn ontgoocheling.

'Ik was ervan overtuigd dat je gezonde verstand je ervoor zou behoeden dat je je helemaal zou laten meeslepen. Vergeet het verleden en richt je op de toekomst. Ik vraag het je nogmaals: wil je mijn vrouw worden?'

'Ik voel me heel prettig bij jou, Vladimir, maar ik wil eerlijk zijn. Ik hou van een ander. Hij is mijn minnaar geweest en toch zal hij nooit met me trouwen. Maar als ik hem weer tegenkom, zal ik de verleiding niet kunnen weerstaan – en ik zou je niet willen kwetsen. Wil je me nog steeds, nu je dit weet?'

'Wat er vóór mij is gebeurd interesseert me niet, Zinaïda. Ik hou van je en wil maar één ding: mijn leven met jou delen. Als we ons nu eens verloofden en dan in de lente van volgend jaar trouwen? Dan heb jij de tijd om na te denken en kan ik je vaker zien. Ik heb een baan gekregen als conrector op een gymnasium en heb nu een goed salaris.'

'Het raakt me diep dat je me accepteert zoals ik ben, Vladimir, en ik zal proberen altijd eerlijk tegen je te zijn,' zei ik. Daarna kuste ik hem. 'Als je wilt, vertellen we mama morgen al van onze verloving.'

De blijdschap van mijn moeder en tante Jelizaveta was met geen pen te beschrijven. Hun voorkeur ging al heel lang uit naar de verstandige, bescheiden en hartelijke Vladimir.

De rest van het jaar doofde als een nachtkaars. Wilhelm liet weten dat hij in het huwelijk was getreden; Ludwig, die was getrouwd met zijn zangeres en had afgezien van een carrière als marineofficier, had zich voorgoed in Frankrijk gevestigd, en Hubert was uit Nice gekomen om om de hand van Irina te vragen.

Hoewel Vladimir een lieve verloofde was, was ik toch niet helemaal blij met mijn beslissing, en melancholieke herinneringen aan Alexej bleven zich hardnekkig aan me opdringen.

Mama en ik hadden besloten de zomer door te brengen op ons buitenverblijf in de Krim, waar ik nog nooit was geweest. Anna, wier echtgenoot een prachtig landgoed bezat in Odessa, had afgezien van haar rechten ten gunste van mama, en voortaan beschouwde ik ons buiten als mijn bezit. Tante Jelizaveta, Vladimir en Pjotr, een neef van mama, zouden ons daar komen opzoeken.

Ons buitenverblijf heette Alisia, naar de grootmoeder van mijn moeders kant, die vanwege haar zwakke longen haar laatste levensdagen in Jalta had gesleten. Het was een villa van wit hout met een stenen trap en werd aan drie zijden omgeven door een galerij. Een veranda aan de voorkant bood uitzicht op zee.

De huisbewaarders waren het niet gewend dat wij kwamen; tussen de ceders en palmen in de grote verwaarloosde tuin woekerden egelantiers en rozenstruiken. Het zachte, zonnige klimaat, de weelderige begroeiing en de fantastische kleuren deden me denken aan Nice in de winter.

Bij de aanblik van dat prachtige huis werd ik helemaal vrolijk en ik bracht meteen een paar veranderingen aan om het comfort te vergroten.

Vladimir kwam ons opzoeken. Toen we op een avond een strandwandeling maakten in het schitterende schijnsel van de maan, nam hij me in zijn armen. Ik voelde zijn slanke, gespierde lichaam en gaf me over aan zijn opwindende liefkozingen. Maar hij hield zijn lust in bedwang en zei dat hij eerst zeker van me wilde zijn en op Gods zegen wilde wachten, want we hadden besloten onze wittebroodsweken hier door te brengen.

Weer in Petersburg vlogen de dagen om, maar ze leken me leeg. Tot mijn genoegen zag ik met oud en nieuw, dat we bij de ouders van Irina vierden, Anton en zijn vrouw weer. Jeanne vertelde dat Larissa en Alexej nog altijd in Petersburg woonden, maar dat Alexej vaak weg was om zijn landgoed in Letland te beheren. Larissa ging nooit met hem mee en Jeanne liet doorschemeren dat de twee niet vaak samen waren. Toch raakte dat nieuws me niet; ik dacht dat ik nooit meer geplaagd zou worden door herinneringen aan Alexej.

Ik stortte me op de inrichting van ons toekomstige appartement. Mama, die heel tevreden was bij haar vriendin Nadezjda Petrovna Jelisejev, voelde er niets voor om bij Vladimir en mij in te trekken, maar gelukkig hadden we een appartement bij haar in de buurt gevonden. We hadden een salon, een eetkamer en vier slaapkamers tot onze beschikking. Een daarvan toverde ik om tot een boudoir en een andere tot een studeerkamer voor Vladimir. Verder hadden we nog drie bediendekamers; tot mijn grote vreugde had mama voorgesteld dat ik mijn niania Fedosja zou meenemen, die haar nichtje Lisa liet overkomen als kokkin en haar man Porfir als knecht en koetsier. Aangezien tante Jelizaveta niet meer bij de Skoroebski's hoefde te blijven, omdat Irina ging trouwen, zou ze na mijn vertrek haar intrek nemen bij mijn moeder.

Voor mijn trouwjurk wilde ik per se geen tule of oranjebloesem. Ik koos ivoorkleurig tafzijde, mijn lievelingsstof, met een bijpassende sluier van kant, en legde mijn moeder, die zichtbaar teleurgesteld was, uit dat luchtige tule niet bij mijn klassieke stijl paste en dat we het huwelijk intiem wilden houden, met alleen Jelena en Igor als gasten.

Op onze trouwdag voelde ik me een beetje buiten de algehele opwinding staan en mijn kalmte en ernst hielden gelijke tred met de zenuwen van Vladimir. Ik kan niet zeggen dat mijn keel werd dichtgesnoerd van geluk, maar toen ik naar mijn toekomstige echtgenoot keek, gaf de liefde die ik in zijn ogen zag me een warm gevoel. Ik nam me voor hem niet te krenken en te proberen zo veel mogelijk van hem te houden.

Na de kerkelijke plechtigheid stond ons thuis een lunch te wachten. Nadezjda Petrovna had alle ontvangstruimten opengesteld. Nils, de zoon van mama's neef Pjotr, bracht een toost uit op Vladimir en mij, en Jelena wenste me herhaaldelijk evenveel geluk toe als haar ten deel was gevallen en vroeg me de peettante van haar eerste kind te worden.

Daarna begonnen we aan de eerste etappe naar onze eindbestemming.

Aangekomen in Alisia was ik op mijn beurt een beetje zenuwachtig. Ik zag op tegen de eerste huwelijksnacht en moest terugdenken aan mijn perfecte samenzijn met Alexej. Maar de eerlijkheid gebiedt me te erkennen dat Vladimir een hartstochtelijke minnaar was. Zijn liefkozingen wekten mijn verlangen op en het kostte me geen enkele moeite om zijn lust te delen. Urenlang lagen we op het zand, verwarmd door de nog ingetogen junizon. Alexej verdween naar de achtergrond en zijn plaats werd ingenomen door de hartelijke, tedere en vrolijke Vladimir.

Ik genoot ervan om slechts gekleed in een doorzichtig negligé rond te lopen; preutsheid kende ik niet en ik vond het heerlijk om lust te zien opgloeien in de ogen van mijn man.

Het fantastische van een huwelijksreis is dat alles 'nieuw' is: de verandering van omgeving, de behoefte om te behagen, de vrolijkheid en goedlachsheid, de geoorloofde intimiteit, de waardering voor een goede wijn die je naar het hoofd stijgt en je voorbereidt op de volgende liefdesnacht.

Na die twee zonnige weken waarin we samen lichamelijk plezier ontdekten, moesten we terug naar de vochtige kou van Sint-Petersburg.

Vladimir hervatte zijn werk en ik nam de plichten van de vrouw des huizes op me.

De eerste bij wie ik langsging was mijn moeder, die haar tijd verdeelde tussen tante Jelizaveta en Nadezjda Petrovna.

'Je lijkt wel een biscuitje,' zei ze over mijn bruine kleurtje.

Behalve naar mijn moeder ging ik ook vaak naar Jelena, die rust uitstraalde. We hadden het over ons prille huwelijk en over de kinderen die we zouden krijgen. Maar ik verlangde naar iets anders en mijn gedachten ontsnapten aan de dagelijkse sleur. Omdat Fedosja, geholpen door Lisa, die een uitstekende kokkin was, prima voor het huishouden zorgde, besloot ik weer te gaan tekenen en schilderen. Ik ging naar musea, waar ik mijn favoriete schilderijen probeerde na te maken, wat een prima oefening was. En ik ging op zoek naar boeken over kunstgeschiedenis die me in contact brachten met Brueghel, Fra Angelico, Rembrandt, Vermeer en Rubens. Naarmate ik meer schilderde, groeide mijn gevoel van vrijheid. De kunst en bestudering van de natuur, dat gratis wonder dat zich voor wie er oog voor heeft voortdurend vernieuwt, schonken me een ongekende rust.

Maar dat gold niet voor de discussies over de hervormingen om het welzijn van het volk en de gehele mensheid te vergroten. Ik vroeg me af wie die hervormingen daadwerkelijk wilden, want in de gesprekken gingen achter zogenaamde zelfopoffering egoïsme en eigenbelang schuil. Ik volgde nog steeds de politieke ontwikkelingen in het binnen- en buitenland. In 1867 reisde tsaar Alexandr ii naar Frankrijk op uitnodiging van Napoleon iii, die hun alliantie wilde herbevestigen om indruk te maken op Duitsland. Helaas bracht een aanslag op de tsaar in Parijs die alliantie in gevaar.

Aan het hof leefde tsarina Maria Alexandrovna, die aan longtuberculose leed, teruggetrokken in haar vertrekken. Ze was ouder dan haar man en had het er moeilijk mee dat hij zich niet voor haar interesseerde; ze wist dat hij van Jekaterina Dolgoroeki hield en al zijn vrije tijd bij haar doorbracht. Met hulp van het hoofd van de politie, graaf Schonvalov, probeerde de tsarina prinses Dolgoroeki weg te werken, maar de tsaar had de complotten door en bleef haar zien, tot er op een dag een helse bom tot ontploffing kwam in de straat waar Jekaterina woonde. Die dag was de tsaar later dan anders en dat redde zijn leven. Daarna bracht hij haar onder in het Winterpaleis, in vertrekken die naast de zijne lagen. Vanwege de zwakke gezondheid van de tsarina stond het hofleven op een laag pitje, wat Alexandr de gelegenheid bood vaker bij zijn geliefde te zijn. Hij was negenenveertig, zij twintig. Wat een moed had die vrouw om zo openlijk haar intrek te nemen in dat vijandige paleis en op die knappe, machtige man te wachten. Ik bewonderde haar en begreep haar heel goed.

Mijn echtgenoot had een goed inkomen. 's Avonds ging ik vaak in mijn eentje naar het theater of naar een concert, terwijl hij naar herendiners ging, waar hij meer dronk dan gewoonlijk. Dat baarde me zorgen en dat vertelde ik hem ook. Maar hij lachte die weg en zei: 'Russen houden nu eenmaal van drank en kunnen er heel goed tegen.'

Ik begon Vladimir echt te leren kennen: zijn verlegenheid kwam voort uit een gebrek aan zelfvertrouwen, en zijn niet bepaald creatieve intelligentie bloeide pas op na een paar glazen wijn. Maar hij was ook eerlijk, rechtvaardig en goed. De volgende zomer schilderde ik heel veel in Jalta. Ik maakte landschappen en een portret van Vladimir en mijn niania. Ik had het idee dat ik vorderingen maakte.

Vladimir wilde graag kinderen. Ik had echter geen enkel moederinstinct en maakte me zorgen.

In 1870 kreeg ik van Jelena een brief waarin ze me dolgelukkig liet weten dat ze half december een kind verwachtte en ze ons vroeg aanwezig te zijn bij de doop en oud en nieuw bij hen te vieren. Ik was daar veel minder enthousiast over dan Vladimir, want het zou betekenen dat ik de plek weer zou zien waar mijn eerste liefde was opgevlamd.

Het buiten van Jelena in Riga bestond uit twee gebouwen van één verdieping die haaks op elkaar stonden om een binnenhof en die van verschillende grootte waren. Wij waren in het kleinste gebouw ondergebracht en hadden comfortabele vertrekken die met smaak waren ingericht en uitzagen op een meer.

Op 22 december, twee dagen voor onze komst, was Jelena bevallen van een zoontje. Ik was diep onder de indruk van de bijna onwezenlijke schoonheid van mijn vriendin en begreep niet dat zo'n rood, brullend wezentje het gezicht van zijn moeder zo kon doen oplichten. De doopplechtigheid was in Riga en naar orthodox gebruik waren de vader en moeder daar niet bij aanwezig; ze werden vervangen door de peetvader en peetmoeder: Anton en ik.

De eerste die ik zag toen ik de kerk in liep, was Alexej, die in zijn eentje naast zijn ouders zat. Hij keek me met een intense blik aan. Mijn hart begon te bonzen, mijn benen begonnen te trillen. Het kostte me veel moeite mezelf weer in de hand te krijgen en het waardevolle bundeltje in mijn armen niet te laten vallen. Mijn liefde voor hem stak de kop weer op. Als in een droom liep ik door. Waarom was hij gekomen? Iedereen verbaasde zich daarover en was blij dat hij er was, maar ik was de enige die de ware reden kende.

Nadat we een glas champagne hadden gedronken met Jelena en Igor, naar wie we waren teruggegaan, trokken Vladimir en ik ons terug om ons om te kleden voor het diner dat op Soelima gegeven werd. Toen ik mijn japon aantrok, kwam Vladimir op me af en nam me in zijn armen.

'Zinaïda, jouw ogen kunnen niet liegen. In de kerk heb ik je blik gevolgd. Ik ben geen partij en ik ga je ook niet smeken. Ik wil alleen dat je weet dat ik van niemand zoveel hou als van jou.'

Ik wist niet wat ik daarop moest zeggen.

Tijdens het diner at ik nauwelijks, ook al drongen Anton en Igor, mijn tafelheren, daar nog zo op aan. Onwillekeurig vergeleek ik de twee mannen van mijn leven. Vladimir, die even blond was als Alexej donker, hoefde zich niet te schamen voor zijn uiterlijk. Zijn enorme blauwe ogen, regelmatige gelaatstrekken, natuurlijke verfijning en slanke gestalte konden zich moeiteloos meten met de charmes van zijn rivaal. Maar ja, gevoelens laten zich nu eenmaal niet sturen. Voor mij was niets zo sterk als de aantrekkingskracht van Alexej.

Ik ging hem die avond openlijk uit de weg en verliet de zijde van mijn echtgenoot alleen om Jelena welterusten te wensen, die zich zorgen maakte omdat ik er bleekjes uitzag. Maar wat voor zin had het om de vrolijke stemming te vergallen met mijn liefdesperikelen? Bovendien, als je een vriendin niet in vertrouwen kunt nemen over een ontluikende liefde, terwijl die hartstocht je hele leven beheerst, kun je er maar beter helemaal niets over vertellen.

Ik bracht mijn tijd met Jelena door, terwijl Vladimir eindeloos kaartte met Igor en zijn buren. Alexej kwam pas met oudjaar terug uit Sint-Petersburg. Weer zonder Larissa. Er waren talloze vrienden en familieleden aanwezig, en Jelena, die nog vermoeid was, lag op een sofa. Toen de spelers na het diner aan de kaarttafels gingen zitten, bleef ik bij mijn vriendin, hoewel ik ernaar hunkerde met haar broer te praten. Ik wilde Vladimir echter trouw blijven en had me voorgenomen Alexej niet te benaderen. Maar toen ik op verzoek van Jelena een pijnstiller voor haar ging halen, stond Alexej me bij haar kamer op te wachten. Voor ik besefte wat er gebeurde nam hij me in zijn armen en kuste hij me hartstochtelijk.

'Ik hou van je, Zina, ik kan niet zonder je. Ik ben alleen voor jou gekomen. Vanaf 10 januari zal ik elke dag om vier uur in Sint-Petersburg op je wachten. Alsjeblieft, kom dan naar me toe.'

Ik maakte me los uit zijn omhelzing en vluchtte weg naar mijn kamer om bij te komen. Even later zat ik weer naast Jelena en hoorde ik Vladimir lachen.

Alexej ging de volgende dag weg, Vladimir en ik twee dagen later. Mijn echtgenoot stelde geen vragen, maar er was dan ook niets in mijn gedrag wat het vermoeden kon oproepen dat ik een beslissing had genomen: ik zou naar Alexej toe gaan.

10

Vlak nadat we waren teruggekeerd in Petersburg gaf tante Jelizaveta me een dichte envelop waarop simpelweg stond: 'Voor Zina.'

Ik maakte hem open. 'Ik ga naar het buitenland.' Alexej had het berichtje niet ondertekend. Dat was ook niet nodig. Mijn tante zei niets, ook al leek haar samenzweerderige blik me aan te sporen haar in vertrouwen te nemen, maar net toen ik dat wilde doen, hief ze haar hand.

'Zeg maar niets, Zina. Jouw leven gaat alleen jou aan. Maar weet dat je altijd op me kunt rekenen, wat er ook gebeurt.'

Op een dag voelde ik me echter zo ellendig dat ik me niet kon inhouden en stortte ik mijn hart bij haar uit. Ik vertelde haar dat ik van Alexej hield en dat ik te zwak was om hem te weerstaan, maar dat alleen al het idee dat ik Vladimir zou bedriegen en kwetsen me een enorm schuldgevoel gaf.

'Ik heb met je te doen, Zina,' zei ze teder, 'en ik begrijp je verdriet. Maar je kunt beter lijden, hopen en de momenten van geluk plukken dan een tam, saai leven leiden. En dat zeg ik alleen,' voegde ze eraan toe, 'omdat jij het kind bent dat ik zo graag had gehad.'

Ik was lusteloos. Dag in dag uit vroeg ik me gekweld af: waarom is hij halsoverkop vertrokken? Om mij te ontvluchten? Ik schaamde me. Hoe konden die voorbije omhelzingen zo'n obsessie voor me zijn?

Terwijl ik me wentelde in de herinneringen aan die vurige hartstocht, waren er in de wereld allerlei ontwikkelingen gaande: de troonsafstand van Napoleon III, de proclamatie van de Franse republiek, politieke onlusten in Rusland – alles wankelde.

In die tijd stortte ik me op Dostojevski. *Boze geesten* wierp me terug in de sfeer van de Beweging, en *Aantekeningen uit het dodenhuis*, waarin de auteur zijn jaren in een strafkamp beschrijft, vond ik enorm boeiend. Ik kon me voorstellen dat hij het gezelschap van kampgenoten had opgezocht en geprobeerd had een van hen te zijn, maar om zich te laten vernederen? In de ogen van die schurken – moordenaars en dieven – was Dostojevski een 'meneer' en voor de politiek gevangenen was en bleef hij een 'intellectueel'.

De onmogelijke situaties waarin de personages zich staande probeerden te houden, riepen bij mij een gevoel van beklemming op. Aan de andere kant was ik me ervan bewust dat ik elke dag omging met de broers van die bekrompen, verdorven, stompzinnige lieden. Het leven bestond niet alleen uit mooie dingen en prachtige gevoelens, realiseerde ik me; verveeld met hun comfortabele bestaan had de bevoorrechte klasse overal kritiek op, op de regering, op het geloof... Wakende slapen we, dacht ik, maar waarom zouden we ook niet genieten van wat het leven te bieden heeft? Waar bevond zich het evenwicht, de waarheid? Het rustige, lieve gezicht van Wilhelm drong zich aan me op. Hij had me geschreven over zijn huwelijk en verteld dat hij naar het front zou gaan. Ik kon me niet echt een voorstelling maken van hem als soldaat, maar hoorde de patriottische plicht niet bij de Pruisische volksaard?

Op een dag dat die gedachten me neerslachtig stemden, besloot ik een ommetje te gaan maken. Ik hield van de avond, van de vrijwel verlaten straten en de weerspiegeling van het schijnsel van de straatlantaarns in de Neva. Het geringste geluid leek me tien keer zo hard te klinken: de voetstappen van verkleumde passanten, het geratel van rijtuigen. Nadat ik een tijdje had gewandeld hoorde ik net toen ik onze binnenplaats op wilde lopen een zacht gekerm. Ik zag iemand op de grond liggen en toen ik me naar hem toe boog en hem omdraaide, ontdekte ik tot mijn afgrijzen dat het Berthold was. Zijn gezicht zat onder het bloed.

'Berthold, kun je lopen?'

'Help me overeind.'

Met veel moeite lukte het me hem mee te slepen naar onze etage. Gelukkig was Vladimir die avond niet thuis. Ik zette Berthold neer in een stoel en gaf hem een glas wodka, waarvan hij weer wat kleur op zijn wangen kreeg.

'Hoe heb je me gevonden? Wat is er gebeurd?' vroeg ik.

'Ongeveer een week geleden ben ik teruggekomen uit Polen om weer contact te leggen met de Beweging, waarbinnen ik tegenwoordig een zeer verantwoordelijke positie inneem. Vanavond hadden we een bijeenkomst, maar iemand – waarschijnlijk een lid van de groep – heeft ons verraden. De politie heeft een inval gedaan en al onze kameraden met knuppels in elkaar geslagen. Omdat ik vlak bij de deur stond, kon ik stiekem naar buiten glippen. Maar helaas kreeg een wachter me in de gaten en die heeft me een klap op mijn hoofd gegeven. Ondanks de schok en de pijn lukte het me weg te komen en me in het struikgewas te verschuilen. Vanaf die plek zag ik dat al onze leden een voor een door de politie werden afgevoerd.

Ik durfde me niet te verroeren en ben lang blijven zitten. Over mijn gezicht stroomde een plakkerig vocht. Toen alles weer stil was, ben ik wankelend op mijn benen uit mijn schuilplaats gekomen en ben ik, doodsbang dat ik zou opvallen omdat ik geen jas en hoed droeg, naar jouw straat gelopen.'

Ik desinfecteerde zijn wond, die ondanks de bloeduitstorting niet heel ernstig was, en verbond zijn voorhoofd. Daarna bracht ik hem met hulp van Fedosja naar een kamer die we niet gebruikten. Vervolgens ging ik snel naar mijn eigen kamer, voordat Vladimir thuis zou komen. Hij mocht vooral niet ontdekken dat ik een vreemdeling in bescherming had genomen.

Vladimir kwam laat en een beetje aangeschoten thuis. Hij had niets in de gaten.

Nadat hij de volgende dag de deur uit was gegaan, ging ik naar de kamer van mijn gewonde gast. Gewassen en aangekleed zag Berthold er wat beter uit, maar hij was uitgeput en ik besefte dat het nog een paar dagen zou duren voordat hij weer op de been zou zijn.

'Zinaïda,' zei hij, 'ik zal nooit vergeten wat je voor me hebt gedaan, en geloof me: als op een dag de gelegenheid zich voordoet, zal ik je solidariteit goedmaken en jou ook helpen.'

Hij had het over 'solidariteit', niet over 'vriendschap'. Blijkbaar zou Berthold nooit veranderen.

'Wat jammer dat je bent weggegaan bij de Beweging! Je had zo nuttig voor ons kunnen zijn. En de Zaak boekt vooruitgang, we naderen ons doel. Ik ga nu terug naar Duitsland, maar als alles volgens plan verloopt, kom ik over twee jaar weer terug.'

Berthold bleef vijf dagen die me een eeuwigheid leken te duren. Stel dat Vladimir hem zou ontdekken? Stel dat iemand me zou aangeven? Door een revolutionair en misschien zelfs wel een terrorist onderdak te bieden had ik niet alleen Vladimir, maar ook mijn vaderland verraden, en daar stond gevangenisstraf op. Maar het had geen zin om daarbij stil te blijven staan; ik moest gewoon doen wat me te doen stond, want een weg terug was er niet meer. Langzaam maar zeker kwam mijn beschermeling weer op krachten en bleef er van zijn wond, die deels schuilging onder zijn haar, alleen nog een litteken over. Op een avond zorgde Fedosja voor een jas en een breedgerande hoed, en verliet Berthold ons huis. Eindelijk was hij weg. Ik was ervan overtuigd dat ik hem nooit meer zou zien.

In maart kreeg ik in een brief van Jelena ongelooflijk nieuws te horen: Alexej ging scheiden. Een golf van hoop spoelde door me heen; hij was voortaan vrij. Ineens begreep ik ook waarom hij zo halsoverkop weg was gegaan: Larissa, die in Parijs woonde, had hem gevraagd naar haar toe te komen om de voorwaarden van de scheiding te bespreken.

Geobsedeerd door het idee dat ik hem weer zou zien, wachtte ik dat moment vol spanning af. Vladimir was in mijn ogen niet meer dan een schim; ik meed zijn droeve blik en hield zijn avances af. Als hij thuiskwam, ging hij vrijwel meteen weer weg. Hij dineerde vaak in de stad en wanneer hij dan beschonken thuiskwam, viel hij als een blok in slaap.

Ik wachtte, ik hoopte. Op een ochtend in april stond Alexej eindelijk voor me. Ik ging met hem mee. Niets deed er nog toe. Ik wilde de tijd stilzetten om alleen nog maar van hem te kunnen zijn.

'Zina,' zei hij toen hij me omhelsde, 'jij bent de vrouw van mijn leven, en ik heb van niemand anders gehouden dan van jou. Na mijn scheiding gaan we samenwonen. Larissa is vooral uit trots en niet zozeer uit liefde met me getrouwd en ik heb geen weerstand geboden.'

Eindelijk kwam mijn droom uit. Ik had hem voor mezelf en zag hem elke dag.

Op een avond besloot ik mijn echtgenoot de waarheid op te biechten, zoals ik hem ooit had beloofd.

'Ik kan je niet langer voorliegen, Vladimir. Ik hou nog altijd van Alexej en heb hem weer gezien. Zijn vrouw heeft onlangs echtscheiding aangevraagd. Ik hou van hem, maar tegelijkertijd weet ik niet wat ik moet doen. Die beslissing laat ik aan jou.'

'O, vandaar dat je de laatste tijd zo uit je doen bent. Ik waardeer je openhartigheid en moed, alleen hou ik te veel van je om je met een ander te delen of een of ander compromis te accepteren. Ga met hem mee, want dat wil je immers? Maar doe dat wel zo discreet mogelijk. Ik geef je zes maanden de tijd om een definitieve beslissing te nemen, maar ga wel zo snel mogelijk weg.'

Tante Jelizaveta, die ik op de hoogte had gebracht, bereidde mijn moeder erop voor dat ik zonder Vladimir naar Alisia zou gaan. Hij moest in Moskou iemand vervangen, vertelde ze haar.

Mijn moeder vond het merkwaardig dat wij ineens uit elkaar gingen en zei: 'In Jalta vertel je me de waarheid.'

Ik ging naar Alexej om hem te vertellen dat ik alles had opgebiecht, maar ik had me vast voorgenomen hem niet meer te zien tot zijn scheiding was uitgesproken. Bovendien zou ik toch weggaan.

Die maand in Alisia bood me de gelegenheid alles op een rijtje te zetten en mama de situatie uit te leggen.

Ik was haar veel verschuldigd en hield zoveel van haar dat ik het haar wel moest bekennen. Ik verdedigde mezelf niet, maar wilde haar simpelweg duidelijk maken dat mijn liefde werd beantwoord. Als mijn besluit me later duur zou komen te staan, dan was dat maar zo. Mijn moeder liet me uitpraten en sloeg daarna haar armen om me heen en wiegde me zachtjes.

'Ik wil dat je gelukkig bent. Alleen God kan over je daden oordelen, liefje.'

Tot mijn opluchting merkte ik dat mama weer zin in het leven kreeg. Jalta had zowel op haar als op mij een rustgevende uitwerking. Het klimaat deed haar goed, ze voelde zich beter en ze keek uit naar de komst van neef Pjotr, Nils en mevrouw Jelisejev.

Ik hoorde niets van Vladimir en die lange stilte baarde me zorgen. Begin juni kreeg ik eindelijk een brief waarin hij schreef dat hij een contract had getekend voor een aanstelling van twee jaar in Moskou. Hij had een comfortabel appartement gevonden en Lisa en Porfir zouden naar hem toe komen, terwijl Fedosja in Petersburg zou blijven. Hij eindigde met de woorden: 'Ik denk vaak aan je. Liefs, Vladimir.'

Ik besloot Alexej te schrijven. Drie dagen later kwam hij. We zagen elkaar in een park, waar een orkest een wals speelde.

'Ik ben vrij. We kunnen weg. Waar wil je heen, mijn liefste?' vroeg hij.

Ik voelde me daarentegen niet vrij, maar mijn liefde voor hem vaagde al mijn scrupules weg. We besloten in Odessa de boot te nemen en via de Bosporus naar Athene te gaan. Daarna zouden we wel zien.

Alexej regelde alles; ik wilde tot het laatste moment bij mijn moeder blijven. Omdat tante Jelizaveta graag wilde kennismaken met Alexej, nam ik haar mee naar een theesalon, waar hij op ons wachtte.

Toen we weer thuiskwamen, zei ze: 'Alexej is knap en ontegenzeggelijk charmant, maar je echtgenoot doet niet voor hem onder. Die is even knap, en met zijn intelligentie en gevoeligheid kan hij zich makkelijk meten aan jouw beminde.'

Op dat moment kon ik de twee niet met elkaar vergelijken, maar diep in mijn hart wist ik dat ze gelijk had.

Afgezien van een paar luchtige, in allerijl gekochte jurken bezat ik niets en zou ik met Alexej op reis gaan in de wetenschap dat ik een maîtresse was die volledig onderhouden zou worden. Maar dat liet me koud. Toen mijn moeder probeerde me wat spaargeld toe te stoppen, weigerde ik dat resoluut. Aan mijn tante vroeg ik of ze met Vladimir wilde blijven corresponderen, zodat ze me nieuws over hem kon vertellen.

Alexej stelde voor dat ik Fedosja zou meenemen, waar ik met plezier op inging. Mijn niania was huiverig voor haar eerste grote reis, maar die angst woog niet op tegen het geluk haar kleine meisje te kunnen vergezellen.

Ongekend blij liep ik op 20 juni 1871 de loopplank op – de geur van het schip, een ziltige lucht vermengd met teer, de mysterieuze geluiden, een matroos die onze bagage droeg.

Diep onder de indruk van alles botste Fedosja, die achter me liep, tegen me op. Alexej wees de weg. Hij had alles goed geregeld. Onze eersteklashutten, die met elkaar in verbinding stonden, keken uit op de brug. Die van Fedosja lag aan het einde van de gang, niet ver van de onze.

Ik keek naar de andere passagiers die aan boord kwamen: een elegante dame van onbestemde leeftijd met een vreselijk accent – 'een Amerikaanse,' vertelde Alexej, die de passagierslijst al had gezien; een echtpaar met twee luidruchtige kinderen die door hun zeer nerveuze moeder telkens tot de orde werden geroepen; een wat verwarde, oude Engelsman, herkenbaar aan zijn kleding; een jong meisje met een droevig gezicht; een zeer elegante, gesoigneerde heer van een jaar of veertig en nog een stel anderen die onbeduidender waren. Niemand die we kenden, had Alexej me verteld.

Nadat Fedosja mijn bescheiden bagage had uitgepakt, ging ze weg. Ik was alleen. Net toen ik mijn hoed afdeed, kwam Alexej binnen. Hij keek me lang aan met een bezorgde en wat onzekere blik, omdat hij niet wist hoe ik zou reageren.

'Wat kijk je vragend. Wil je mijn eerste indruk weten? Het is net alsof ik een kinderdroom beleef, dolblij wachtend op jouw liefde, maar tegelijkertijd doodsbang dat ik ontwaak.'

Hij pakte mijn beide handen vast.

'Dank je, mijn liefste. Ik wil graag al je wensen vervullen, zelfs de allerkleinste. Ik wil je zien lachen, wil je alles wat achter je ligt zien vergeten. Ga even rusten en kom naar me toe wanneer jij dat wilt.'

We waren 's middags aan boord gegaan. Twee uur later hoorde ik bij het ondergaan van de zon het eerste gekraak. Het schip leek pijn te lijden. Ik had de indruk wankel op mijn benen te staan. We verlieten de haven en voeren de volle zee op.

Opeens kreeg ik een beklemd gevoel en snel ging ik naar Alexej. In zijn armen vergat ik mijn angst. Alles vervaagde, trok zich terug als de kust. Alleen de vrijheid van onze gedeelde hartstocht bleef.

Toen we later de eetzaal binnenkwamen, zag ik dat de luidruchtige kinderen van het echtpaar er niet waren. We hadden een tafel in de buurt van een patrijspoort en keken naar onze medepassagiers. Op een prominente plek midden in de zaal stond een grote tafel waaraan de officiers en de Engelse heer zaten, met aan het hoofd de kapitein, die iedereen net welkom had geheten. Hij leek ons innemend en hartelijk. Toen na een tijdje het schip begon te stampen, liep het verlegen meisje met het droevige gezicht lijkbleek en met wijd opengesperde ogen langs ons tafeltje.

De arme ziel, dacht ik, maar meteen daarna maakte dat medelijden plaats voor een tevreden gevoel.

Bij elke blik en elk contact met Alexejs hand kreeg ik de rillingen. Ik had honger en deed me tegoed aan het diner, maar vooral aan de heerlijke Franse wijn die we hadden besteld.

Op de brug werden we verrast door een frisse, zilte lucht. De maan schitterde aan de hemel en weerspiegelde in zilveren fonkelingen op het diepzwarte water. Op de voorplecht zag ik het schip zich resoluut door de golven klieven. Op de achterplecht had ik een gevoel van overgave, het gevoel alles achter te laten. Het idee aan niets tussen hemel en aarde toe te behoren maakte me gelukkig. Ik had geen enkele verplichting, behalve me te laten beminnen door mijn geliefde. Ons volmaakte samenzijn dat uit het niets ontstond was onverzadigbaar.

Het leven aan boord verdween naar de achtergrond. De stemmen en geluiden drongen slechts gedempt tot ons door. Hoewel ik toch zeer geïnteresseerd was in onbekende landschappen, had ik daar nauwelijks oog voor.

Nooit, zelfs niet in mijn stoutste dromen, had ik gedacht zo gelukkig te zijn. 'Jij bent mijn Roessalka, mijn sirene, je hebt me betoverd,' zei Alexej telkens weer.

Athene onderbrak onze extase niet, integendeel. De zachte tapijten van ons luxueuze hotel, de straten die bruisten van leven, de enigszins hovaardige schoonheid van de vrouwen... Vol bewondering keek Fedosja haar ogen uit, als een kind dat voor het eerst een kerstboom ziet.

Alexej kende de stad al; hij fungeerde als mijn gids en liet me de overblijfselen zien van Athenes grootse verleden. Ik ging graag naar de kerken, waar ik dezelfde vrome toewijding ervoer als in Rusland, èn elke keer mompelde ik: 'Dank u, God, dat u mij zo gelukkig hebt gemaakt.' Alexej gaf me een zeer oude icoon, waarvan het amandelgroen en het koraalroze een subtiele harmonie vormden.

Een schip – een Italiaans dit keer – bracht ons door de Straat van Messina naar Napels. Tijdens deze reis probeerde ik meer aandacht te schenken aan de verschillende landschappen die stilletjes aan het schip voorbijtrokken. Vanuit ons hotel in Napels hadden we zicht op de Vesuvius en toen Fedosja mijn kamer binnenkwam, riep ze uit: 'Moet je eens kijken, lieverd, wat een enorme brand!'

'Welnee, dat is een vulkaan, een berg die vuur uitbraakt.'

Ze sloeg onmiddellijk een kruisje. 'Het is een duivel die zijn gif uitspuwt,' zei ze.

Toen ik tijdens ons bezoek aan Pompei al die verstarde lichamen zag, versteend tot vreselijk levensechte beeldhouwwerken, had ik ook de indruk dat het kwaad zijn werk had gedaan.

In Napels besloot Alexej me mee te nemen naar verschillende modehuizen. Ik denk dat hij gemerkt had dat mijn garderobe povertjes afstak bij de gewaden van de andere vrouwelijke passagiers.

De verkoopsters vleiden me met hun bewonderende blik. Mijn lichaam was opgebloeid, maar mijn taille was smal gebleven. Onze keuze viel op zeer gewaagde jurken met een diep decolleté, van transparante stof die mijn figuur goed deed uitkomen.

Vervolgens epileerde een beroemde kapper mijn zware wenkbrauwen; hij leerde me ook mijn krachtige, sensuele mond te benadrukken en bracht schaduw boven mijn ogen aan, waardoor ze groter leken. Mijn haar, dat ik zelf niet bijzonder vond, ontlokte extatische kreten aan de kapper, die het heel mooi opstak. Ik kon mijn ogen niet van mezelf afhouden: er stond een totaal andere vrouw voor de spiegel. Vervolgens werden er mantels met bijpassende hoeden en schoenen, en negligés en luchtige, tot de verbeelding sprekende lingerie uitgezocht. Assepoester die een gedaanteverandering had ondergaan. Alexej zei: 'Wacht maar tot je ziet wat we allemaal in Rome en Florence zullen kopen.'

Fedosja hief haar armen ten de hemel toen ik haar alles liet zien, maar kon het niet laten te zeggen: 'De duivel van de brand heeft je in verleiding gebracht.'

En toen ze met een bewonderende, samenzweerderige blik langs me heen liep, sloeg ze weer een kruisje.

Rome verraste me met zijn statige en vervallen palazzi, met zijn ruïnes, zijn kerken en zijn fonteinen, en met de okerrode kleur waarin de hele stad was gehuld. Het duurde even voordat ik de charme ervan begreep en ik ervan in de ban raakte. Aangezien we van plan waren een maand te blijven, had Alexej in een oud palazzo van vrienden een appartement gehuurd en had hij huisbedienden en een rijtuig geregeld. Waar je ook keek, overal waren fresco's, verguldsels en marmer. Fedosja, die dacht dat ze in een kerk was, sloeg bij elke deur een kruisje.

Mijn nieuwe leven als vrouw begon. Ik leidde een oppervlakkig bestaan, met als enige zorg dat ik mijn minnaar moest zien te behagen. Urenlang zat ik voor de spiegel om er voor Alexej nog verleidelijker uit te zien dan ooit tevoren.

Op een avond, toen we een drukbezocht restaurant binnenliepen, hoorde ik mensen uitroepen: 'Maar dat is Alexej!'

We ontmoetten een tiental personen. Terwijl Alexej me voorstelde – 'Mevrouw Zinaïda Varfolomejev' – monsterden de vrouwen me kritisch en kleedden de mannen me met hun ogen uit. Het gezelschap bestond voornamelijk uit Italianen, maar er waren ook een paar Russen. Op hun aandringen gingen we aan hun tafel zitten, die snel groter werd gemaakt.

Niemand liet de naam van Larissa vallen, tot Alexej vrij luid zei: 'Ik ben gescheiden.'

Alle blikken richtten zich toen op mij; ik kreeg een stempel opgedrukt. Dat diner was mijn vuurdoop. Ondanks mijn ongedwongenheid, mijn opgeheven hoofd en wat geringschattende, maar vrolijke houding, wilde ik dat Alexej echt trots op me was. Geholpen door de champagne werd het een geslaagd diner en aan de glimlach van Alexej zag ik dat ik had gezegevierd.

Een charmante Italiaanse vriendin van hem, gravin Lucia di Torema, nodigde ons uit voor een ontvangst de volgende avond. Ik deed mijn best er op mijn voordeligst uit te zien en koos een jurk van huidkleurige mousseline met blote schouders en een speels kanten tussenstuk, en mijn zwarte parelsnoer dat tussen mijn borsten rustte. Toen we weggingen, zag ik Alexej tevreden kijken.

Bij aankomst keek ik aandachtig naar de volmaakte schoonheid van het palazzo met zijn evenwichtige proporties en geraffineerde inrichting. Lucia stelde ons aan al haar vrienden voor, van wie Alexej de meeste kende.

Ik merkte dat ik werd bekeken en ving flarden van het commentaar op: 'Interessant gezicht heeft dat nieuwe liefje, mooi figuur', maar daarna hoorde ik een vrouwenstem zeggen: 'Maar dat gezicht, wat is dat lelijk! Ze haalt het niet bij Larissa.' Ik deed mijn uiterste best, want ik wist dat deze test heel belangrijk was voor Alexej. Zonder me ook maar enigszins van mijn stuk te laten brengen beschreef ik uitgebreid de indruk die ik had van Romes kunst en architectuur. Maar ik stelde vooral veel vragen en luisterde aandachtig naar de antwoorden, want ik besefte dat mannen ervan houden hun kennis te etaleren.

Graaf di Malena, een innemende Italiaan van onbestemde leeftijd, leek zich voor me te interesseren, en niet veel later wist ik alles van zijn leven: hij was weduwnaar, had twee volwassen kinderen, en zijn ongebondenheid bood hem de gelegenheid veel te reizen en talloze mensen te ontmoeten. Ik vond hem charmant en nam zijn uitnodiging aan om samen met hem de oude wijken van Rome te bezoeken.

Alexej, die vlak naast me stond, wist niet wat hij hoorde. Terug in ons appartement hadden we onze eerste aanvaring.

Volgens hem konden een man en een vrouw geen vrienden zijn; hij zag er het begin van een affaire in, terwijl voor mij mijn liefde en diepe gevoelens voor hem er helemaal los van stonden. Ik was gewoon nieuwsgierig en wilde nieuwe mensen leren kennen. Bovendien was ik onafhankelijk van aard en had ik behoefte aan vrijheid. Meer was er niet aan de hand.

Alexej keek me streng aan en zei: 'Je speelt met vuur. Pas op, dat is een gevaarlijk spel.'

Al snel raakte ik bevriend met Lucia. Haar spontaniteit trok me aan en ze kende de wereld, maar hield niet van zijn oppervlakkigheden. Ze wist haar vrienden goed te kiezen en omringde zich met interessante mensen. Op haar soirees kwam je schilders, musici, intellectuelen, schrijvers en buitenlanders op doorreis tegen.

Ze vertrouwde me toe dat ze ooit sterke gevoelens voor Alexej had gehad toen hij eerder naar Rome was gekomen en dat ze hem toen had verteld dat ze haar twijfels had over zijn toekomstige huwelijk.

Ook al had hun idylle kort geduurd, toch was ze daarna ontroostbaar geweest. Gelukkig had ze niet lang daarna een Engelse historicus ontmoet, die zijn enthousiasme over zijn geschiedkundige en artistieke ontdekkingen op haar overdroeg. Zijn bedaardheid en intelligentie boden de gevoelige en wankelmoedige Lucia veel stabiliteit. Op een keer nodigde ze me uit voor de thee en stelde ze sir Reginald aan me voor. Hij was lang en grijzend, en sprak met zo'n overtuigingskracht dat ik onmiddellijk in de ban raakte van zijn charmes en de tijd vergat.

Op de terugweg vergeleek ik Alexej onwillekeurig met Reginald, maar meteen drongen zich beelden van onze omhelzingen op, van onze volmaakte lichamelijke band en rook ik zijn geur, die me kippenvel gaf. Ik had hem nodig, kon niet zonder zijn warmte en liefkozingen. Die herinneringen wekten mijn zinnen. Nooit had hij me zo vurig meegemaakt als die nacht.

Ondanks Alexejs afkeuring ging ik naar mijn afspraak met graaf di Malena. Ik stond versteld van zijn kennis, van zijn gevoel voor historie en anekdotes. We gingen naar een theesalon en terwijl ik heerlijke chocolademelk dronk, merkte ik geamuseerd dat hij geïnteresseerd vragen stelde over Rusland. Maar geen moment overschreed hij de grens van onschuldige hofmakerij. En hij wist dat hij me weer zou zien bij Lucia.

Toen ik thuiskwam, trof ik Alexej in een humeurige, wrevelige stemming. En Fedosja verlangde terug naar Rusland.

'Rome is een stad vol ruïnes en ketterse kerken,' mompelde ze. 'En Italianen zijn barbaren die niet eens Russisch spreken.'

Die lieve niania, ik kon niet zonder haar. Zij vormde mijn navelstreng met mijn land en mijn verleden.

De tijd vloog voorbij. We waren al een maand in Rome. Half augustus trokken we naar Florence. Van daaruit zouden we onze reis voortzetten naar Zwitserland, hadden we besloten. Hoewel ik het jammer vond dat ik onze Romeinse vrienden, en vooral Lucia, had moeten achterlaten, bekoorde het schilderachtige Florence me meteen. Ik ging telkens naar de Ponte Vecchio, die ik als uitgangspunt koos voor mijn dagelijkse wandeling. We logeerden een beetje buiten het centrum in een charmant herenhuis, omgeven door een tuin, waar we vaak lunchten in de schaduw van een magnolia. Al snel kwam Alexej weer in contact met vrienden. De uitnodigingen stroomden binnen en we bezochten kerken, musea en de pleinen met hun monumenten.

Maar in onze romance sloop de sleur binnen. Onze mindere kanten, onze luimen en afwijkingen begonnen aan het licht te treden. Ik merkte dat Alexej niet één ideaal of ambitie had. Hij zocht afleiding in telkens nieuw vertier, dat hem dan weer snel verveelde. Langzaam kwam ik erachter dat we niet dezelfde taal spraken. Ik voelde me nauw verbonden met Rusland, en met mijn moeder en mijn vrienden, en ik dacht vaak aan Vladimir en aan onze gemeenschappelijke liefde voor muziek en onze gedeelde gevoelens. Weemoed diende zich aan. Alexej leek afwezig, leek met zijn gedachten elders. Alleen iets nieuws deed zijn ogen oplichten.

Welke gevoelens verbonden ons? Welke liefde? Ik wilde er mijn ogen niet voor sluiten: eerst de droom van het jonge meisje over haar onbereikbare 'prins op het witte paard', daarna de geweldige, samen bevredigde lust, de gelukkige dagen aan boord van het schip, de vrijheid om elkaar lief te hebben en aan niet één plek gebonden te zijn – al die onvergetelijke momenten. Maar helaas komt er aan elk sprookje een einde. Als onze diepere aard zich blootgeeft eist de realiteit weer zijn rechten op.

Tijdens een wandeling over de Ponte Vecchio gaf Alexej me een armband van blauw email, bezet met diamanten. Was dat soms een afscheidscadeau? Op dat moment wist ik dat nog niet.

We reisden door naar Milaan, daarna naar Zürich en begin september naar Davos: een rode, oranje, gele herfst met het contrast van dennenbomen en besneeuwde bergtoppen. Wat een pracht om te schilderen.

In het naargeestige, lelijke stadje waren talloze sanatoriums. Ik zoog de zuivere lucht en speciale geur in me op. We maakten heerlijke wandeltochten en Fedosja vond het geweldig weer sneeuw te zien. Tien dagen in contact met de natuur, zonder mondain vertier. Een eenvoudig leven, dat Alexej verveelde, merkte ik.

Terug in Zürich lag er een brief op hem te wachten. Hij

moest naar Parijs – voor zaken, beweerde hij. Larissa misschien? – ik wist dat ze daar voortaan woonde – of was het gewoon de verveling?

Zonder veel overredingskracht vroeg hij me mee, maar ik zag meteen zijn opluchting toen ik zijn uitnodiging afsloeg. Ik wilde mijn mooie herinneringen aan Parijs behouden. Aangezien ik in Zürich een vriendin was tegengekomen die we in Rome hadden leren kennen, legde Alexej zich makkelijk bij mijn beslissing neer. Ernstig vertrouwde hij me aan Marie-Pia toe. Hij kocht kaartjes voor het theater en concerten voor ons en liet bovendien een grote som geld voor me achter. Hij zou een week wegblijven...

Ik bezichtigde de stad, ging naar het meer en nam Fedosja mee naar de Russische kerk. Ze was dolblij de mis te horen, sloeg eindeloos veel kruisjes en bracht haar voorhoofd telkens naar de grond. 's Avonds ging ik uit met Marie-Pia.

Na een week kreeg ik een brief van Alexej, waarin hij schreef dat hij tien dagen langer in Parijs bleef – geen uitleg, alleen het simpele zinnetje: 'Wat zijn jouw plannen?'

Ondertussen had ik de tijd gehad om na te denken over onze relatie. Afgezien van onze lichamelijke aantrekking was er weinig wat ons bond. En Alexej had nooit te kennen gegeven dat hij met me wilde trouwen. Dat maakte me onzeker. Voor hem was ik niet meer dan een minnares die zijn zinnen bevredigde. Had hij soms genoeg van me?

Ik moest actie ondernemen. Zjenia had me uitgenodigd om naar Engeland te komen, naar Ascot, vlak bij Londen. Ik schreef haar om haar van mijn komst op de hoogte te stellen en tegelijkertijd stuurde ik een brief aan Alexej, waarin ik hem voor dat voldongen feit stelde. Met een tevreden gevoel zette ik mijn hartstocht in de waakstand. Ik wilde mijn beslissing niet al te zeer analyseren, maar was heel blij met mijn hervonden onafhankelijkheid.

Onze verhouding zou doodbloeden, hield ik mezelf voor, maar geloofde ik dat ook echt? Ik miste hem enorm; de nachten waren heel koud zonder hem. Na een lange reis kwam ik bij Zjenia en Don aan.

11

Op een ochtend dat Fedosja me mijn post kwam brengen, herkende ik het handschrift van Alexej. Mijn hart begon te bonzen. Toen ik de brief openmaakte, hoopte ik te zullen lezen: Ik kom. Maar niets van dat al. Enkel een bezorgd: 'Heb je een goede reis gehad? Heb je genoeg geld?' Geen woord over een eventueel weerzien.

In een opwelling schreef ik een brief aan Vladimir waarin ik de landen beschreef die we hadden bezocht en vertelde dat ik daarna in mijn eentje was doorgereisd naar Zjenia en Don. Ik liet hem weten dat ik mijn leven weer met hem wilde delen en vroeg hem er in de tussentijd over na te denken of hij dat ook wilde.

Toen de brief eenmaal was verstuurd, raakte ik echter in paniek: waarom had ik dat gedaan? Ik verjoeg Alexej doelbewust uit mijn leven. Hoe moest ik hem dat laten weten?

Ik vertelde Zjenia over mijn ontreddering en vroeg haar om raad.

'Lieverd, wat lijkt Smolny ver weg en wat is ons leven veranderd! Hoe kan ik, de Russin die zo Engels is geworden, je helpen? Het is heel lastig. Maar laten we je gevoelens vanaf het begin op een rijtje zetten. Je bent heel uitgesproken, hartstochtelijk en impulsief. Je dacht dat je lelijk was, maar toen verscheen de bekoorlijke Alexej op het toneel, die je hebt geïdealiscerd. Je vond het ongelooflijk dat hij van je hield. Met hart en ziel heb je je aan die aanvankelijk hopeloze liefde overgegeven. Zonder berouw heb je je echtgenoot en je leven opgeofferd. Maar na die ervaring kreeg je twijfels: het was toch niet helemaal wat je ervan had verwacht. En dat heeft je ertoe gebracht Vladimir een roep om hulp te sturen. Maar vergeet niet dat je je man hebt gekwetst, dat je hem hebt vernederd. Geef hem de tijd om te wennen aan het idee dat je binnenkort weer bij hem terugkomt. Wacht zijn antwoord en dat van Alexej af. Dan kun je daarna nog altijd kiezen: in je eentje teruggaan naar Rusland of wachten tot Alexej je komt halen.'

Het gezonde verstand van Zjenia bracht me tot bedaren. Ik was bedrukt en had het liefst willen slapen tot het lot een beslissing nam. Ik was diep ongelukkig. Toch wist ik dat Zjenia gelijk had.

Een paar dagen lang was ik lusteloos en somber. Daarna kreeg ik een brief van Lucia, die schreef dat graaf di Malena naar Engeland zou komen. Ze had hem mijn adres gegeven. Zjenia spoorde me aan uit te gaan en afleiding te zoeken.

Op uitnodiging van mijn vrienden kwam Paolo langs. Hij nam Zjenia en Don onmiddellijk voor zich in en bleef een week.

Ik wist dat hij eigenlijk voor mij kwam, en ik moet toegeven dat hij me al mijn zorgen snel deed vergeten. Don en Zjenia maakte met hem ritjes te paard en dan vertelde hij over Italië en stelde vragen over Rusland.

Nadat Paolo me Londen had laten zien, nam hij me mee naar een vriend van hem, een lord met een passie voor paarden. Zijn huis stond vol zilver en weelderige, zware meubels. Stijlvolle butlers liepen stilletjes door de salons. De gasten spraken zacht en leken een beetje stijfjes, maar dat kwam door de manier waarop ze zich uitdrukten, merkte ik, want eigenlijk spraken ze eenvoudiger dan de mensen die ik in Rome en Parijs had ontmoet.

Ik hield van de Engelse humor en genoot van het gezelschap van Paolo's vrienden, van wie een groot aantal ooit in Sint-Petersburg en Moskou was geweest. Die steden hadden ze zo bekoorlijk gevonden dat ze ook de rest van het land beter wilden leren kennen. Toen hij me terugbracht vond ik Paolo stil, en dat verbaasde me. Ik hield van zijn gezelschap en hechtte veel waarde aan onze vriendschap, maar een aanzoek wilde ik vermijden. Bij het afscheid zei hij echter: 'Neem me niet kwalijk dat ik zo somber ben, maar ik word altijd triest als ik wegga bij jou. Volgens mij weet je wat ik voor je voel. Ik heb alleen de indruk dat je een moeilijke periode doormaakt. Maar voor mij is je vriendschap niet genoeg; ik wil mijn leven met je delen, met je trouwen.'

'Dank je, Paolo,' zei ik geroerd. 'Ik zou graag een Italiaanse zijn geweest, geen verleden met me meetorsen en heel veel van je houden, zoals dat je toekomt. Maar helaas ben ik Russisch, en heb ik een echtgenoot en een minnaar, en sta ik voor een definitieve keuze. Ik wil openhartig tegen je zijn. Een affaire? Dat zou ik niet kunnen. Als je nu weggaat, zal ik je dat niet kwalijk nemen, maar laten we vrienden blijven.'

'Dat kan ik niet,' zei hij.

Hij kwam naar me toe, drukte me stevig tegen zich aan en streelde mijn wang en mijn haar. Zijn blik bracht me in verwarring. Heel even moest ik mijn lusten onderdrukken. Haastig ging hij weg.

Peinzend en verdrietig liet ik de mannen de revue passeren die deel hadden uitgemaakt van mijn leven. Wie zou ik nu gekozen hebben? Natuurlijk zag ik Alexej steeds voor me. Ik kon niet zonder hem.

Ondanks zijn tekortkomingen en oppervlakkigheid was hij de man van mijn hart, maar ik zou hem snel vervelen, en in tegenstelling tot Paolo wilde hij mij niet als zijn vrouw. Ik had hem verlaten uit lafheid; mijn intuïtie had me ingefluisterd dat ik als eerste weg moest gaan. Een hele beslissing voor een jonge vrouw van vierentwintig! Paolo vond ik te mediterraan, Wilhelm riep een herinnering op aan een korte, intense vriendschap. Maar ver van Rusland wonen – ik moest er niet aan denken. Vladimir dan? Ik was met hem getrouwd, maar wilde hij wel een vrouw terugnemen die hem had verlaten? Zouden we ons oude leven weer kunnen oppakken?

Ik moest wachten...

Ik bleef bij Zjenia en liet me meevoeren door een aangename kalmte, als de herfst die begin oktober had ingezet. De blaadjes vielen, een lichte mist vergezelde me op mijn ochtendwandelingen. Don probeerde me over te halen te leren paardrijden, maar dat leek me niets.

Ik kreeg een brief van mijn moeder en tante Jelizaveta feliciteerde me met mijn verjaardag, maar geen bericht van Vladimir of Alexej. Moest ik die laatste schrijven om hem te laten weten: 'Kom me snel halen, ik verlang naar je'?

Maar mijn verstand fluisterde me in: hij zit niet op je te wachten. Anders was hij allang hier geweest, net als toen in Jalta. Nee, naar zijn liefkozingen bleef ik liever smachten. Ik deed er verstandiger aan niets van me te laten horen. En Vladimir? Wat zou hij antwoorden? Of had hij me misschien al ingeruild voor een ander? Of was zijn liefde omgeslagen in onverschilligheid of haat? Ik wist niet precies welk lot me te wachten stond na de hartstocht van Alexej, het respect van Paolo en de diepzinnigheid van Vladimir. Als Alexej meteen te kennen had gegeven dat hij met me wilde trouwen, was ik Vladimir vergeten en had ik mezelf niet al die vragen gesteld.

Zonder het te beseffen was het mama die over mijn lot besliste, of beter gezegd: over de datum van mijn terugkeer. Tante Jelizaveta schreef me dat de gezondheid van mijn moeder achteruitging en dat de arts zich zorgen maakte over haar hart.

Ik moest terug naar Petersburg. Ik bracht Alexej van mijn beslissing op de hoogte en nam afscheid van mijn vrienden, die ik met spijt achterliet. De positieve eigenschappen van Zjenia kende ik al, maar Don had me met zijn zachte aard en aangeboren bescheidenheid ook geraakt. Zijn kalme zelfverzekerdheid, de vrolijke en rustige manier waarop hij het leven leidde dat hij had gekozen, had een kalmerende uitwerking op me.

De terugreis was somber en triest. Heel anders dan mijn vertrek. Gelukkig maakte Fedosja het draaglijk voor me. Toch maakte ik mezelf verwijten. Wat had ik gedaan met al die meesterwerken die ik had gezien? En met al die rijkgeschakeerde landschappen waar ik doorheen was getrokken? Niets, niet eens een opzet, niet eens een ruwe schets. Ik had de kleuren van de Italiaanse schilderijen, het wit van de bergen en de wattige landschappen van Engeland ver weggestopt in mijn geheugen. Ik had een heel oppervlakkig leven geleid, had me uitsluitend beziggehouden met de bevrediging van mijn zinnen en ijdelheid.

Ik had in een droom geleefd. Nu moest ik nederig en met alle moed die ik kon opbrengen de realiteit onder ogen zien. Weer terug in Petersburg ervoer ik vanbinnen iets woests, als een teken van primitieve liefde. Opnieuw was ik bereid het gevecht van mijn leven aan te gaan, wat dat ook was.

Mijn appartement vond ik naargeestig. Het bureau van Vladimir was leeg; de kamers roken naar schimmel en stof. Ik liet Fedosja zich over de bagage ontfermen en ging naar mijn moeder, die ik bleekjes en kortademig vond, maar de vreugde over mijn onverwachte terugkomst bracht wat kleur op haar gezicht.

De trouwe Jelizaveta ontving me hartelijk. Ik vertelde haar over de verschillende etappes van mijn reis, zonder iets achter te houden over mijn gevoelens, mijn daden en ontmoetingen.

'En wat ga je nu doen?' vroeg mijn moeder.

'Dat hangt van Vladimir af. Hij moet me nog laten weten wat hij heeft besloten.'

'Ik zal hem schrijven dat je terug bent,' zei mijn tante.

De eerste dagen logeerde ik bij hen, terwijl Fedosja mijn appartement op orde bracht en een kamermeisje en koetsier in dienst nam. Toen mama zienderogen opknapte kon ik terug naar huis.

Eindelijk kwam de langverwachte brief van mijn echtgenoot. Teder heette hij me welkom. Hij kon zijn contract niet verbreken en meende dat het ook beter was zo, omdat we moesten wennen aan het idee elkaar weer te zien. Hij vroeg me tot december alleen te blijven en als we mochten besluiten weer te gaan samenleven, zou hij me daarna komen halen om me mee terug te nemen naar Moskou. 'Denk goed na, je keuze moet definitief zijn.'

De toon van de brief stelde me teleur, maar was wel terecht, vond ik. Ik moest wachten...

Met de komst van de kou en de sneeuw kwam mijn appartement weer tot leven. Ik wende weer aan mijn stad, en aan mijn eenzaamheid, die me de tijd bood me opnieuw serieus toe te leggen op het schilderen. Ik maakte schetsen van plekken in Petersburg en probeerde het eerste beeld dat me in het oog sprong met behoud van al het licht, ritme en beweging vast te leggen. Dat leverde stadsgezichten op met talloze kleine figuurtjes. Ondanks de invloed van bepaalde Franse schilders die ik in Parijs had gezien, bleven mijn doeken iets naïefs en persoonlijks houden; het waren impressies naar de natuur. En zo verstreek er een maand.

Ik had Vladimir geantwoord dat ik me schikte naar zijn wens een bedenktijd in te lassen en wachtte tot Kerstmis.

Maar toen ik eind december de deur uit ging, liep ik Alexej letterlijk tegen het lijf; hij stond me op te wachten.

'Zina, liefste, eindelijk zie ik je weer,' zei hij teder. 'Kom met me mee. Ik verlang naar je.'

'Nee,' antwoordde ik. 'We staan voor mijn huis. Als je wilt praten, kom dan mee naar mijn appartement.'

Toen ik langs mijn niania liep, zag ik haar verbouwereerd kijken. Ik liep door naar de salon.

Alexej probeerde me meteen te omhelzen, maar ik deed een stap naar achteren. Ik had hem zo graag willen vergeten, hem zo graag uit mijn leven willen bannen, en toch ging mijn hart tekeer en voelde ik dat vreselijke verlangen weer knagen.

Maar ik riep mezelf tot de orde.

'Wat wil je van me? Volgens mij hebben we elkaar niets meer te zeggen. Denk je nu echt dat je me zomaar terug kunt krijgen als jij daar zin in hebt?' Mijn woede groeide. 'Je vertrekt voor een week, maar blijft veel langer weg zonder iets van je te laten horen of te kennen te geven dat je me weer wilt zien. En nu sta je ineens voor me alsof er niets aan de hand is. Nee, het is voorbij.'

Alexej plofte neer op de bank. Mijn uitval leek hem te verrassen, maar daarna sloeg hij zijn handen voor zijn gezicht en riep uit: 'Je hebt gelijk, ik ben een egoïst en dat is niet goed te praten, maar ik zal het je eerlijk uitleggen; dan kun je zelf een oordeel vellen. In de brief die ik in Zürich van mijn advocaat ontving, liet hij me weten dat Larissa waanzinnige eisen stelde. Omdat ik ermee had ingestemd te scheiden wegens echtbreuk van mijn kant, eiste ze een enorme toelage.

Haar aanspraken maakten me woedend, want ze was zelf uit vrije wil bij me weggegaan, weet je nog? Ik had gedacht de kwestie snel te kunnen afhandelen en ging meteen na mijn aankomst naar mijn advocaat, waar zij ook was. Ze begroette me met haar bekoorlijke glimlach en zei: "Alexej, vergeet mijn eisen en vergeef me mijn lichtzinnigheid. Het gerucht ging dat je alweer een ander had en uit gekrenkte trots wilde ik toen wraak nemen. Maar wil je me wel helpen mijn schulden te betalen? Ik ben niet veranderd en je weet hoe makkelijk ik geld uitgeef."

Het stelde me gerust haar zo opgewekt te zien, en arm in arm gingen we bij mijn raadsman weg. Ze besloot toen mijn korte verblijf zo aangenaam mogelijk te maken en ik viel voor de genoegens van het Parijse leven. Ik zal je niet alles vertellen over die frivole tijd, maar ik wist dat je veilig bij je vrienden zat en wilde oprecht zo snel mogelijk naar je toe komen. Alleen, al die feestelijke diners, ontvangsten en bals... Ik stelde mijn beslissing telkens uit. Ik geef het toe: het was zwak van me en daar heb ik spijt van. Kun je het me vergeven? Ik verlang er zo naar weer met jou te leven.'

'Ik niet. Ik heb mijn echtgenoot, die op dit moment in Moskou zit, laten weten dat ik weer met hem verder wil. We hebben samen prachtige momenten beleefd, maar we zijn niet voor elkaar geschapen. Niet dat ik ergens spijt van heb. Ik wilde heel graag van jou zijn, zoals je weet; ik hield heel veel van je. Maar dat is voorbij en ik wil je nooit meer zien.'

Dat liegen ging me gemakkelijk af, terwijl ik er toch naar hunkerde dat hij me in zijn armen nam. En dat deed hij ook, ondanks wat ik had gezegd.

Zijn geur, de kracht waarmee hij me kuste – ik was er niet tegen bestand en wilde maar één ding: weer van hem zijn.

'Kom morgen naar me toe,' zei hij.

Hoe kon ik verzet bieden? Ik ging bij hem langs. Na onze omhelzingen was ik uitgeput, hopeloos; ik had het idee dat ik in een gevecht was verwikkeld. Ik voelde me als een drenkeling die de draaikolk van de dood in duikt, en kon me niet van hem losmaken.

Volkomen verdwaasd ging ik naar huis, waar mijn niania me met een liefdevolle blik begroette. Ik wierp me in haar armen en liet mijn tranen de vrije loop en zei telkens weer: 'Bid voor me, want dat heb ik heel hard nodig, Fedosja.'

'Mijn arme lieve meisje, ik doe niets anders. Hij heeft je teruggenomen. Ontdoe je toch van hem, voordat het te laat is.'

'Maar ik hou zoveel van hem!'

Mijn tranen stroomden nog harder, net als toen ik als kind verdrietig was over dingen die me heel belangrijk leken. Wat had ik gemoeten zonder mijn Russische niania?

Toen mijn moeder mijn ontreddering zag, vroeg ze wat er aan de hand was. Maar het had geen zin om haar ongerust te maken en dus zei ik niets.

Een brief van Vladimir maakte me radeloos...

Maar in een opwelling van vastberadenheid hakte ik de knoop door. Ik ging naar Alexej en hem recht in de ogen kijkend zei ik: 'Vladimir heeft geschreven dat hij komt. Als je me de afgelopen dagen die we samen hebben doorgebracht had gevraagd of ik je vrouw wilde worden, had ik ja gezegd, ook al wist ik dat ik je op een dag zou gaan vervelen. Maar nu is het te laat. Ik ben gekomen om voorgoed afscheid van je te nemen.'

Als aan de grond genageld bleef hij staan, niet in staat om ook maar een woord uit te brengen.

Dat maakte het gemakkelijker voor me. Ik keerde hem mijn rug toe en ging weg. Opgelucht haalde ik diep adem en liep de straat op, met het heilige voornemen geen medelijden met mezelf te hebben en geen herinneringen op te halen.

Ik dwaalde zo lang rond dat ik bijna uitgeput raakte en de kou me langzaam leek te verlammen.

Weer thuis schonk een kop thee me de warmte die ik nodig had. Ik herlas de brief van mijn echtgenoot. Hij hield van me, vertrouwde me en zou met Kerstmis naar me toe komen. Na Nieuwjaar zouden we samen naar Moskou gaan.

Ja, dat was mijn leven.

Ik antwoordde hem dat ik definitief met Alexej gebroken had en op hem wachtte. Ik wilde hem oprecht gelukkig maken, hem mijn liefde schenken. Ik had nog tien dagen om mezelf weer in de hand te krijgen en al het verdriet van me af te schudden. Toen ik mijn moeder vertelde dat Vladimir terug zou komen, begon ze te stralen.

'Nu kan ik rustig sterven,' zei ze zachtjes. Niania spoorde me aan 'er niet meer aan te denken'. 'Hij speelde met je. God heeft mijn gebeden verhoord. Eindelijk heb je rust gevonden. Ik ben trots op je moed.'

Ik begroette Vladimir zonder angst. Hij was knap, lief en heel vrolijk.

Toen hij me zag, zei hij: 'Liefste, laten we die zes maanden vergeten en het er nooit meer over hebben.'

Hij beminde me hartstochtelijk, en niet één keer werd zijn plaats in mijn gedachten ingenomen door de ander. Ik had alle herinneringen aan hem uitgewist in de overtuiging dat ik nooit meer zwak zou zijn en dat voor mij alleen Vladimir nog telde.

12

Anna en Nikolaj verrasten ons door Kerstmis en oud en nieuw bij ons door te brengen. Mama, die weer helemaal was opgeknapt, keek met een gelukkige blik in haar ogen naar haar kinderen. Mijn zus had haar kinderen bij haar schoonouders achtergelaten. Ze verweet me dat ik heel lang niets van me had laten horen en stelde talloze vragen over Zjenia en mijn reis. Moeder had haar verteld dat Vladimir me had aangespoord een oude dame te vergezellen op haar reis door Europa, omdat hij me niet naar Moskou kon laten komen. Ik wist dat Anna er geen woord van geloofde, en alleen maar deed alsof. Na oud en nieuw met de familie te hebben gevierd sloten we het appartement af en gingen we naar Moskou.

Daar had ik het fijn. Ons appartement lag in een aangename wijk. De Moskovische vrienden van Vladimir waren ongecompliceerd en vrolijk.

Half januari werd ik op een ochtend heel moe en misselijk wakker. Ik kon er mijn ogen niet voor sluiten: ik was in verwachting. Een enorme twijfel bekroop me. Van wie was het kind? Waarom was het niet een maand later gebeurd? Ik was ten einde raad; God strafte me ongenadig hard. Hoe moest ik het Vladimir vertellen? Zou hij zijn twijfels hebben? Ik hield het nog voor me en zei tegen mezelf dat het maar een kwaaltje van voorbijgaande aard was. Maar helaas moest ik al snel de waarheid onder ogen zien.

Uiteindelijk besloot ik het toch te berde te brengen bij mijn echtgenoot. Onze verstandhouding was zo goed dat ik hem het nieuws durfde te vertellen.

Hij keek me aan en zei: 'Hoe zou je zo'n geschenk van God kunnen weigeren? Als het een jongetje is, noemen we hem Vladislav (Heerst met Glorie), als het een meisje is, zal ze Polyxena (de Welkome) heten. Vind je dat goed?'

'We doen wat jij beslist,' zei ik en ik vlijde me in zijn armen.

Ik schreef mijn moeder en mijn tante, aan wie ik vroeg of ze peetmoeder wilde zijn.

Hun antwoord, begeleid met goede raad en aanbevelingen, liet niet lang op zich wachten.

Maar was ik gelukkig met mijn toestand? Niet helemaal. De twijfel bleef aan me knagen. Ik wilde heel graag dat mijn man de vader van mijn kind was.

Ondanks mijn prikkelbaarheid, misselijkheid en angsten stelden de blijdschap en attenties van Vladimir me gerust.

Vanaf de derde maand begon ik plannen te maken. Ik verwachtte dat ik een zoontje zou krijgen en dat hij pianist zou worden, en daarom ging ik naar concerten die ik heel bewust uitkoos in de overtuiging dat mijn zoon musicus zou worden als ik de mooie muziek waarnaar ik luisterde maar in me opnam.

De maanden verstreken. We leidden een gelukkig leven zonder strubbelingen. In de lange brieven die ik wisselde met Anna en Jelena, die in februari bevallen was van een dochtertje, ging het voortaan alleen nog maar over babykleertjes, eetbuien en misselijkheid.

Fedosja vertroetelde me en ging vaak naar de kerk, waar ze God dankte dat hij me mijn echtgenoot had teruggegeven.

Maar thuis veranderde ze in een draak en hield nauwgezet in de gaten wat ik at en dronk. Geen koffie, want daar zou het kind zenuwachtig van kunnen worden, maar wel eindeloos veel sinaasappels, afkomstig uit het verre zuiden, want Fedosja had verklaard dat die vrucht alleen maar positieve eigenschappen bezat: het kind werd er sterker van en de botten van de zuigeling zouden er elastischer van worden, waardoor de bevalling makkelijker zou verlopen.

In juli stuurde Vladimir me samen met mama, tante Jelizaveta en natuurlijk Fedosja naar Jalta. Ik leefde op verse groenten en vruchtensap, en elke dag zat ik met penselen en verf onder een parasol landschappen of stillevens te maken, tot de warmte me naar binnen joeg.

Een ander leven drong het mijne binnen en dat liet zich voelen door zo nu en dan een schopje te geven. Iedereen vond me ongelooflijk slank voor mijn toestand en toch voelde ik me heel zwaar. Eind september zou het kind geboren worden. Half augustus kwam Vladimir me halen en ging ik terug naar Moskou. Mama logeerde bij ons, tante Jelizaveta bij familie.

Het wachten begon.

II

POLYXENA

1

Op 21 september voelde ik eindelijk de eerste weeën, en die nachtmerrie duurde tot de 23ste! Ik was een beest dat stierf van zwakte en pijn. De angst was van het gezicht van Vladimir en mama af te lezen. Alleen Fedosja, die geen moment van mijn zijde week, wist hoe ze me moest masseren; ze veegde mijn gezicht af en depte mijn voorhoofd met eau de cologne die ze had aangelengd met water.

Tegen tien uur 's ochtends zei de arts die kwam kijken hoe het ermee stond: 'Het duurt niet lang meer.'

Ik was uitgeput en opeens kreeg ik het gevoel dat mijn hele lichaam vanaf mijn keel werd opengereten. Ik klampte me vast aan de spijlen van mijn bed; daarna voelde ik me heel even weldadig, gevolgd door nog een vreselijke wee, en daarna niets meer. 'Het is gedaan,' zei ik in mezelf en ik raakte buiten kennis.

Ik weet niet hoelang ik buiten bewustzijn was geweest toen het huilen van een baby me weer tot leven wekte. Ik zag iets roze-grijs-paars.

'Dit is Polyxena,' zei mijn niania zachtjes, waarna ik weer wegzakte.

Vijf dagen lang zweefde ik tussen leven en dood, en toen ik uit die lange slaap ontwaakte, was ik volkomen uitgeput.

Om me heen was het een komen en gaan van bezorgde gezichten en gefluister, maar het raakte me allemaal niet. Mijn semicomateuze staat duurde tien dagen, maar op een ochtend wilde ik ineens leven en stroomden de tranen over mijn wangen. Ik voelde de lauwe warmte van een kus op mijn hand en herkende Vladimir.

'Blijf bij me,' zei ik. 'Alleen jij kunt er voor zorgen dat ik weer zin in het leven krijg.'

Niet één keer liet ik de naam Polyxena vallen. Ze had me te veel laten lijden. Er stond geen wieg in mijn kamer en heel even flitste de gedachte door mijn hoofd dat mijn dochtertje dood was. Toen ik alleen met Fedosja was, zei ik: 'Haal mijn dochtertje eens.'

Ze kwam terug met een bundeltje.

Nieuwsgierig boog ik me eroverheen. 'Mijn meisje.'

Ik keek heel lang naar haar. Ze deed haar oogjes open, met een onbestemde kleur die het midden hield tussen grijs en blauw, en zwaaide houterig met haar handjes die ik heel fijntjes vond; haar vingers leken me lang.

Langzaam kwam ik weer op krachten. Ik kreeg te horen dat een inwendige bloeding me bijna fataal was geweest. Het feit dat ik oog in oog had gestaan met de dood maakte me kwetsbaar en willoos; de liefde waarmee ik werd omringd was voor mij onontbeerlijk, zelfs van levensbelang. Iedereen was verrukt van Polyxena. Vladimir bracht uren met haar door en mama beweerde dat ze het evenbeeld van haar vader was. Niemand had ooit zo'n mooie, vrolijke baby gezien. Haar wiegje stond inmiddels bij mij in mijn slaapkamer en ik vroeg een potlood en papier om een tekening te maken van mijn drie weken oude dochtertje.

Op de vijfentwintigste dag probeerde ik op te staan, maar duizelig viel ik weer op mijn bed. Daria, de min, een jonge vrouw die blaakte van gezondheid en moeder was van een kindje van drie maanden, mocht ik onmiddellijk. Ze zorgde geweldig voor Polyxena, die aankwam en na vier weken voor het eerst lachte – naar haar vader.

Het duurde heel lang voordat ik weer de oude was en ik de lethargie en lusteloosheid die me sinds mijn coma in hun greep hadden gehouden van me af kon schudden. Na al die uren van pijn en strijd was ik niet meer dezelfde: ik had een kind gebaard en mijn taak als vrouw vervuld, en hoewel ik geen moederlijke gevoelens had, voelde ik me verantwoordelijk voor het schepseltje dat naast me lag.

Toen ik was hersteld, kon ik me niet meer identificeren met mijn verleden. De Zina van vroeger die een hartstochtelijke liefde had beleefd, was een volslagen vreemde voor me geworden. Mijn uitdagende lingerie en excentrieke gewaden had ik aan Zjenia gegeven; ik had alleen een jurk en de armband van Alexej gehouden, die ik aan Polyxena toebedacht en zelf nooit meer omdeed. We waren volmaakt gelukkig, Vladimir en ik. We leidden een rustig leventje en begrepen elkaar, en hij had het nooit meer over mijn escapade.

Met verbazing keek ik naar de steeds sterker wordende persoonlijkheid van mijn dochtertje en ik kreeg plezier in mijn moederrol. Ik las veel en samen met onze vrienden gingen we naar het theater of concerten.

Na de zomer van 1873, die we hadden doorgebracht in Jalta, keerden we terug naar Sint-Petersburg, waar Vladimir aangesteld was als rector van een gymnasium. Ik vond het heerlijk om ons appartement weer te betrekken en dicht bij mijn moeder en tante te wonen. Jelena kwam me opzoeken en daarna Anna, die inmiddels twee kinderen had: Georgi van zeven en Zoja van vijf.

Polyxena dribbelde en brabbelde, en was voor haar leeftijd uitzonderlijk autoritair. Ze gaf zich nooit gewonnen en was voor geen enkele straf bang. We konden het goed met elkaar vinden, maar ze bood me altijd het hoofd. Vladimir was haar lieveling en als hij zich liet zien, gedroeg ze zich als een engeltje en vlijde ze zich in zijn armen. Maar hij móést toch ook wel vallen voor haar charmes en haar enorme grijsblauwe ogen, omlijst door een waaier van blonde krullen?

De tijd verstreek en Polyxena, die het middelpunt van ons bestaan was geworden, groeide. Haar intelligentie, haar kinderwoordjes, haar schalkse lachje en knappe gezichtje gaven haar overal recht op. Ze had haar hofhouding en haar favorieten: Vladimir, natuurlijk, maar ook mama, om nog maar te zwijgen over tante Jelizaveta.

We hadden een Duitse gouvernante in dienst genomen, Frau Ursula – een Française was te duur – en nog geen halfjaar later sprak Polyxena Duits.

Ze deed iedereen heel grappig, maar ook heel gemeen na en had onmiddellijk de rare gewoontes, tics en afwijkingen van iemand door. Soms was haar directheid gênant. Toen op een dag een ver familielid, een erg lelijke vrouw, op de thee zou komen, legde ik Polyxena uit dat mijn nicht er niets aan kon doen dat ze zo lelijk was en dat ze bovendien heel aardig was. Kortom, ik zei tegen Polyxena dat ze lief moest zijn en zich netjes moest gedragen. Polyxena keek mijn nicht meteen met een gemaakt lachje aan, liep vervolgens om haar heen en nam haar aandachtig op. Toen Frau Ursula haar kwam halen, slaakte ik een zucht van opluchting. Maar helaas! Voordat ze wegging, draaide Polyxena zich om naar mij, keek me aan en verklaarde: 'Haar figuur gaat nog wel, maar met die tanden en die snor lijkt ze net de wolf uit "Roodkapje".'

Mijn arme nicht! Polyxena was nog maar vijf.

Vladimir was begonnen te drinken. Wat ik ook zei, hoe ik ook op hem inpraatte, niets hielp. Maar op een avond zei Polyxena toen ze hem begroette: 'Papa, u ruikt niet lekker, ik wil u geen kus geven.'

Vladimir trok wit weg en een tijdje probeerde hij te matigen, maar langzaam verviel hij weer in zijn oude gewoonte en hij kwam pas thuis als zijn dochtertje al in bed lag.

Ik was eenendertig. De knappe, liefdevolle, ontwikkelde man met wie ik elf jaar geleden was getrouwd, was veranderd in een oud, verschrompeld mannetje met trillende handen. Waarom? Waardoor? Had ik met mijn bedrog die gevoelige man kapotgemaakt? Was hij door mij gedwongen geweest zijn eigenliefde te smoren en zijn jaloezie weg te stoppen? Vroeg hij zich misschien elke dag heimelijk af of hij wel de vader was van Polyxena?

Op een avond hield ik het niet meer uit en ging ik naar zijn werkkamer. Hij was net thuisgekomen van een kaartavondje en zat met zijn handen voor zijn gezicht aan zijn bureau. Toen ik hem zo zag, werd ik overweldigd door liefde en ging ik aan zijn voeten zitten. Ik liet mijn hoofd op zijn knieën rusten.

'Vladimir, mijn liefste,' zei ik zachtjes, 'ik heb je nodig, en ons dochtertje ook. Ik zal je helpen jezelf weer in de hand te krijgen, ervoor zorgen dat je wilskracht het wint.'

'Daar is het te laat voor,' mompelde hij. 'Dat lukt me nooit.'

'Maar ik hou van je, ik wil het,' zei ik met een snik in mijn stem, en ik pakte zijn handen vast.

Ik nam hem mee naar onze slaapkamer en wiegde hem als een kind.

'Je gaat niet meer met je vrienden naar de club. En ik haal je voortaan af van school. Dan gaan we samen wandelen met Polyxena. En de zomer staat voor de deur. Op Alisia zal ik je onder mijn hoede nemen.'

Met ogen vol liefde nam hij me in zijn armen. Hij had me zo nodig dat ik erin wilde geloven.

En inderdaad kreeg ik op Alisia mijn oude Vladimir terug. Niet van de ene dag op de andere, maar geleidelijk aan. Dankzij de wandelingen, de zwempartijen, de spelletjes met Polyxena en vooral de afwezigheid van drank – ik had ervoor gezorgd dat er geen druppel wodka in huis was – krabbelde hij weer overeind. Zijn wangen kregen weer kleur, zijn handen trilden niet meer. Onze vrienden in Jalta, onder wie Pjotr en zijn zoon Nils, die concertviolist was geworden, konden niet bevroeden hoe Vladimir er een paar weken eerder aan toe was geweest.

Het mooiste moment van die vakantie viel samen met de komst van Zjenia en Don, die hun kinderen, Pamela van acht en Reginald van zes, hadden meegenomen. Al vlug werden die twee vriendjes met Polyxena. Na negen jaar zag mijn vriendin eindelijk haar ouders en haar vaderland weer terug. We hadden elkaar heel veel te vertellen.

Door alle feesten en de picknicks vlogen die twee weken veel te snel om. Zjenia en Don reisden daarna door naar Anna, samen met mijn moeder en Polyxena, die hun hart gestolen had. Polyxena had een hekel aan haar neef Georgi, die ze 'een blaaskaak' vond, maar met de kinderen van Zjenia kon ze het heel goed vinden; ze was dolblij met haar nieuwe vriendjes.

Toen ik eind augustus weer in Petersburg kwam, las ik in een brief van Jelena dat Alexej op zijn negenendertigste opnieuw was getrouwd met een meisje van negentien, een erfgename van een vooraanstaande familie uit de streek, dat knap, bescheiden en smoorverliefd op hem was. Dat nieuws deed me helemaal niets. Ik had die bladzijde omgeslagen; in mijn ogen was Alexej niet meer dan de broer van Jelena.

In de envelop zat ook een foto van Jelena, en van haar gelijkenis met Polyxena raakte ik volledig van slag. Snel stopte ik de foto in een lade, uit vrees dat Vladimir dezelfde indruk zou krijgen als hij hem zag. Ik wilde niet het risico lopen dat hij zijn hervonden levenslust weer zou verliezen.

In die tijd volgde Rusland het ritme van de gebeurtenissen die het einde van de heerschappij van Alexandr II markeerden. In mei 1880 was keizerin Maria Alexandrovna overleden en nog geen maand later trouwde de tsaar in het geheim met de vrouw van zijn leven, prinses Jekaterina Dolgoroeki, die prinses Joerievskaja werd. Maar Jekaterina, die op 7 maart 1881 gekroond zou worden, zou nooit keizerin worden, want een week voor de plechtigheid kwam Alexandr II bij een aanslag om het leven. Toen de nieuwe tsaar, Alexandr III, omgeven door het gehele hof de indrukwekkende uitvaart van zijn vader bijwoonde in de kathedraal van Moskou, vulde het gewelf zich plotseling met geroezemoes en zag men een frêle, zwart gesluierde gestalte naar de doodskist lopen, voor wie de aanwezigen respectvol uiteenweken. Jekaterina keek heel lang naar haar man, kuste hem en legde een haarlok op zijn borst. Ze schonk hem het prachtige haar dat hij zo mooi had gevonden. Daarna verliet ze zonder een traan te laten en zonder een woord van afscheid statig de kathedraal.

Alexandr III had zijn vader beloofd door te gaan met de hervormingen die het volk meer rechten gaven, maar beïnvloed door zijn ministers, die tegen deze maatregelen gekant waren, hield hij zich niet aan zijn woord. Daarmee maakte hij zich algauw impopulair.

Ik huiverde en zag mezelf weer voor me bij de Beweging. Vreselijk vond ik al dat fanatisme en geweld, en ik vreesde voor Rusland.

De jaren verstreken.

Polyxena, die een zwakke gezondheid had, kreeg alle kinderziektes en de arts raadde me aan te wachten tot ze sterker was voordat ik haar naar Smolny zou sturen. Ze kreeg onderricht van Frau Ursula en ik gaf haar les in Frans. Tante Jeliza-veta kwam elke dag langs, officieel om haar geschiedenis- en literatuurles te geven, maar toen ik op een keer onverwacht binnenkwam, liep mijn tante rood aan omdat ik haar erop betrapt had dat ze mijn dochtertje doodgemoedereerd had zitten voorlezen.

Ik heb nooit een kind meegemaakt dat zo weinig op had met leren. Geschiedenis, wiskunde, natuurkunde, literatuur – het interesseerde haar allemaal geen zier. Ze hield wel van muziek, en van schilderen en dansen werd ze helemaal en-thousiast, maar eigenlijk was ze alleen geïnteresseerd in haar eigen persoontje.

Ik legde haar uit dat ze haar best moest doen en kennis moest verwerven die haar later van pas zou komen, want we waren niet welgesteld. Maar Polyxena antwoordde keer op keer: 'Mama, ik word toch nooit onderwijzeres, dus waarom zou ik moeite doen? Bovendien ga ik later als ik groot ben op zoek naar een rijke man.'

Verbijsterend! Mijn preken haalden niets uit. Maar Vladi-mir had goede hoop.

'Je zult zien, volgend jaar doet ze haar best,' zei hij telkens.

De grote verrassing van 1884 was het huwelijk van tante Jeli-zaveta met neef Pjotr. Ze hadden hun geheim zo goed ver-borgen gehouden dat zelfs mama niet wist wat ze hoorde toen de aanstaande verbintenis van die twee solitaire zielen haar ter ore kwam.

Mijn tante was onbeschrijflijk gespannen en zenuwach-tig. 'Waarom heb ik "ja" gezegd?' zei ze tegen me, en ze her-haalde telkens weer dat het dwaas was wat ze deed. Ik over-tuigde haar van het tegendeel: op haar vijftigste had God een lieve, opgewekte levensgezel op haar pad gebracht.

Het huwelijk vond in familiekring plaats, waarna het paar

een maand naar Griekenland ging. Toen ze terugkwam, leek mijn tante me tien jaar jonger en had haar gezicht die uitdrukking van een geslagen hond verloren. Ook al kwam het geluk misschien laat, niemand verdiende het meer dan zij.

Pjotr had een prachtig huis in Tsarskoje Selo en een pied-à-terre in Sint-Petersburg, dat meestal werd gebruikt door Nils, die er woonde als hij niet op tournee was. Mijn moeder keek er al naar uit om hen in Tsarskoje Selo op te zoeken, waarvandaan ze makkelijk naar Anna kon.

Op haar dertiende ging Polyxena naar Smolny. Hoewel ze niet veel moest hebben van leren, viel iedereen – leerlingen, docenten en zelfs de directrice – voor haar charmes. Polyxena straalde een natuurlijk gezag uit en wist altijd de woorden te vinden om de mensen om haar heen te overtuigen. En intelligent als ze was, onthield ze net genoeg van de lessen om de proefwerken te halen.

Aanvankelijk had ze het naar haar zin op Smolny, maar niet lang daarna begon het haar daar te vervelen, zoals alles. Afgezien van haar ranke figuur herkende ik niets van mezelf in mijn dochter, die ook blond haar had, maar krullend, en grijsblauwe ogen. Ze had een totaal ander karakter dan ik. Haar flamboyante, maar oppervlakkige aard deed me juist aan Alexej denken.

Haar vertrek naar Smolny viel samen met een terugval van Vladimir, die weer was begonnen te drinken, zoveel zelfs dat het gymnasium hem bedankte voor zijn diensten. Hij probeerde privéleerlingen te krijgen en ik ging pianoles geven. Het leven werd moeilijk. We hadden veel minder geld en Smolny was duur.

Mijn preken, mijn smeekbedes, mijn liefde en zijn dochter – niets en niemand had invloed op mijn echtgenoot, die voortaan in een andere wereld leefde, waarin hij zichzelf elke dag een beetje meer te gronde richtte. We sliepen voortaan gescheiden en ik dankte God op mijn blote knieën dat Polyxena deze aftakeling niet hoefde mee te maken. Terneergeslagen raadpleegde ik mijn arts, die Vladimir onderzocht. Daarna pakte hij hoofdschuddend mijn schouders vast en zei: 'Arme ziel.' Vladimir was er zo slecht aan toe dat hij niet mee kon naar Alisia, waardoor ik moest besluiten hem in Petersburg achter te laten en toe te vertrouwen aan de zorgen van Porfir en Lisa.

Toen ik terugkwam, had hij geen enkele leerling meer; iedereen had hem de wacht aangezegd. Dag in dag uit zat hij in de schemering van zijn werkkamer en zijn gezicht straalde zo'n wanhoop uit dat ik geen woord over mijn lippen kreeg als ik bij hem was, maar hij voelde mijn medelijden en dat maakte zijn verdriet nog groter. Toen Vladimir op een avond Polyxena zag, noemde hij haar Jelena. Hij had de gelijkenis dus ook opgemerkt.

Daarna ging het heel snel bergafwaarts met hem. Door de aanvallen van delirium tremens lukte het Vladimir niet eens meer om op te staan. Porfir waste en verzorgde hem. Ikzelf durfde niet meer in zijn slaapkamer te komen sinds de keer dat hij tegen me geschreeuwd had: 'Ga weg, ik wil je niet meer zien!'

Op een dag toen Polyxena net voor de paasvakantie thuis was gekomen, kwam ze trillend en met een wit weggetrokken gezicht naar me toe en barstte ze in mijn armen in tranen uit. Ze had met haar vader willen praten en toen ze naar hem toe was gegaan, had ze hem ineengekropen op zijn bed zien liggen, vechtend tegen denkbeeldige monsters. Zodra Vladimir haar in de gaten kreeg, was hij gaan trillen, had hij spasmen gekregen en had hij gemompeld: 'Help me, dood ze.' Polyxena had hem willen sussen, hem willen geruststellen, maar kon dat niet. Sprakeloos en als aan de grond genageld had ze naar hem staan kijken, terwijl ze haar best deed haar vader te herkennen in die woeste man met een krankzinnige blik in zijn ogen. Daarna was ze doodsbang weggerend.

Die situatie mocht zich niet nog een keer voordoen. Maar wat kon ik? Aangezien de arts me te verstaan had gegeven dat geen enkel ziekenhuis mijn man zou opnemen, installeerde ik hem in het vertrek helemaal achter in ons appartement waar ik vroeger Berthold verborgen had gehouden. Zijn lijdensweg duurde niet lang.

Begin juni kwam Porfir me vertellen dat zijn meester 's nachts was overleden. Porfir had hem aangekleed en weer naar zijn slaapkamer gebracht, en de laatste keer dat ik naar hem keek zag ik een Vladimir met een vredig gezicht.

De arme ziel, wat had hij geleden! Ik voelde alleen maar liefde en berouw over de geestelijke eenzaamheid die hij moest hebben gevoeld tijdens de zes maanden van mijn afwezigheid.

Ons gezelschap op zijn begrafenis was niet groot. Porfir, die het meest aangeslagen was, huilde om zijn meester die zo goed voor hem was geweest. Polyxena daarentegen was onaangedaan. Ze kwam naar me toe en fluisterde tegen me: 'Arme papa. Ik vraag me af waarom hij zoveel dronk.'

Ze keek me doordringend aan en ik voelde dat ik rood aanliep, maar gaf geen antwoord. Alleen ik wist dat er altijd twijfels zouden blijven bestaan.

Ik moest de draad van het leven weer oppakken en extra leerlingen zien te krijgen om meer inkomsten te verwerven. Om me te helpen trok mama bij me in, die de helft van de huur bijdroeg en me troostte met haar liefde en begrip. Ik verkocht aardig wat spullen, maar de meubels die mama had meegenomen uit Koersk hield ik. Ik richtte ook een nieuwe kamer voor mijn dochter in, die zich daar tot in de kleinste details mee bemoeide.

Hoewel ze nog in de rouw was, besloot ze toch naar het bal van Smolny te gaan. Toen ze mijn verwijtende blik zag, zei ze: 'Voor mij is papa al heel lang dood. Ik kan niet huilen om een menselijk wrak.'

Met Kerstmis liet Polyxena ons weten dat ze niet meer terug wilde naar kostschool. Mama en ik hadden al onze overredingskracht nodig om haar ervan te overtuigen dat ze het jaar moest afmaken en dus tot augustus moest blijven. Daar legde ze zich bij neer, op voorwaarde dat ze de vakanties mocht doorbrengen bij haar beste vriendin Xenia, de dochter van Jelena en Igor.

2

Polyxena, die inmiddels vijftien was, kon haar geluk niet op. Ze mocht van mij de zomervakantie bij Jelena doorbrengen. Toen ze afreisde naar Soelima kromp mijn hart ineen. Ik had zoveel herinneringen aan dat huis in Riga.

Haar vertrek maakte me nostalgisch en ik bekeek mezelf in de spiegel, zoekend naar de sporen van al die voorbije jaren. Mijn gezicht was nauwelijks veranderd, en ook al zaten er zilveren draden in mijn haar, ik had nog altijd een rank figuur en een stevige boezem. Ik was veertig en weduwe. Wat kon ik nog verwachten van het leven, van dat traag voortkabbelende bestaan dat ik helemaal aan mijn moeder en dochter wijdde? Alleen mijn schilderkunst had ik nog; die had me niet verraden.

Het was voor het eerst dat Polyxena zo lang bij me weg was, maar ze schreef regelmatig over alles wat ze deed en over de mensen die ze ontmoette. Zo kreeg ik nieuws te horen over Jeanne en Anton, over hun dochter, Delphine, die met haar echtgenoot in Parijs woonde, en over hun zoon Karl van twintig. Mijn vriendin Jelena had een speciaal plekje veroverd in het hart van mijn dochter, die dol op haar was, haar in vertrouwen nam en de lieveling van de familie was geworden.

In een van haar brieven schreef Polyxena dat ze Alexej had

ontmoet. Toen hij hoorde dat ze de dochter van Zinaïda Var-folomejev was, had hij haar heel lang aangekeken en haar talloze vragen over mij gesteld. 'En knap dat hij is!' voegde ze eraan toe.

Polyxena kwam terug naar Petersburg om haar zestiende verjaardag te vieren, en vanaf die dag begon ze te strijden voor haar vrijheid. Ze ging vaak uit, hoewel ik haar nog te jong vond voor zo'n roerig leven. Bovendien vroeg ze telkens weer om nieuwe jurken, die ik haar niet kon geven. Gelukkig werd ze verwend door mijn moeder en haar peettante, die haar niets kon weigeren.

Aangezien we beiden gereserveerd waren, lieten we zelden merken dat we van elkaar hielden, maar ze had wel respect voor me. En ik waardeerde haar openhartigheid, ook al grensde die soms aan botheid. Zo bekende mijn dochter bijvoorbeeld ooit heel koeltjes: 'Ik wil heel jong trouwen met een rijke man en een luxueus leventje leiden. Dus u hoeft niet bang te zijn, mama. Mijn onschuld is mijn rijkdom.'

En op een dag dat ze door vrienden werd thuisgebracht, zag ik haar ons huis voorbijlopen en een groot herenhuis naast ons binnengaan. Even later zag ik haar weer naar buiten komen en kwam ze thuis. Ik vroeg haar waarom ze zo vreemd deed. 'Wat deed je bij onze buren?'

'Ik ben niet bij ze geweest. Ik heb alleen wat geld aan de conciërge gegeven om de poort door te mogen. Op vrienden maakt dat een betere indruk dan wanneer ik ons bescheiden huis was binnengegaan.'

Heel even was ik sprakeloos, maar daarna kon ik me niet inhouden en schaterde ik het uit. Alles wat Polyxena deed was weldoordacht. Het bewust gekozen decolleté van haar jurken deed haar prachtige boezem mooi uitkomen; haar soepele, zwierige tred benadrukte haar smalle taille, en voordat ze in een salon of op een soiree verscheen, gaf Polyxena een paar tikjes op haar wangen en beet ze op haar lippen; pas daarna liep ze naar binnen met een zelfverzekerdheid die ieders blik naar haar toe trok.

Haar leven bestond alleen nog maar uit uitgaan, maar nooit kwam iemand haar thuis ophalen. Daar schaamde ze zich te veel voor.

Tijdens haar laatste jaar op Smolny had Polyxena besloten toch hard te studeren, zoals Vladimir had voorspeld; ze stortte zich niet alleen op tekenen en dans, maar ook op geschiedenis, talen en literatuur. Eind juli verliet ze Smolny definitief, maar ze hield er wel blijvende contacten met haar vriendinnen aan over.

Mijn zus Anna, Jelena, haar peettante – iedereen was dol op haar en zag haar graag komen. Toch vroeg ik me soms af of ze wel een hart had. Ze móést geliefd zijn, móést bewonderd worden.

Op Alisia, waar we de zomer doorbrachten, zag ik haar alleen 's ochtends. Daarna verdween ze met vrienden en ze kwam pas diep in de nacht thuis. Mijn verbazing was dan ook groot toen ik op een avond toevallig haar kamer binnen liep en haar in het schemerdonker zag zitten.

'Wat doe je hier in je eentje? Ga je niet uit?'

'Nee, daar heb ik geen zin in.' Even later zei ze: 'Waarom fladder ik toch als een vlinder? Ik wil succes hebben en krijgen wat ik wil.'

Ze liet een lange stilte vallen. Daarna boog ze zich naar me toe en sloeg haar armen om me heen.

'Lieve mama, help me. Vertel me hoe u dat vroeger deed.'

'Je bent nog een beetje te jong om alles te kunnen aanhoren, Polyxena, maar sinds mijn veertiende hou ik een dagboek bij en ik wil graag dat je dat later leest. Maar ik wil vooral dat je gelukkig bent; alleen moet je dat zelf, op jouw manier, voor elkaar zien te krijgen. Maar ik beloof je dat ik alles zal doen wat in mijn vermogen ligt om je te helpen.'

Vanaf die dag waren we vriendinnen. Polyxena vertelde me met wie ze uitging en wiens hart ze had veroverd. Ze betrok me voortaan in haar leven, waardoor mijn eenzame bestaan wat vrolijker werd. Ze wist dat kunst heel belangrijk voor me was en stelde daar vaak vragen over. Schilderkunst interesseerde haar.

Ze bezat de gave om een houding of gezichtsuitdrukking vast te leggen en een silhouet te schetsen, en ze vond het leuk om de huizen te tekenen waar ze had gewoond, maar erg creatief was ze was niet. Ik ontdekte dat ze een grote passie had voor architectuur, maar helaas was dat nu eenmaal geen beroep voor een vrouw.

Doordat ze heel handig was, had ze op Smolny snel onder de knie gekregen hoe je met naald en draad moet omgaan. Nu perfectioneerde ze haar vaardigheden met de hulp van een naaister die aan huis kwam; dagenlang zat ze heel ijverig, of liever gezegd driftig, in haar 'atelier' te knippen, te draperen en modellen te passen. Ik had Adélaïde gevraagd me zo nu en dan Parijse patronen te sturen aan de hand waarvan mijn dochter rokken en bolero's maakte, en avondjurken met een kunstig uitgesneden decolleté en een ingewikkelde mouwinzet, die ze met kant en ruches verfraaide. Ik stond versteld van haar talent, want zelf kon ik nog geen naald vasthouden.

Tijdens die ijskoude middagen van november zocht ik graag de rust op van Jelena's zitkamer.

Urenlang zaten we thee te drinken en te kletsen. Zoals moeders nu eenmaal doen, hadden we het over onze kinderen. Mijn petekind Andrej ging naar het cadettenkorps en Xenia, die in het laatste jaar van Smolny zat, profiteerde van haar vrije dag om met Polyxena te babbelen, die met me meegekomen was. Plotseling werd ons gesprek onderbroken door een stem, en nog voor ik de kans kreeg die te herkennen, kwam Alexej binnen met zijn vrouw Vera.

Ik merkte dat mijn dochter naar mij keek.

'Lieve Zina, wat een verrassing,' zei Alexej heel ongedwongen. 'Volgens mij is het wel twintig jaar geleden dat we elkaar voor het laatst hebben gezien. Dit is Vera, mijn vrouw.' Daarna draaide hij zich om naar mijn dochter. 'Met je lieftallige dochter Polyxena hebben we al eerder kennisgemaakt.'

Alexej begon grijs te worden, maar was nog even slank als vroeger en de blik in zijn blauwe ogen wekte nog altijd de indruk dat hij niemand anders zag dan jou; hij was nog steeds heel aantrekkelijk, zoals Polyxena had opgemerkt.

Mijn dochter zat naast hem en instinctief vergeleek ik haar met Alexej. Maar hoe ik ook speurde, ik zag niet één overeenkomst. Haar gelijkenis met Jelena was met het verstrijken der jaren veel vager geworden.

We hadden het over koetjes en kalfjes, en zijn vrouw leek me inderdaad heel aardig en charmant. Op een gegeven moment zorgde Alexej ervoor dat hij alleen met mij was.

'Je bent nog altijd heel mooi, Zina. De jaren hebben je gezicht en lichaam niet aangetast. Ik ben gelukkig met mijn vrouw en twee kinderen, maar de herinneringen aan jou zullen altijd de mooiste van mijn jeugd zijn. Ik heb oprecht van je gehouden en,' voegde hij er nog zachter pratend aan toe, 'je brengt me nog altijd van mijn stuk.'

Ik zweeg, niet in staat om ook maar een woord uit te brengen, maar ik voelde dat mijn blik me verried. Ik had alleen maar oog voor hem, en zijn laatste zin klonk na in mijn oren. Wat een macht had die man over mij! Al mijn goede voornemens smolten als sneeuw voor de zon en ik wist dat als de kans zich zou voordoen... Ik hunkerde nog altijd naar liefde.

Met Kerstmis ging mijn dochter naar Riga en vertrok mama naar Anna, maar ik sloeg de uitnodiging van tante Jeliza-veta om naar haar toe te komen af, zodat ik in Petersburg kon blijven, omdat ik diep in mijn hart de dwaze hoop koesterde dat Alexej me misschien zou komen opzoeken. En die wens werd ook werkelijkheid. Drie dagen nadat de anderen waren weggegaan, kwam hij langs en vertelde dat hij vier dagen al-leen zou zijn.

Zonder enige aarzeling ging ik met hem mee.

Dronken van geluk kwam ik thuis; ik zweefde en zong. Toen Fedosja me hoorde, bleef ze stokstijf staan.

'Volgens mij heb jij je duivel weer ontmoet.'

'Nou en? Ik ben aan niets en niemand gebonden en bruis van levenslust.'

'*Moja doesja*, ik begrijp je,' zei ze.

Ik was zielsgelukkig. Ondanks zijn jonge echtgenote, zijn kinderen en zijn flamboyante leven hield Alexej van me en begeerde hij me nog steeds. Op naam van Fedosja huurde hij een pied-à-terre en telkens als hij in Petersburg was, zocht ik hem daar op; om de deur uit te gaan verzon ik als smoes dat ik piano- of tekenles moest geven.

'Ik kan niet zonder jou, ik kan niet zonder jouw liefde. De-ze keer wil ik je niet kwijtraken,' zei hij telkens weer. Ik ge-loofde hem en keek uit naar de keren dat ik weer samen met hem zou zijn, wat tot de zomer duurde.

Polyxena had een hele stoet aanbidders, onder wie Karl, de zoon van Anton en Jeanne, die haar het meest het hof maak-te. Met zijn aangeboren elegantie en zijn heldere, wat schalk-se oogopslag, die hij van zijn moeder had, was hij heel char-mant, en ik merkte dat mijn dochter zijn gezelschap op prijs stelde.

Toch kwam ze op een dag bezorgd naar me toe en vroeg: 'Mama, waarom lukt het me maar niet om verliefd te worden? Ik mag Karl heel graag en vind het vleiend dat hij zich zo voor me uitslooft, maar het doet me niets als hij me aanraakt en ik heb er totaal geen moeite mee om weerstand te bieden als hij te opdringerig wordt. Ik vind het eigenlijk alleen maar leuk om mannen in verwarring te brengen. Maar wat voor zin heeft dat als ik niet in staat ben om van iemand te houden?'

'Je moet niet zoveel haast hebben, Polyxena,' antwoordde ik. 'Op een dag zul je heus de liefde van je leven tegenkomen. Je hebt nog tijd genoeg.'

Wat ironisch dat juist ik haar zei geduld te hebben, want zelf kon ik dat niet opbrengen. Er leek me maar geen einde te komen aan de vakantie op Alisia. Ik telde de dagen af en ondanks het vrolijke gezelschap van mijn moeder, Nadezjda Petrovna en Jelizaveta en Pjotr leek die zomer me eindeloos te duren.

Toen ik terugkwam in Petersburg lag er een bericht van Alexej op me te wachten: Vera was in verwachting van hun derde kind en hij ging naar Frankrijk. Ik was helemaal kapot van dat nieuws. De zwangerschap bracht me het bestaan van een echtgenote in herinnering die ik uit mijn gedachten had willen bannen en ook die reis naar Frankrijk riep een herinnering op. Was dat geen smoes om onze verhouding te verbreken?

Opnieuw moest ik onder ogen zien dat de situatie niet eindeloos kon duren. Vol overgave sloeg ik weer aan het schilderen en probeerde ik me te interesseren voor het leven van alledag.

Om meer inkomsten te genereren besloot ik de kamer waar Vladimir zijn laatste levensdagen had doorgebracht opnieuw in te richten en hem te verhuren aan een student. Toen ik een advertentie had geplaatst, kwamen daar echter alleen jongens op af die me niet bevielen. Daarom besloot ik dat ik er verstandig aan zou doen om te proberen via mijn connecties iemand te vinden, waarop Pjotr Sergej Rasjevski, een jongen van vierentwintig, naar me toe stuurde, die me meteen aanstond. Op zijn verzoek mocht hij ook een ander klein vertrek als kleedkamer gebruiken.

Sergej was hoogblond en had een energieke blik in zijn blauwe ogen. Hij studeerde aan de Nikolajev-academie voor krijgsbouwkunde.

Al snel nam hij ons voor zich in en na twee weken at hij 's avonds met mama en mij mee. Polyxena dineerde zelden thuis en groette hem hooguit, maar hij verslond haar met zijn ogen, zag ik.

Toen we terugkwamen van Tsarskoje Selo, waar we Kerstmis hadden gevierd, stond me een verrassing te wachten. Alexej was terug uit Parijs en was nog altijd even verliefd, vurig en toegewijd. Mijn dubbelleven hervatte zich.

Alleen Fedosja wist daarvan, maar die velde geen oordeel.

Een paar keer per week ging ik naar Alexej. Hij kon niet zonder me. 'Laat me niet in de steek,' zei hij. Hij vertelde over zijn vrouw en kinderen en over zijn leven. We leken net een getrouwd stel, hadden totaal geen berouw en voelden er niets voor onze afspraak te verbreken, die voor mij het bewijs was dat ik nog steeds begeerlijk was. En zo stal ik stiekem de uurtjes van geluk die ik zo nodig had om in balans te blijven.

Ik voerde vaak lange gesprekken met Sergej en raakte steeds meer gesteld op die tactvolle, eerlijke jongen. Hij vertelde over zijn studie en zijn ambitie om militair ingenieur te worden.

Zijn familie bezat een landgoed in de provincie Tsjernigovskaja en hij had een jongere broer met wie hij het heel

goed kon vinden. Hij beschreef me zijn jeugd op hun landgoed en de fantastische sprookjes die zijn Finse niania hem
altijd vertelde, een kruising van avonturen en heidense le-
genden.

Toen Sergej over zijn ouders begon, meende ik de mijne in
hen te herkennen in dat verre Rusland dat beetje bij beetje
verdween, en daarmee ook al die naïeve mensen die geloof-
den in een amalgaam van religies en bijgeloof en die een
rotsvast vertrouwen hadden in de tsaar.

We hadden het ook over politiek. Sergej zei dat hij ontzet
was door de voorstellen van zijn generatiegenoten die geen
respect hadden voor de tsaar en de keizerlijke familie, en die
de ministers uitmaakten voor corrupte verraders en de gees-
telijken voor liederlijke losbollen. Hij was bang voor de toekomst, bang dat Rusland weer net als vroeger ten prooi zou
vallen aan wreedheden, omdat het door al dat geweld en de
broedermoorden heel lang zou duren voordat ons land weer
hetzelfde evenwicht zou hebben hervonden als dat van de
andere staten. Maar hij was ook van mening dat de kloof tussen de adel, die zich uitsluitend bezighield met zijn mondaine, oppervlakkige leven, en het onontwikkelde volk, dat zich
liet uitbuiten en onderdrukken door opzieners en militairen, te groot was.

Ik was het met zijn standpunten eens. Sinds Berthold was
ik nooit meer een man tegengekomen die even intelligent
was als hij, maar anders dan Berthold straalde Sergej open-
heid en vriendelijkheid uit. Ik zou het heel fijn hebben gevonden als mijn dochter belangstelling voor hem had gehad,
maar jammer genoeg zag ze hem niet eens staan. Bovendien
had ik gemerkt dat ze afwezig was sinds ze terug was uit Riga. Ze was niet meer zo zelfverzekerd, maar helaas nam ze
me niet meer in vertrouwen.

We logeerden twee weken bij Pjotr en Jelizaveta, die heel

verdrietig was over de dood van haar zus Ljoedmila. Tijdens het laatste bezoek aan haar had ze Jelizaveta niet herkend. Het was beter zo.

Ik liet mijn moeder achter bij Anna en ging terug naar Sint-Petersburg, want Alexej had laten weten dat hij daar voor vijf dagen naartoe zou komen. Wat een onverwacht genoegen om hem helemaal voor mij alleen te hebben!

De jaren hadden hem rijper gemaakt. Zijn gezicht was een en al vriendelijkheid en zijn genegenheid voor mij was oprecht. 'Jij bent de enige liefde in mijn leven,' zei hij telkens weer. 'Vera is een ideale echtgenote en de moeder van mijn kinderen, maar mijn evenwichtigheid dank ik aan jouw liefde. Ik kan niet zonder je vriendschap en steun.'

En ik wist op mijn beurt dat ik dat wat ik nog aan jeugdigheid bezat aan Alexej te danken had, en ik wilde hem zo lang mogelijk bij me houden.

Ik bracht veel tijd door met mijn moeder. Op haar zeventigste was ze nog altijd slank en kwiek. Toch maakten we ons vaak zorgen over haar hart.

Ik wist dat ik haar veel verschuldigd was en waardeerde haar scherpzinnige opmerkingen, die blijk gaven van haar grote observatievermogen, mensenkennis en eindeloze goedheid. Ik stelde haar vragen over het Rusland van vroeger en over haar jeugd, haar familie en leven.

Ze was de jongste van zes kinderen en had drie broers en twee zussen.

Haar moeder was gestorven nadat ze van haar was bevallen en niet lang daarna was haar vader hertrouwd. Maar met haar stiefmoeder had ze totaal geen band. Zonder berouw had ze haar familie en ouderlijk huis verlaten om met mijn vader te gaan samenleven, die de enige man in haar leven was. Ze had nog maar één broer, die zich in Canada had gevestigd en van wie ze al dertig jaar lang niets meer had gehoord. Wie weet had ik wel neven en nichten in dat verre land.

Mijn moeder vroeg vaak naar Polyxena, omdat haar gespannenheid en stemmingswisselingen haar zorgen baarden.

'Je zou haar eens moeten vragen wie haar vrienden zijn,' zei ze.

Dat wist ik zelf ook wel, maar mijn dochter ging me in die tijd uit de weg.

Het jaar verstreek. Ik ging helemaal op in mijn geheime leven en onze liefde gedijde door de immense genegenheid die we voor elkaar voelden. Op een dag vroeg Alexej volkomen onverwacht: 'Zina, ik ben erg gecharmeerd van Polyxena, is ze soms mijn dochter?'

Ik bekende dat ik dat zelf ook lang had gedacht, maar dat ze in de loop der jaren steeds meer op Vladimir was gaan lijken. Toch bleef de twijfel bestaan.

Toen ik op een avond thuiskwam, zag ik dat Polyxena druk in gesprek was met Sergej. Dat maakte me heel blij. Had ze in de gaten hoe goed van karakter hij was? En inderdaad zag ik haar steeds vaker in zijn gezelschap. Op een dag nam hij haar mee naar het theater; daarna zouden ze naar een bal gaan. Teleurgesteld kwam Polyxena thuis. Sergej hield niet van dansen, hoewel hij de wals toch uitstekend beheerste. Met Pasen ging ze niet naar Xenia en de zomer bracht ze net als Sergej op Alisia door. Terug in Sint-Petersburg vroeg Sergej me de hand van mijn dochter. Vervolgens nodigden wij zijn familie uit voor Kerstmis, zodat zijn ouders konden kennismaken met Polyxena.

Maar ik wilde ook graag weten wat Polyxena er zelf van vond. Met haar gebruikelijke openhartigheid zei ze: 'Mama, ik heb ooit een man gekend die ik heel vaak zag, maar ondanks de hartstocht die hij voor me beweerde te voelen, realiseerde ik me dat hij nooit met me zou trouwen: ik had geen bruidsschat, geen groot huis, en afgezien van Anna behoort niemand van onze familie tot de mondaine kringen. Toch meende ik in Ivan Koerakin de ideale echtgenoot te hebben gevonden.'

Uitgebreid vertelde ze over haar idylle met prins Koerakin: 'Ik luisterde naar wat hij zei, maar toen ik besefte dat hij het over verlangen had en niet over liefde, weigerde ik me aan hem te geven. En toen kreeg die hoffelijke, verfijnde man een ongelooflijke woedeaanval en veranderde hij in een onbeschofte bruut. "Wat verwacht je van me?" riep hij. "Dat ik met je trouw? Nou, daar heb je je dan in vergist. Dat idee is nooit ofte nimmer bij me opgekomen. In mijn kringen zul je het hooguit tot maîtresse brengen."

Zonder een woord te zeggen heb ik hem toen de rug toegekeerd en ben ik naar mijn kamer gegaan. Ivan vertrok de volgende dag naar Petersburg, maar liet een briefje achter waarin hij schreef dat hij te veel had gedronken en zijn verontschuldigingen aanbood voor zijn gedrag. Ik minachtte hem, maar was vooral diep gekwetst en uit gekrenkte trots heb ik u toen niets verteld over die teleurstelling.

Niet veel later kreeg ik oog voor Sergej, die zich ontpopte tot mijn "ridder" en me meenam naar het theater, de opera en bals. Ik werd aanbeden, verafgood, precies zoals ik altijd had gedroomd, en Sergej gedroeg zich nooit ongepast, maakte nooit beschamende zinspelingen. Het is heel fijn om te worden bemind en niet alleen begeerd. En toen we op een avond na een concert terug naar huis gingen, pakte hij mijn hand vast en zei: "Ik zou deze hand zo graag houden, ik zou zo graag willen dat die van mij was." Hij vroeg me ten huwelijk, en toen heb ik me in zijn armen geworpen en gezegd dat ik dolgraag wilde.'

Ik onderbrak haar verhaal en vroeg: 'Maar hou je van hem?'

'Kan ik eigenlijk wel van iemand houden? Ik voel me op mijn gemak bij hem en wil met hem trouwen. Meer kan ik er niet over zeggen.'

Haar antwoord stelde me niet helemaal gerust, maar Polyxena was nu eenmaal onvoorspelbaar. Bovendien verwachtte ik dat haar genegenheid na verloop van tijd zou uitgroeien tot ware liefde.

Met Kerstmis gingen we naar de ouders van Sergej in Tsjernigovskaja.

Het prachtige landgoed dat voor ons opdoemde verraste ons. Een lange laan met eeuwenoude bomen, een huis van natuursteen dat aan alle kanten omgeven werd door vijverpartijen, en een groots bordes dat naar de voordeur leidde, waarvoor een bediende in livrei ons stond op te wachten. Sergej vond onze verbazing vermakelijk. Een lange jongeman kwam naar ons toe. Dat was Pavel, de broer van Sergej.

'Kijk eens aan, mijn toekomstige schoonzus. Laat me die parel eens bewonderen,' zei hij glimlachend.

Pavel had net zo'n open en hartelijke oogopslag als zijn broer en volmaakt regelmatige gelaatstrekken. Nooit had ik een man gezien die zo knap was. Polyxena was sprakeloos.

Hij nam ons mee naar een salon, en daar wist ik weer niet wat ik zag. Sinds mijn verblijf jaren geleden in Parijs had ik nooit meer zo'n smaakvolle en verfijnde inrichting gezien. De ouders van Sergej zaten voor de monumentale haard, waarin een vuur knapperde.

Nadat we ons wat onwennig hadden voorgesteld, werd de sfeer hartelijker en keek ik naar de familie, die me heel ongekunsteld leek.

De vader, Alexandr Nikolajevitsj, was imposant van postuur, had spierwit haar en net als Pavel een kaarsrechte houding. Zijn welluidende stem leek ervoor gemaakt om angstaanjagende verhalen te vertellen, maar zijn vriendelijke, bijna kinderlijke glimlach verzachtte zijn strenge gezichtsuitdrukking. De blonde Valentina Pavlovna naast hem was klein en zag er met haar frêle, tengere figuur uit als een jong meisje. We vonden elkaar meteen sympathiek. Toen ze vertelde over haar leven op hun landgoed Toeman, moest ik aan mijn jeugd op ons familiebezit in Koersk denken. Maar we hadden het natuurlijk vooral over onze kinderen.

Ze vertelde dat ze een dochtertje van twaalf hadden verloren en dat ze dat vreselijke verlies alleen te boven waren gekomen dankzij de liefde van hun zoons. Anders dan zijn broer had Pavel niet voor een militaire carrière gekozen. Hij was een zachtmoedige dromer die poëzie schreef en zich wilde toeleggen op de literatuur, maar hij beheerde ook hun landgoed, waarvan ik – weer tot mijn verrassing – hoorde hoe ongelooflijk groot dat was.

Die week op Toeman was heerlijk. Het duurde niet lang voordat ik in de gaten kreeg dat Sergej de trots van de familie was en dat het Valentina moeite kostte haar ongenoegen te verbergen toen ze zag dat al zijn aandacht uitging naar mijn dochter.

We besloten dat het stel begin oktober bij Anna in Tsarskoje Selo zou trouwen. Sergej gaf Polyxena een hanger, versierd met een prachtige saffier die omringd werd door diamanten. Op de avond dat hun verloving werd gevierd deed ze hem om.

Ze droeg die avond een eenvoudige jurk, die haar figuur, haar lange hals en smalle taille benadrukte. Geamuseerd luisterde ik naar de andere meisjes die zich beroofd zagen van een gewilde huwelijkskandidaat en blijk gaven van hun teleurstelling door zure opmerkingen te maken over Polyxena. Op een gegeven moment onderschepte ik de blik van Vladislav Karpinski, een man met een achteloze elegantie en de beste vriend van Sergej; hij kleedde mijn dochter met zijn ogen uit. Toen ik Polyxena later naar hem vroeg, zei ze: 'Sergej heeft hem aan me voorgesteld als zijn beste vriend en gezegd dat hij een grote verleider is, maar ik mag hem niet zo.' En Sergej zag niets, hoorde niets en had alleen maar belangstelling voor Polyxena, die uitsluitend met hem danste.

Ik ging naar Anna en liet Polyxena gelukkig en bemind achter. Vrolijk, ontspannen en zeker van haar gevoelens kwam Polyxena van Toeman terug. Ze stortte zich op haar uitzet en meer dan ooit heerste er een grote bedrijvigheid in haar atelier.

Sergej had inmiddels een appartement in de buurt van het onze gevonden, en nadat hij zijn studie aan de Nikolajevacademie had afgerond, had hij een aanstelling als militair ingenieur in de wacht gesleept.

Anna had het huwelijk van haar nichtje tot in de puntjes geregeld. Mij staan daar vooral mijn gevoelens van bij. Wat was de tijd omgevlogen!

Toen ik Polyxena aan de arm van Sergej zag, zag ik mijn eigen huwelijk met Vladimir voor me. Onze huwelijken verschilden eigenlijk niet zoveel: geen van beiden waren we verliefd op onze man, en zij hadden het aan hun vasthoudendheid en vooral hun liefde te danken dat ze ons toch voor zich hadden weten te winnen. Ik huiverde van angst. Ik bad vurig voor Polyxena's geluk. In haar jurk van witte tule en met haar bleke huid en haar ranke figuur zag ze er prachtig en heel teer uit.

Het prille paar zou twee maanden naar Frankrijk en Italië gaan. Bij het afscheid omhelsde mijn dochter me stevig en fluisterde: 'Ik hou van u, mama.'

3

In Petersburg lag een brief voor me klaar. Die had Polyxena aan Fedosja gegeven, waarbij ze haar op het hart had gedrukt die pas na haar vertrek aan me te geven. Ik ging zitten. Haar fijne, regelmatige handschrift danste over het papier. De tranen sprongen in mijn ogen, waardoor ik soms niet verder kon lezen:

Lieve mama,

Ik ben heel blij dat u deze brief leest, want ik beschrijf hierin bepaalde gebeurtenissen die me diep hebben getekend, maar die ik u uit schaamte en schroom nooit heb durven opbiechten. Met deze ontboezemingen leg ik mijn ziel bloot en hoop ik mijn gedrag te verklaren, dat u misschien soms merkwaardig is voorgekomen.

Van Alexej weet ik al vanaf mijn vijftiende. Daar ben ik toevallig achter gekomen toen ik een keer uw kamer binnenging en op uw secretaire een schrift zag liggen dat mijn aandacht trok. Hoewel ik van nature niet indiscreet ben, kon ik het niet laten er even in te kijken, en toen viel mijn oog meteen op de naam Polyxena. Ik boog me en las: 'Toen Vladimir op een avond Polyxena zag, noemde hij haar Jelena. Hij had de gelijkenis dus ook opgemerkt; ongetwijfeld is dat de oorzaak van zijn terugval geweest.'

Ik stond zo te trillen op mijn benen dat ik moest gaan zitten. Ik had genoeg gelezen, en toch ook weer niet. Koortsachtig bladerde ik verder, maar ging daarna weer terug om te proberen de betekenis van die onbegrijpelijke zinnen te doorgronden, tot ik werd gestoord door de naderende voetstappen van niania. Snel legde ik het schrift terug zoals ik het had aangetroffen, opengeslagen bij dezelfde datum. Daarna liep ik de kamer uit en vroeg aan Fedosja, alsof er niets aan de hand was: 'Waar is mama?'

'Ze is medicijnen halen voor je grootmoeder. Die voelt zich niet lekker.'

Weer in mijn eigen kamer dwong ik me om weer tot mezelf te komen en mijn gedachten op een rijtje te zetten. Bepaalde passages bleven maar door mijn hoofd spoken. Alles stortte in; alle zekerheden waarop de eerste vijftien jaar van mijn leven waren gebaseerd, vielen weg.

Ik was dus een 'twijfelgeval', het resultaat van een vurige liefde wellicht. Dat vond ik een ondraaglijke, schokkende gedachte. Ik bestudeerde een foto van Jelena: leek ik op haar? Daarna zag ik het gezicht van Xenia en Andrej voor me. Waren dat mijn neef en nicht? Instinctief voelde ik me tot hen aangetrokken, maar dat was toch ook niet zo vreemd? Ik kende hen immers al heel lang. Nee, we leken helemaal niet op elkaar en om me daarvan te overtuigen, pakte ik een foto die vader me ongeveer een jaar voor zijn dood had gegeven. Op de achterkant had hij in zijn toen al beverige handschrift geschreven: 'Je papa.' Ik staarde naar zijn zachte, liefdevolle oogopslag, en hoe langer ik daarnaar keek, des te meer ik ervan overtuigd raakte dat hij mijn vader was.

Maar hoe zat het met u, mama? U had mij altijd een kille, gereserveerde vrouw geleken, een toonbeeld van onbuigzaamheid en waardigheid, en ineens veranderde u in een vurige vrouw die in staat was haar hart te volgen.

Hoe kon ik u vertellen hoe verbijsterd ik was?

Niet dat ik u veroordeelde – verre van dat – ik bewonderde u: u had uw liefde ten volle uitgeleefd en had de moed gehad uw misstap

te bekennen aan uw man. En die zwakheid, die liefde, maakte u in-
eens heel menselijk.

Maar ik wilde er graag meer over weten: wanneer had u Alexej
leren kennen? Waarom was u met papa getrouwd? Het valt niet
mee om op je vijftiende te worden geconfronteerd met de werkelijk-
heid van het bestaan. Die onbeantwoorde vragen bleven maar door
mijn hoofd spoken en heel lang had ik nergens meer zin in, vooral
niet in school. Gelukkig ging ik de zomer erop met Xenia naar Soeli-
ma.

In die tijd begon ik uit te gaan. Ik had behoefte me te verdoven.
Alle aandacht die ik van mannen kreeg steeg me naar het hoofd, en
overtuigd van mijn charmes en bekoorlijke lach koesterde ik ambi-
tieuze plannen. De ontgoochelende ervaring met prins Ivan heeft
me later wat bescheidener gemaakt, zoals u weet.

Vlak na die vernedering ving ik een gesprek op tussen twee van
mijn aanbidders: 'Polyxena is heel mooi, maar volkomen frigide.'

Die opmerking bracht me van mijn stuk en stilletjes maakte ik
me uit de voeten. Frigide? Wat betekende dat? Het was geen com-
pliment, vermoedde ik, maar ik durfde er niet met u over te praten.
Daarom vroeg ik het aan een getrouwde vriendin van me, en hoe-
wel haar antwoord niet alles verhelderde, kwam ik tot de conclusie
dat ik niet in staat was lief te hebben en dat nooit zou kunnen ook.
Maar u wel, en hoe! Uw weerzien met Alexej bij Jelena ontroerde
me en toen ik op de terugweg naar u keek, straalde u en speelde er
een gelukzalig lachje om uw mond.

Een paar maanden later zag ik u een huis bij ons in de buurt bin-
nengaan. Dat verwonderde me niet. Waarschijnlijk woont daar
een leerling van haar, dacht ik. Maar even later zag ik Alexej ook
die poort in lopen.

Uw verhouding was dus nog niet voorbij. U haalde alles uit het
leven wat erin zat en Alexej schroomde niet om zijn jonge, knappe
vrouw en kinderen te verlaten om u op te zoeken. Wat voor band
was dat toch dat hij al die jaren en al die gebeurtenissen had weten

te doorstaan? U leefde in een wereld die voor mij, frigide als ik was en zonder enige ervaring in de liefde, gesloten bleef.

Ik huilde, van afgunst en verongelijktheid, maar toen stuitte ik letterlijk op Sergej. Niet in staat mijn tranen binnen te houden plofte ik neer in een stoel. Zonder verbazing te tonen pakte hij liefdevol mijn schouders vast en zei zacht: 'Huilt u maar zoveel als u wilt, daarna zult u zich beter voelen. Kan ik u helpen?'

'Niemand kan mij helpen,' mompelde ik.

Even later besefte ik hoe belachelijk de situatie was: ik huilde in de armen van een man die ik nauwelijks kende. Wat zou hij wel niet denken? Ik weigerde hem te vertellen waarom ik in tranen was, maar zei dat zijn gezelschap me troostte.

'Ik ben blij dat ik uw verdriet iets kan verzachten. Droog uw tranen. U bent jong en knap, geniet van het leven. Morgen heb ik vrij. Hebt u zin om dan met mij langs de Neva te wandelen?'

Zo is het gegaan, mama. De rest weet u al. Ik wilde alleen dat u wist dat mijn geluk, als ik ooit de liefde vind, deels het kind is van uw hartstocht.'

Dus Polyxena wist ervan. Ik voelde me lichter, was opgelucht, alsof er een last van me af was gevallen.

Ik vertelde Alexej niets over de bekentenissen van mijn dochter. Hij was heel trots op haar; telkens als de gelegenheid zich voordeed, hemelde hij haar op. Ondanks mijn twijfels leek hij ervan overtuigd dat hij haar vader was. Alexej en Vera mochten Sergej meteen en het jonge stel zou Kerstmis bij hen vieren. Ik hunkerde ernaar mijn dochter, die me regelmatig schreef, weer te zien.

Stralend en betoverd kwamen Polyxena en Sergej terug van hun huwelijksreis, en toen ze daarover vertelden begonnen hun ogen te schitteren bij de herinneringen aan al het moois dat ze hadden gezien. Ze beschreven de bijzondere Eiffeltoren, die drie jaar daarvoor was gebouwd en waar toeristen nog altijd verbluft hun lof over uitspraken. 'Ik zou zo graag in Parijs wonen,' zei Polyxena telkens weer. Diep onder de indruk van de Parijse elegantie had ze talloze koffers en nog veel meer hoedendozen mee teruggenomen.

'Mama, ik ben in verwachting,' zei ze niet lang daarna. 'En dat is een ramp, want nu kan ik al mijn nieuwe jurken niet aan.'

'Je hebt nog een paar maanden, dus geniet daarvan. Maar ik ben heel blij met dit nieuws,' zei ik terwijl ik haar omhelsde.

De toekomstige moeder liet er geen gras over groeien en stortte zich in het uitgaansleven. Sergej en Polyxena gingen naar alle bals en feesten. Elegant, gracieus, bewonderd en benijd wervelde Polyxena rond, terwijl Sergej, die haar volledig vertrouwde, de avonden aan de speeltafels doorbracht. Afgezien van zijn vrouw had hij maar één passie: kaarten, en hij vond altijd wel medespelers die even fanatiek waren als hij.

In die tijd gaf Alexej te kennen dat hij zich enorme zorgen maakte over de gebeurtenissen. Toen hij terugkwam van een inspectiereis naar zijn landgoed in Letland, vertelde hij hoe diep de armoede en ellende daar hem hadden geraakt. Tijdens de vreselijke hongersnood die er sinds 1891 heerste, waren er verschillende epidemieën uitgebroken, en de revolutionairen buitten de wanhoop van de boeren behendig uit en ruiden hen op om in opstand te komen.

Steeds vaker viel de naam van een zekere Maxim Gorki, die een kruistocht was begonnen tegen het onrecht. Een nobele taak, maar ook heel ambitieus, gezien de uitgestrektheid van ons land en de macht van eeuwenoude gewoontes.

'Ik heb in niemand vertrouwen meer,' zei Alexej. 'Onze leiders zijn zwak en besluiteloos, en weten niet hoe ze de situatie het hoofd moeten bieden, en de intelligentsia laat zich meeslepen door mooie woorden en revolutionaire denkbeelden. Ik ben bang dat het uitloopt op een ramp.'

Op een middag waarop hij wel een heel somber beeld van de situatie had geschetst, zei hij: 'Ik maak me steeds meer zorgen. Ik zou graag emigreren naar een land in de Nieuwe Wereld, naar de Verenigde Staten bijvoorbeeld, zodat mijn kinderen de onlusten die ons onvermijdelijk te wachten staan bespaard blijven.'

Die opmerking deed me pijn. Ik zou hem kwijtraken, hij zou naar de andere kant van de oceaan gaan en dan zou ik hem nooit meer zien. Ik durfde niet door te vragen over zijn plannen.

Later probeerde ik mezelf gerust te stellen. Het was maar een idee; hij meende het niet serieus. Toch kwam ik beetje bij beetje tot het besef dat ik maar beter kon wennen aan het idee. De jaren knaagden aan mijn jeugdigheid. Sinds Polyxena was getrouwd, had ik andere plichten. Ik moest me erbij neerleggen dat ik ouder werd en voortaan een bescheiden en anoniem bestaan zou leiden. De enige rijkdom die ik bezat was mijn vrijheid van geest. Enige tijd later zei Alexej tegen me: 'Zina, ik kan niet leven zonder jou. Dat zou ik hartverscheurend vinden. Ga met me mee naar de Verenigde Staten. Er is niets wat je hier bindt, niets wat je belet om naar me toe te komen. Denk erover na.'

Weggaan? Alles achter me laten om mijn laatste levensdagen te slijten met de enige man van wie ik ooit had gehouden? Ik stierf van verlangen, zou niets liever willen. Er was immers niets wat in de weg stond. Polyxena was getrouwd en had me niet meer nodig, en mijn moeder zou niet alleen achterblijven, want ze woonde onder hetzelfde dak als Nadezjda Petrovna, die haar beste vriendin was geworden.

Op 29 juli 1893 werd Vladimir geboren, een wolk van een jongen, die door zijn moeder in nog geen twee uur was 'gelegd'. Fedosja had uit haar dorp een jonge min laten komen, Moerra, en met z'n allen reisden we naar de Krim.

Polyxena kreeg haar meisjesfiguur terug en bereidde de doop van haar zoontje voor. De plechtigheid vond plaats in Jalta in aanwezigheid van Pavel en Xenia, die de peetouders waren. Vladislav, de beste vriend van Sergej, was er ook en weer schalde er hartelijk gelach door Alisia. Drie dagen lang was het één grote vrolijke bedoening.

Alexej, die in het voorjaar van 1895 zou vertrekken, werd helemaal in beslag genomen door de verkoop van zijn bezittingen en het overboeken van zijn kapitaal. Zijn vrouw was heel enthousiast over het idee weg te gaan uit Rusland; ze hadden besloten eerst in New York te gaan wonen; daarna zouden ze beslissen waar ze zich definitief zouden vestigen. Materiële zorgen zouden ze niet hebben, want dankzij de hoge koers van de roebel zouden ze comfortabel kunnen leven.

In 1894 kreeg ik twee slechte tijdingen. Eerst het overlijden van de charmante en altijd vrolijke neef Pjotr, wat een groot verdriet was voor tante Jelizaveta; haar huwelijk had slechts tien jaar geduurd, maar dat waren wel tien jaar van volmaakt geluk geweest. Ik stelde haar voor om bij ons in Petersburg te komen wonen, maar dat aanbod sloeg ze af. Ik begreep wel dat ze nog te veel herinneringen had die haar aan Tsarskoje Selo bonden.

Vervolgens kreeg ik een hartverscheurende brief van Wilhelm: zijn vrouw was op weg naar haar ouders samen met hun twee kinderen om het leven gekomen bij een treinongeluk. Zelf had hij een paar dagen later naar hen toe zullen komen.

'Ik heb niets meer, geen enkele reden meer om te leven. Alleen schilderen behoedt me ervoor dat ik volslagen radeloos word,' schreef hij. 'Binnenkort ga ik weg uit dit land, dat me te veel aan het verleden doet denken en ga ik een lange rondreis door Europa maken om vergetelheid te vinden. Maar mijn herinnering aan jou is als een zonnestraal in mijn leven en ik zou heel graag horen hoe het met je gaat.'

Natuurlijk antwoordde ik hem meteen, en er volgde een intensieve briefwisseling. Vanuit elke stad die hij aandeed stuurde hij me een brief waarin hij me zijn indrukken beschreef.

In maart kwam Polyxena in tranen bij me langs. Ze was weer in verwachting. Dit kind zou haar fantastische leventje vergallen, want ze zou niet meer kunnen uitgaan. Ze wilde het kind absoluut niet hebben.

Op 14 oktober 1894 kwam er een meisje ter wereld, nog vlugger dan haar broertje. Natalja werd ze genoemd.

1894 was ook het sterfjaar van tsaar Alexandr III, bijgenaamd Mirotvorets, de Vredestichter, die niet bekendstond om zijn grote intelligentie. Rusland rouwde om deze goede echtgenoot en vader, maar meer uit macht der gewoonte dan uit oprecht verdriet. Op 20 oktober volgde zijn oudste zoon Nikolaj hem op. Niet lang daarna trouwde deze met Alix van Hesse-Darmstadt, die de naam Alexandra Fjodorovna aannam. De nieuwe keizerin was zo schuchter dat ze een hekel had aan het mondaine leven, maar door haar plichtsbesef vervulde ze haar taak waardig.

Dit was de derde tsaar die tijdens mijn leven aantrad. Zijn heerschappij begon onder een ongunstig gesternte en toen ik zijn zachte gezicht en bevreesde blik zag, kreeg ik een slecht voorgevoel. Ik sloeg een kruisje en zei: 'God, waak over hem.'

Vol liefde keek ik naar mijn moeder. Ze was inmiddels twee-enzeventig, maar met haar gezondheid leek het beter te gaan en dankzij haar slanke gestalte zag ze er jonger uit dan ze was. Zij had nog niet één grijze haar, en van mezelf kon ik dat niet zeggen. Ik was er trots op dat ze de gebeurtenissen in het binnen- en buitenland nog steeds met belangstelling volgde. Ze logeerde vaak bij Anna, maar na het overlijden van Pjotr vooral bij Jelizaveta. Ja, ik had er goed aan gedaan om bij haar te blijven en me niet op mijn leeftijd nog in een waanzinnig avontuur te storten en Alexej achterna te reizen.

Kerst en oud en nieuw bracht ik bij Anna en mama door. Ik vond dat mijn zus was opgebloeid; haar gezicht straalde mildheid uit. Ze taalde niet meer naar het mondaine leven, alleen Nikolaj en haar kinderen telden nog voor haar. Het leven pakt soms heel anders uit dan je zou hebben verwacht: het oppervlakkige meisje van wie ik had gedacht dat ze talloze avontuurtjes zou hebben, bleek uitgegroeid tot een degelijke, serieuze vrouw. En terwijl ik van mezelf had verwacht dat ik met mijn weinig aantrekkelijke gezicht een oude vrijster zou worden, had ik mannen weten te veroveren, had ik een echtgenoot gehad en had ik een knappe minnaar en een dochter, van wie niet helemaal duidelijk was wie haar vader was.

Weer thuis kreeg ik een brief van Wilhelm, waarin hij aankondigde dat hij begin februari zou komen.

Toen Polyxena vlak na zijn aankomst onverwacht langskwam, verbaasde het haar een onbekende te zien die door ons werd ontvangen alsof hij een familielid was of een huisvriend. Bij het afscheid fluisterde ze me in het oor: 'Mama, weer een aanbidder. En wat is hij knap!'

Ik moest hartelijk lachen om die vrijpostige opmerking van haar.

Al vanaf de eerste dag merkte ik dat Wilhelm behoefte had om te praten, om de herinneringen te bezweren aan het drama dat zijn tot dan toe zorgeloze leven van familiegeluk en liefde voor de kunst overhoop had gegooid. Terwijl ik zwijgend naar zijn verhaal luisterde, kon ik mijn emoties niet verborgen houden.

Avondenlang haalden we herinneringen op en brachten we het verleden tot leven, waarin kleine dingen soms belangrijker waren dan de grote gebeurtenissen. Ik vroeg hem naar Berthold, maar Wilhelm zag hem nog maar zelden. Hij had andere opvattingen dan zijn neef, die marxistischer was dan ooit en zich in de schaduw van Lenin actief bezighield met de voorbereiding van de socialistische wereldrevolutie die zich volgens zijn analyse vanuit Duitsland moest verbreiden. Daarop vertelde ik Wilhelm over mijn politieke escapade, over de maanden dat ik me voor de Beweging had ingezet en over de terugkeer van Berthold. Wilhelm kon het niet laten de draak te steken met mijn naïviteit.

Net als vroeger was de schilderkunst ons favoriete onderwerp, waar we urenlang over praatten. Hij was helemaal weg van Odilon Redon, Degas en Renoir, en was blij dat handelaren als Durand-Ruel en Ambroise Vollard ook geïnteresseerd waren in hun werk. Ik hing aan zijn lippen toen hij de verhalen vertelde die over de schilders de ronde deden: over Van Gogh die zijn oor had afgesneden en over Gauguin die in Montparnasse met zijn Javaanse en zijn aapje flaneerde.

Wilhelm kon zo goed vertellen dat ik de galerie Durand-Ruel en die middag in 1893 voor me zag: op ooghoogte hingen veertig doeken van Gauguin, die de handelaar op aandringen van zijn vriend Degas tentoonstelde. De schilder was bij de opening aanwezig, met zijn zwarte haar en borstelsnor. Onverstoorbaar liet hij de sarcastische opmerkingen die het publiek over zijn werk maakte langs zich afglijden. Alleen een schuchtere, gereserveerde heer kwam naar hem toe en zei: 'Meneer Gauguin, zoveel mysterie in zoveel licht!' 'Dank u, meneer Mallarmé', waarop de dichter even discreet als hij gekomen was weer wegging. Na dat fiasco koos Gauguin voor het ballingschap. Niet begrepen worden – wat een verdriet, ik had met hem te doen.

De komst van Wilhelm had geen einde gemaakt aan mijn afspraakjes met Alexej. Volslagen ontredderd door het idee dat we in mei voorgoed afscheid zouden moeten nemen, zagen we elkaar bijna elke dag. Ik had hem niets verteld over mijn Duitse vriend. Wat voor zin zou dat hebben gehad?

Wilhelm had ik daarentegen wel verteld over mijn wanhoop en zijn tederheid troostte me. Met het verstrijken der dagen besefte ik dat ik van al onze gesprekken iets opstak: ze verrijkten me, hielpen me bij mijn artistieke zoektocht en stimuleerden me in mijn werk. Mijn dierbare metgezel dacht er hetzelfde over, want op een avond zei hij voordat hij naar zijn kamer ging: 'Ik heb besloten niet terug te gaan naar Duitsland en de Russische nationaliteit aan te nemen, Zina. Nu we elkaar weer gevonden hebben, wil ik je niet meer verliezen. Wil je je leven met mij delen? Ik vraag alleen om je gezelschap en vriendschap.'

Waarom zou ik dat weigeren? We konden het heel goed met elkaar vinden. Toch vroeg ik hem geduld te hebben. Voordat ik aan dat nieuwe leven wilde beginnen, moest ik eerst een beproeving doorstaan waar ik enorm tegen opzag: het vertrek van Alexej. Na vijfentwintig jaar kon ik nog steeds niet zonder hem. En ik wist dat hij mijn angst deelde.

We kozen ervoor een week voor zijn vertrek afscheid te nemen. Mijn jonge jaren lagen achter me, ik was zevenenveertig. Het laatste wat hij zei was: 'Ik hou van je. Ik neem je gezicht, je lichaam en je geur met me mee. Zorg goed voor Polyxena. Ik hoor wel van Jelena hoe het met jullie gaat.'

De dag voor Alexejs vertrek zocht ik Wilhelm weer op. Alle emoties stroomden er in tranen uit. Ik zag Alexej voor me, en onze ontmoeting, de wals, onze inscheping. Daarna wilde ik alles vergeten.

De volgende dag reisde ik samen met Wilhelm af naar Jalta. Alisia, dat huis waar ik zo van hield, riep bij mij heel veel gelukkige herinneringen op en ik vond troost in de aanwezigheid van mijn metgezel en zijn verrukking over de weelderige natuur en het zachte klimaat. Fedosja, die het huishouden bestierde, kon het niet laten om met haar gebruikelijke vrijpostigheid te zeggen: 'De ene vlam is nog niet weg, of de ander dient zich aan, maar waarom slapen jullie niet in dezelfde kamer?'

'Maar Fedosja toch. Wilhelm is gewoon een oude vriend en op mijn leeftijd doe je niet meer aan liefde.'

'Liefde kent geen leeftijdsgrenzen,' antwoordde ze hoofdschuddend, 'en jij kunt niet zonder.'

In elk geval was de innige vriendschap met deze man die ik al zo lang kende genoeg om me gelukkig en vredig te voelen.

Toen de hele familie voor de zomer overkwam, wilde Wilhelm discreet weggaan, maar mijn moeder overreedde hem om te blijven.

Hij hoefde niet te werken, omdat hij inkomsten kreeg uit Duitsland en Zwitserland, waar hij theaters en musea had gerestaureerd. Maar dat nietsdoen paste niet bij zijn aard en daarom aanvaardde hij op mijn aanraden een aanstelling als docent tekenen en Duits in Jalta. Aan het einde van de zomer gingen we uiteen.

Met Kerstmis kwam Wilhelm ons opzoeken en oud en nieuw brachten we in Tsarskoje Selo door. Hij was een vriend van de hele familie geworden.

4

Op 22 oktober 1896 bracht Polyxena een dochtertje ter wereld, Zina, vernoemd naar mij. Omdat het kindje zwak was moest ze het zelf de borst geven. Polyxena had een sterk moederinstinct en zorgde uitstekend voor haar kinderen. Met hun blonde haar en blauwe ogen leken ze alle drie net engeltjes. Vladimir, die een uitzonderlijk knap snoetje had en op zijn oom Pavel leek, had de bekoorlijke charme van zijn moeder geërfd, waarmee hij iedereen voor zijn karretje spande. Natalja, ingetogener en opvallend slim voor haar leeftijd, bezat een groot observatievermogen en bleek een geboren toneelspeelster. Zina was een bleekneusje, dat voortdurend verkouden was of een kinderziekte onder de leden had, maar altijd zo vrolijk reageerde wanneer ze me zag dat ik erg gesteld raakte op dat kleine meisje.

Om ons heen groeiden de jongere generaties op. De tweeendertigjarige Georgi, de oudste zoon van Anna, had net zijn opleiding aan het conservatorium in Sint-Petersburg afgerond. Componist Anton Rubinstein was daar zijn leermeester geweest, maar net als zijn vader was Georgi ook schilder van dierentaferelen.

Wilhelm en ik waren inmiddels onafscheidelijk. Aanvankelijk had hij zijn intrek genomen in een mooi huis niet ver van Alisia, maar na een tijdje stelde ik hem voor om op Alisia te komen wonen. Elke dag trokken we er hand in hand op uit en vergaten we de wereld met zijn gemor, wispelturigheid en onrecht. We voelden ons ongebonden en vredig, en genoten van de weelderige natuur.

Jelena liet me regelmatig weten hoe het met Alexej ging. Hij was een en al lof over de Verenigde Staten en had zich in Boston gevestigd, waar hij een huis had gekocht. Vera had geen last van heimwee en genoot van de ingetogen charme van de Bostonse beau monde.

In Rusland verslechterde de situatie, zoals Alexej had voorspeld. Nikolaj II was afgereisd voor zijn eerste staatsbezoek aan Parijs om een Frans-Russische alliantie te smeden, en China had toestemming gegeven om de trans-Siberische spoorlijn via Mantsjoerije door te trekken naar Port Arthur, maar het volk, behendig opgeruid door oproerkraaiers, morde, terwijl de hoge kringen in Sint-Petersburg zich te buiten gingen aan gekostumeerde bals, feesten en ontvangsten.

Mijn eigen leven kwam steeds meer in het teken van het schilderen te staan, maar verder valt er niet veel over te vertellen, behalve dat ik afstand nam van mensen die me niet echt na aan het hart lagen. Ik verlangde niet meer naar lichamelijke liefde, maar de innige verstandhouding die Wilhelm en mij verbond was onontbeerlijk voor me. In de loop der jaren konden we het niet lang zonder elkaar stellen en in zijn ogen zag ik oprechte genegenheid, die ik deelde.

Met Kerstmis 1898 kwamen we allemaal – tante Jelizaveta, Anna en haar gezin, Polyxena en Sergej met hun kinderen, en Wilhelm en ik – in Sint-Petersburg samen bij mama. Omringd door haar kleinkinderen glunderde ze van geluk. Toch zou dat haar laatste kerst zijn. In februari overleed ze, even ingetogen als ze had geleefd: pijn in de borst bij het ontwaken, duizeligheid, nog één diepe zucht en ze sliep voor altijd in. Anna, die naar de begrafenis kwam, was diepbedroefd.

Samen hadden we het over het eindeloos lieve karakter van moeder, en over haar verdraagzaamheid en mensenkennis.

Ik kon er niet aan wennen dat ze er niet meer was. Het meest trieste vond ik het uitzoeken van haar persoonlijke spullen, maar afgezien van een paar brieven van papa kwam ik niets bijzonders tegen.

Een generatie ging heen en als volgende was ik aan de beurt. Was mijn leven zoals het had moeten zijn? Had ik ergens spijt of berouw van? Nee, ik was trots op alles wat ik had gedaan, ook in de liefde, maar ik besefte dat God me veel had geschonken en daar was ik hem intens dankbaar voor.

Wilhelm, die mijn verdriet zag, stelde voor om naar Italië te gaan. Dat werd een onvergetelijke reis. Drie maanden lang bezochten we Venetië, Ravenna, Florence, Siena, Napels en Bari. In Rome, waar ik wat melancholisch gestemd aankwam, zocht ik Lucia weer op; inmiddels helemaal grijs en statig ontving ze ons met haar gebruikelijke hartelijkheid. Paolo di Malena, zo vertelde ze, was sinds enkele jaren hertrouwd en woonde in de Verenigde Staten. In Milaan werd in het Scala *Otello* van Verdi opgevoerd en *La bohème* van een jonge componist, Puccini genaamd. Betoverend!

Eind juni kwamen we terug en we reisden direct door naar Alisia, waarvan ik voortaan de enige eigenaresse was. Ik had zo'n behoefte aan het gezelschap van Wilhelm dat hij zijn baan bij het lyceum in Jalta opzegde en samen met mij naar Petersburg ging.

Enige tijd later werd Sergej gestationeerd bij een garnizoen in de buurt van Riga; hij kreeg de leiding over de bouw van een fort. De tsaar, die kort daarvoor Finland had geannexeerd, was namelijk beducht voor een tegenaanval van dat trotse, heldhaftige volk.

Mijn dochter beklaagde zich, maar niet over het vertrek

van Sergej; ze voelde er alleen niets voor om zelf ook weg te gaan uit Petersburg, want dan zou ze haar mondaine leventje moeten opgeven waar ze zo van hield. Uiteindelijk legde ze zich daar toch bij neer en reisde ze haar echtgenoot achterna.

Een paar maanden later kwam ze me onverwachts opzoeken; haar kinderen had ze in Riga bij Jelena achtergelaten.

Het kostte haar moeite haar blijdschap te verhullen; ze bekende dat ze hield van Vladislav, de beste vriend van Sergej, en dat haar liefde werd beantwoord. Na de tien dagen die ze samen doorbrachten begreep ik dat Polyxena er niet de vrouw naar was om slechts van één man te houden. En wie was ik om haar dat te verwijten? Maar om nu uitgerekend de beste vriend van Sergej te kiezen... Hoe zou dat aflopen?

Na die tien dagen besloot Polyxena niet zonder verdriet terug te keren naar haar gezin. Half januari kwam ze weer, deze keer bleek, vermagerd en onmiskenbaar ziek. Ik drong erop aan dat ze bij mij zou logeren, maar daar wilde ze niets van horen. Niet veel later liet ze me bij zich roepen. Toen ik aankwam lag ze in bed. Mijn dochter had abortus laten plegen en de infectie die daarbij was opgetreden bezorgde haar hoge koorts. De arts verhulde niet dat ze in levensgevaar verkeerde.

Meer dan een week lang vocht Polyxena voor haar leven. Ik trok bij haar in, terwijl Fedosja naar Riga afreisde om zich over de kinderen te ontfermen, die we niet wilden toevertrouwen aan hun niania's. Ik verborg mijn angst en deed mijn best geruststellende berichten naar Sergej te sturen, aan wie zijn vrouw enkel had laten weten dat ze een miskraam had gehad.

Uiteindelijk zei de arts tegen haar: 'U hebt het gered, maar u kunt geen kinderen meer krijgen.'

'Mooi zo,' verzuchtte ze.

Met haar gebruikelijke openhartigheid bekende Polyxena dat ze zwanger was geweest van Vladislav. 'Maar nooit van mijn leven zou ik de waarheid hebben verzwegen,' voegde ze eraan toe.

Wijzer geworden door de ervaring vertrok mijn dochter weer, nadat ze had gezworen dat ze Vladislav niet meer zou zien. Nooit meer.

Een jaar verstreek. Nadat Sergej aan zijn contractuele verplichtingen had voldaan, keerde hij met zijn gezin terug naar Petersburg. Polyxena ging minder vaak uit en hield zich veel met de kinderen bezig. Vladimir van acht ging naar school; de twee meisjes kregen les van mij. Sergej werd door zijn superieuren geprezen en bevorderd tot luitenant-kolonel, met het bevel zich voor te bereiden op een post in Port Arthur waar hij de volgende zomer heen zou worden gestuurd.

Die aanstelling zette het leven van ons allemaal op z'n kop, want Polyxena had me gevraagd haar te vergezellen als ze Sergej ging opzoeken.

Dat kon ik natuurlijk niet weigeren, maar hoe kon ik Wilhelm en mijn dagelijkse leven achterlaten? In augustus stapte Sergej op de Trans-Siberië Expres, waarvan het spoor dat jaar was voltooid. Hij zou moeten wennen aan het klimaat, onderzoeken wat voor werk hem te doen stond, maar vooral bekijken of hij zijn gezin kon laten overkomen. In zijn eerste brief beschreef hij alles tot in de kleinste details: de reis, zijn kennismaking met Port Arthur, zijn meerderen en zijn collega's. Port Arthur was een aangename stad met veel mooie, door tuinen omgeven huizen, scholen, ziekenhuizen, winkels en handelshuizen, die voornamelijk werden beheerd door Chinezen. Gerustgesteld besloot Polyxena met de kinderen naar hem toe te gaan. Het vooruitzicht door Siberië en China te reizen trok haar enorm.

In zijn tweede brief liet Sergej weten dat hij een huis met een grote tuin had gevonden dat van alle comfort was voorzien. Hij zou de benodigde stappen ondernemen, zodat we in juni 1902 konden vertrekken. Vol ongeduld keken we daarnaar uit. Hij had zijn vrouw beloofd dat ze samen Japan zouden bezoeken en enthousiast bereidde Polyxena zich voor op de reis.

In maart ging ik met Wilhelm naar Jalta, waar hij gelukkig zijn oude baan weer kon oppakken, en daarom besloot hij tot mijn terugkomst in de Krim te blijven. Het afscheid viel me zwaar, maar hij beloofde me voor mijn vertrek te komen opzoeken.

Op 20 juni 1902 zette de trein zich eindelijk in beweging; ons Aziatische avontuur begon. Langzaam maar zeker moesten we ons steeds warmer kleden, vooral wanneer de avond viel. De kinderen waren helemaal weg van de levendigheid die in dat grappige rijdende huis heerste, en de restauratiewagen, waar mensen in allerlei talen spraken, vonden ze helemaal fascinerend. Helaas begonnen ze zich na een tijdje toch te vervelen en daarom loste ik de jonge niania die we hadden meegenomen elke dag af en probeerde ik hun afleiding te bieden. Ik had ook mijn tekenboekjes bij me, waarin ik snelle schetsen maakte en stillevens die ik met pastelkrijt verlevendigde.

Gelukkig hielden we ongeveer eens in de drie dagen stil omdat er brood, melk, vlees, vis, fruit en groenten ingeslagen moesten worden, en daar maakten we gebruik van om onze benen te strekken in landschappen die merkwaardig veel op elkaar leken.

Lange reizen nodigen uit tot confidenties en op een avond kwam Polyxena me opzoeken in mijn coupé. Ze vertelde over haar gevoelens, verlangens en zorgen.

'Weet u, mama, hoe langer ik met Sergej samenleef, des te sterker ik besef met wat voor uitzonderlijke man ik getrouwd ben. Ik bewonder zijn oprechtheid, zijn vriendelijkheid en zijn rechtvaardigheidsgevoel, en ik voel me bij hem op mijn gemak. Ik hou steeds meer van hem en wie weet zorgt hij ervoor dat ik nog ooit een fatsoenlijke echtgenote word. Maar lichamelijk hunker ik naar Vladislav. Niet dat hij perfect is – verre van. Hij is een leugenaar, een rokkenjager zonder scrupules, die er waarschijnlijk geen enkele moraal op na houdt, maar hij verleidt me, amuseert me, brengt me aan het lachen. Ik vind het heerlijk wanneer hij me pompeus zijn liefde verklaart, ook al geloof ik er geen woord van. Sergej hoeft niet te zeggen dat hij van me houdt. Zijn liefde zie en voel ik; die blijkt uit zijn hele doen en laten. Maar hij is zo serieus en onberispelijk dat ik hem een beetje saai en intimiderend vind. Ik ben niet geschapen voor de grote liefde, maar ook niet voor trouw. Het is net als met het geloof. Ik ga alleen vanwege Sergej en de kinderen naar de kerk. Waarheidsliefde, toewijding en moederinstinct – het hoort allemaal bij mijn karakter, maar dat geldt ook voor mijn ongeduld en mijn openhartigheid, die soms aan het gemene grenst. Ik wil dolgraag dat mijn kinderen goed terechtkomen en daar zal ik alles voor doen, maar tot die tijd wil ik ook leven, genieten van mijn jeugdigheid, me laten meeslepen door mijn zinnen.'

We waren totaal anders. Polyxena had het over haar zinnen, ik over liefde; zij over succes, ik over idealen. Ik had voor Alexej de liefde en het geestelijk welzijn van mijn man opgeofferd; zij volgde ongebreideld haar aard en verlangens. Wie van ons tweeën had gelijk? Waar lag de waarheid? We bevonden ons misschien aan de vooravond van een nieuw tijdperk dat andere waarden en normen met zich mee zou brengen, nieuwe ideeën over het bestaan, en toch waren we nog primitief en stonden we ver af van wat Christus ons leert.

Een schok wekte me uit mijn mijmeringen; daarna kwam de trein tot stilstand. De conducteur vertelde dat de bagage-wagon was ontspoord. We mochten een uurtje uit de trein, op voorwaarde dat we in de buurt van het spoor bleven. Normaal gesproken stopte de trein niet in dit stadje, dat op een dagreis van Irkoetsk lag. Op die warme dag begin juli werd er net markt gehouden.

Uit het gekrioel van de bonte mensenmassa die zich verdrong rond de kraampjes, tentjes, of meestal niet meer dan uitgespreide doeken, klonken uiteenlopende dialecten op. Dat de trein op miraculeuze wijze was gestopt, was een godsgeschenk voor de handelaren. Ze snelden op ons af om hun waren aan te prijzen. Polyxena liet zich verleiden en kocht sabelbont voor een ongelooflijk lage prijs.

Net toen we terugliepen naar onze wagon, versperden twee boeren ons de weg en dwongen ons te stoppen.

'*Barynia*, moet u eens kijken, we hebben edelstenen en diamanten. Kijk dan.'

De kinderen, die bang waren voor die woest ogende, in lompen gehulde mannen, trokken aan ons, zodat we door zouden lopen, maar Polyxena was zeer geïnteresseerd en stuurde hen met de niania mee en vroeg mij bij haar te blijven. Het was zinloos de discussie met haar aan te gaan, want als zij iets wilde, liet ze zich dat niet uit het hoofd praten.

Een van de mannen haalde een smerig oud vod uit zijn zak en toen hij dat voorzichtig openvouwde, zagen we een bergje edelstenen glinsteren. Waren het echte? Valse? Zonder zich dat af te vragen koos mijn dochter vier gele briljanten en één amethist. Op dat moment klingelde de klok van de trein, maar we hadden nog even tijd, want voordat de trein vertrok, klonk dat klokje altijd drie keer met een tussenpoos van vijf minuten. Toch spoorde ik Polyxena aan de koop snel af te ronden; de twee mannen, die begrepen dat ze hun klanten dreigden te verliezen, deden de stenen voor een luttel bedrag van de hand. Daarna zetten we het op een hollen en we waren nog niet op de treeplank gesprongen of het laatste vertreksignaal klonk. Snikkend wierpen de kinderen zich in onze armen, ervan overtuigd dat we de trein hadden gemist.

Polyxena kon haar ogen niet van haar aanwinsten afhouden. Ik vroeg me af of die arme sloebers soms voortvluchtig waren, want ze hadden nauwelijks over de prijs onderhandeld.

De volgende dag kwamen we in Irkoetsk aan. Het spektakel van de vorige dag herhaalde zich, maar dan veel levendiger en op een tien keer zo grote schaal. In de hoofdstad van Centraal-Siberië was het één groot gewoel van Russen, Siberiërs, Perzen, Europeanen en Aziaten, en iedereen gebaarde en praatte in een orgie van kleuren, geuren en geluiden.

We waren in het 'Parijs' van Siberië, waar de rijke handelaren welgestelde klanten hadden, afkomstig uit alle windstreken, zelfs uit Engeland. En sabelbont zoals Polyxena de vorige dag had gekocht, kostte hier het dubbele.

De reis begon ons lang te duren, maar ik vertelde de kinderen dat mensen vóór de aanleg van de trans-Siberische lijn over hetzelfde traject wel zes of zeven weken deden. Bovendien hadden we niets te klagen over het comfort. De trein bestond enkel uit eersteklascoupés en er was zelfs een badrijtuig met een marmeren kuip. Overbodig te zeggen dat je die wel moest reserveren, zo groot was de animo om daar gebruik van te maken.

5

Eindelijk kwamen we na een reis van tweeëntwintig dagen – in plaats van de veertien die ervoor stonden – aan op het station van Port Arthur. Ontroerd door het weerzien stond Sergej ons op te wachten. Hij was afgevallen, had een bruin kleurtje gekregen en zag er goed uit in zijn uniform. Nadat hij ons had omhelsd en aan een niania had gevraagd om te controleren of onze bagage, die bestond uit koffers en talloze kisten, compleet was en zijn ordonnans opdracht had gegeven zich erover te ontfermen, reden we in een rijtuig naar ons nieuwe onderkomen.

We doorkruisten een welvarende, op sommige plekken rommelige stad, met fraaie huizen en brede, rustige, lommerrijke lanen, waar vrouwen in koetsen als de onze een rijtoer maakten. Elders bruiste het van leven en verdrongen gedecoreerde soldaten en in traditionele kledij gestoken Chinezen elkaar.

Ons huis lag aan een door bomen omzoomde laan en werd omgeven door een grote tuin, waarin her en der paviljoentjes stonden voor het huispersoneel.

We werden welkom geheten door twee Chinese kamermeisjes, die slechts een paar woorden Russisch spraken. Bij de aanblik van die twee popperige vrouwtjes in hun wijde broek en kaftan en met hun in merkwaardige, piepkleine sandalen gestoken voetjes, zetten de kinderen grote ogen op. Met een starre glimlach op hun gezicht begroetten 'Avondbloem' en 'Ogen als Honing' ons en doordat Vladimir hen telkens nadeed, kwam er geen einde aan die poppenkast. Maar de kinderen stonden helemaal te kijken van de kok met zijn hoofdkapje en de lange vlecht op zijn rug. De meisjes wenden snel aan die merkwaardig uitgedoste wezentjes; ze riepen hen in het Chinees en probeerden hun Russisch te leren.

Dankzij het serviesgoed en zilverwerk en de meubels, tapijten en spiegels die we met de Trans-Siberië Expres hadden meegenomen, onderging het huis onder leiding van Polyxena een gedaanteverandering. Ons leven kreeg een vast ritme. Vladimir ging naar de school voor officierszonen, waar de koetsier hem 's ochtends heen bracht en aan het eind van de middag weer ophaalde. Ik nam het onderricht van de meisjes op me.

Natalja van acht leerde makkelijk, had een goed geheugen en was heel vlijtig. Dat gold helaas niet voor mijn lievelingskleinkind, dat haar grote blauwe ogen wijd opensperde, maar niets onthield en niets begreep, ook al deed ze nog zo haar best en maakte ze zich nog zo boos als het weer niet lukte. In oktober vierden mijn dochter en Sergej hun tienjarige huwelijk en kreeg Polyxena van haar man een diamanten broche in de vorm van een x.

Polyxena stortte zich in het uitgaansleven. Sergej en zij werden ontvangen door generaal Stössel, de commandant van het garnizoen in Port Arthur. Al snel hadden de op een avontuurtje beluste jonge officieren en Engelse en Amerikaanse journalisten het over 'de knappe mevrouw Rasjevskaja'.

Mij kostte het moeite om te wennen aan ons nieuwe leven. Nooit eerder had ik in het buitenland het leven zo beklemmend en oppervlakkig gevonden. De correspondentie met

Wilhelm verliep moeizaam. De brieven deden er heel lang over. Mijn vriend smeekte me zo snel mogelijk terug te komen, omdat hij niet zonder me kon. Maar hoe zou ik mijn dochter kunnen achterlaten, om nog maar te zwijgen over de kinderen?

Tijdens zijn verlof van drie weken nam Sergej Polyxena in november mee naar Japan en vertrouwde hij de kinderen en het huis aan mij toe. Vol bewondering kwamen ze terug. Polyxena was verrukt van de sobere Japanse interieurs. Ze beschreef de kimono's met rijkgeschakeerde patronen en subtiele kleuren van de Japanse vrouwen, die zeer ingetogen waren, maar ondanks hun vriendelijke glimlach de suggestie wekten geestelijk zeer sterk te zijn, in hun gezin veel gezag te hebben en veel over de liefde te weten.

Polyxena had prachtige stempels voor me meegenomen, die zo verfijnd en oorspronkelijk waren dat we de patronen keer op keer bewonderden. En Sergej was diep onder de indruk van de vindingrijkheid en werklust van dat vastberaden volk.

Polyxena had een betoverende herinnering aan het land overgehouden: toen het op een ochtend in Nagasaki sneeuwde en ze de gordijnen opendeed, werd haar blik naar een bijzonder schouwspel getrokken. Alle bomen waren bedolven onder duizenden prachtige bloemen. Daar waren dagen en een hele nacht van voorbereiding aan voorafgegaan. Om het feest van de 'Lente in de winter' te vieren, zo had de dienster van het hotel Polyxena uitgelegd, hadden de Japanners alle bomen heel geduldig opgesierd met papieren bloemen.

Hun vakantie was bijna als een huwelijksreis geweest en na haar terugkeer vertrouwde mijn dochter me toe dat ze 'dol' was op haar man. Waren ze dan eindelijk toch gelukkig? Ik hoopte het met heel mijn hart.

Duizenden kilometers van ons verwijderd verveelde Wilhelm zich en zelf begon ik ook genoeg te krijgen van mijn ledige bestaan. Het ritme der dagen werd slechts onderbroken door de komst van Li, de broer van Avondbloem, die vage bezigheden had als intendant, genezer, pedicure en schoonheidsadviseur. Polyxena volgde al zijn voorschriften naar de letter op en waste zich met komkommermelk, wreef zich in met balsems die hij haar verschafte en liet hem rode lak aanbrengen op haar nagels. Binnen een mum van tijd maakte hij zich onmisbaar. Mijn schoonzoon vond al dat overdreven gedoe vermakelijk en noemde Li lachend zijn rivaal. De dominante aanwezigheid van Li was echter van korte duur.

Op een avond vroeg Sergej zichtbaar geërgerd aan Polyxena: 'Heb jij toevallig aan de dossiers gezeten die op mijn bureau lagen?'

'Nee,' antwoordde ze, 'ik ben al ruim een week niet meer in je studeerkamer geweest en de kinderen komen er nooit. Waarom vraag je dat?'

'De bouwtekeningen voor de versterking van de vesting die mijn commandant me had toevertrouwd zijn weg.'

'Nee toch! Hoe kan dat nou?'

Een paar dagen later werd het raadsel opgelost. Ik zag Sergej uit zijn studeerkamer komen, samen met Li, die hij in de kraag had gevat omdat hij hem vlak daarvoor op heterdaad had betrapt toen hij in Sergejs papieren snuffelde. De schoonheidsadviseur bleek een spion. In afwachting van zijn proces werd hij in een van de paviljoentjes in de tuin gevangengezet en bewaakt.

Het vonnis liet geen ruimte voor twijfel: Li zou voor het vuurpeloton worden geleid. Helemaal overstuur smeekte Polyxena Sergej om het voor hem op te nemen, maar hij liet zich niet vermurwen. Ze mocht de gevangene alleen eten brengen.

Op een ochtend kwam de bewaker echter bevend vertellen

dat de gevangene was ontsnapt. Er werd gereedschap aangetroffen waarmee het hem was gelukt 's nachts via het dak te vluchten. De gestolen documenten lagen weer op het bureau van Sergej.

Door wie was Li geholpen? Ook al zwoer zijn zus stampvoetend en in tranen dat zij niet degene was die dat had gedaan, Polyxena moest haar toch op staande voet ontslaan.

Daarmee was de zaak afgedaan. Natuurlijk had Sergej de generaal op de hoogte gesteld van de diefstal, en het ontwerp werd aangepast. Ik kreeg te horen dat het niet de eerste keer was dat er zoiets gebeurde. Andere militairen was het ook overkomen. Voor wie werkte Li? Daar zijn we nooit achter gekomen.

Een paar maanden later bekende Polyxena me dat zij Avondbloem in ruil voor de bouwtekeningen aan het gereedschap had geholpen waarmee haar broer had kunnen ontsnappen. Toen ik haar zwoer dat ik nooit iemand van haar medeplichtigheid zou vertellen, moest ik aan Berthold denken, die ik vroeger een schuilplek had geboden in mijn huis.

Zo moeder, zo dochter.

Sergej, die steeds nerveuzer werd, beklaagde zich over de apathie die er heerste, niet alleen onder het gewone soldatenvolk, maar ook onder de officieren.

'In Port Arthur kan ons niets gebeuren,' werd er gezegd. Maar mijn schoonzoon deelde dat optimisme niet. Sterker nog, hij maakte zich zorgen: het zware geschut dat al maanden geleden door het hoogste commando was toegezegd en het bouwmateriaal dat nodig was om de fundering van de zoeklichten te verstevigen waarmee de zee werd afgespeurd, waren nog steeds niet aangekomen. De fouten, nalatigheden en de algehele laksheid die hij op alle terreinen constateerde, vormden in zijn ogen een groot gevaar.

Tegelijkertijd was de hele stad in de ban van een feest. Op 26 januari 1904 zou generaal Stössel ter gelegenheid van de verjaardag van zijn vrouw een bal geven, waar iedereen zich op voorbereidde. Het moest een vrolijke dag worden, had de generaal bevolen. Zijn soldaten hadden van hem verlof gekregen en als afsluiting van het feest had hij een groot vuurwerk besteld.

Ik zag Polyxena beneden komen in een groene satijnen japon die haar teint en schoonheid recht deed; Sergej droeg zijn gala-uniform. Ze vormden een prachtig stel. Maar terwijl ik dat dacht, verkilde mijn hart. Waarom wist ik niet. De kinderen dansten trots en vol bewondering om hen heen. Nadat ze hen een voor een hadden gekust, vertrokken Sergej en Polyxena naar het bal.

Ik nam het avondritueel op me. Ik las de kinderen verhaaltjes voor, zorgde ervoor dat ze hun avondgebed zegden en wenste hun een voor een welterusten. Daarna ging ik zelf ook naar bed. Het lukte me echter niet de slaap te vatten en daarom deed ik uiteindelijk het licht weer aan.

Tegen twaalven schrok ik op van een harde knal en zag ik een schijnsel aan de hemel opgloeien. Het vuurwerk, dacht ik, lachend om mijn nerveuze reactie. Ik liep naar het raam om naar het spektakel te kijken. Het waren alleen geen kleurrijke boeketten die in de duisternis uiteenspatten, maar vuurschichten die, begeleid door helse knallen, opstegen uit de zee. En er kwam maar geen einde aan het kabaal.

Ongerust ging ik naar de kinderen kijken. Gelukkig sliepen ze vredig. Op de trap liep ik de ordonnans van Sergej tegen het lijf, die bleek zag en wankelde; net als alle anderen had hij het er op zijn vrije avond goed van genomen.

'Barynia, het is oorlog! De Japanners bombarderen onze schepen!'

Oorlog! Mijn god, wat moest er van ons worden in dit verre land?

Even later kwam Polyxena gehuld in ruisend satijn thuis.

'Mama, Sergej is bij het stafoverleg geroepen. Ik weet niet wanneer hij terugkomt. Hij heeft me aangeraden onmiddellijk te pakken. We moeten hier weg.'

Ik had grote bewondering voor mijn dochter: uit haar houding en stem sprak geen enkele paniek. Ze trok snel haar baljurk uit en samen begonnen we de koffers te pakken. De meubels, tapijten en snuisterijen konden niet mee, we moesten ons beperken tot onze persoonlijke spulletjes en het zilver.

De niania's, die wakker geschrokken waren en verbijsterd rondredderden, verzamelden kleding, speelgoed en boeken, terwijl de kinderen, opgewonden door de koortsachtige stemming, ons voor de voeten liepen. Telkens als we in allerijl een kist hadden volgepakt met zilver, werd die door de koetsier dichtgetimmerd.

Om zeven uur 's ochtends kwam Sergej doodmoe thuis. Hij vertelde dat de Japanse consul Port Arthur twee dagen eerder had verlaten, maar dat admiraal Alexejev, die op de hoogte was gebracht van diens vertrek, het niet nodig had gevonden dit aan Sint-Petersburg te melden.

De Japanners hadden de aanval ingezet met vier of misschien zelfs meer torpedoboten en hadden drie van onze schepen tot zinken gebracht. Drie andere oorlogsbodems van ons waren daarop uitgevaren naar Tsjemoelpo in Korea. Hoe zou het met de bemanning gaan? Daar wilde Sergej niet aan denken. Onze sterkste gevechtseenheden waren juist een week daarvoor naar Wladiwostok getrokken. Wat een ongelukkige samenloop van omstandigheden.

Op weg naar huis was Sergej bij het station langsgegaan en had hij kaartjes gekocht voor de enige trein die reed en om halfelf zou vertrekken. Dat was nog een hele toer geweest, want de hele stad was in paniek; iedereen wilde vluchten.

'Helaas kan ik niet met jullie mee. Ik moet me over een halfuur melden op mijn post,' zei hij.

Het huispersoneel hielp de koetsier al de bagage in te laden om die te laten registreren; daarna zou hij terugkomen om ons op te halen. In de studeerkamer van Sergej drong niet echt tot ons door dat dit onze laatste momenten samen waren, dat we afscheid moesten nemen. Het gespannen gezicht van mijn schoonzoon en zijn sombere blik verrieden zijn wanhoop. Hij omhelsde Vladimir, Natalja en Zina. Daarna drukte hij mij tegen zich aan en fluisterde: 'Ik vertrouw ze toe aan u.'

Ik nam de kinderen mee en liet Polyxena alleen met haar man.

De tienjarige Vladimir was oud genoeg om de situatie te begrijpen en ik zag hem stiekem een traan wegvegen. Natalja, die dol was op haar vader, huilde zachtjes en wilde hem niet in de steek laten.

Toen Sergej enkele minuten later zonder Polyxena uit zijn studeerkamer kwam, wierp Zina zich in zijn armen. Hij streelde haar gezicht en nadat hij haar had gezegend, gaf hij haar aan mij, waarna hij snel wegliep.

In zijn studeerkamer staarde Polyxena afwezig voor zich uit.

'Lieverd, verman je. We moeten de laatste koffers inpakken.'

Een halfuur later was alles gereed. Ik gaf Ogen als Honing de opdracht het huis een beetje op orde te brengen voordat haar meester thuis zou komen.

Polyxena zei niets en bewoog zich alsof ze verdoofd was.

Op het station moesten we ons een weg banen door een mensenmassa. Voor de trein verdrong zich een met balen en in allerijl gepakte koffers beladen menigte. Iedereen probeerde in te stappen. Gelukkig werden onze twee coupés bewaakt. De drie kinderen zouden hun coupé delen met een van de niania's; hun andere kindermeisje zou met ons meereizen. Maar op het allerlaatste moment veranderde ik dat en nam ik Zina bij me; de twee kindermeisjes reisden met Natalja en Vladimir.

Nog voordat we het station hadden verlaten, klonk om halfelf in de verte kanonvuur, aanvankelijk gedempt, maar daarna zwol het aan en donderde het met regelmatige tussenpozen door de lucht. Doodsbang kwamen de kinderen naar ons toe. Om kwart voor elf zette de trein zich eindelijk in beweging. Ik sloeg een kruisje en mijn hart kromp ineen toen ik aan Sergej dacht, die alleen achterbleef in deze hel. Zouden we elkaar ooit nog zien?

Nog heel lang galmden de explosies in onze oren na. Zonder goed te beseffen dat het oorlog was en dat die oorlog ongetwijfeld nog lang zou duren, keken we naar de rook en de lichtflitsen die de horizon doorkliefden.

De kinderen waren tegen elkaar aan gekropen en ingedommeld, en ik dankte God dat hij ons die dag een trein naar Sint-Petersburg had gestuurd.

Elke tussenstop leverde nieuwe geruchten op, het ene nog alarmender dan het andere: we zouden geen vloot meer hebben, het zou wemelen van de Chinese spionnen, de Japanners zouden een slachtpartij aanrichten. Arme Polyxena. Ze hoorde de berichten heel kalm aan, maar ik vermoedde dat ze helemaal van slag was door dat sombere nieuws.

We maakten ons zo'n zorgen dat we geen oog hadden voor het landschap. We wilden maar één ding: zo snel mogelijk naar huis. Op een van de stations lukte het me een telegram naar Wilhelm te sturen om hem op de hoogte te

stellen van onze komst en hem te vragen ons te komen ophalen.

Toen de trein het station van Sint-Petersburg binnenreed,
stonden Wilhelm en tante Jelizaveta ons op het perron op te
wachten. Bij de aanblik van de mensen die me zo dierbaar
waren, voelde ik me ineens veilig.

Polyxena, die nog altijd zwijgzaam was, accepteerde het
aanbod van haar peettante om zich over de kinderen te ontfermen.

Fedosja heette me met tranen in de ogen welkom. Mijn
schitterende appartement was behaaglijk en warm; een groot
boeket bloemen, dat Wilhelm voor me had gekocht, verspreidde een heerlijke geur.

Toen we eenmaal alleen waren, nam hij me in zijn armen.

'Bijna twee jaar! Ik sta nooit meer toe dat je bij me weggaat.
Van nu af aan blijven we tot onze dood samen: ik heb het Russische staatsburgerschap gekregen.'

Ik voelde me bemind, beschermd en vredig.

Enige tijd later vertrok Polyxena naar Riga om Xenia op te
zoeken. De kinderen liet ze achter bij Jelizaveta. Ze wenden
snel aan hun oudtante. De meisjes kregen elke dag les van
mij, terwijl Vladimir naar het cadetteninternaat ging.

Elke dag wachtten we op nieuws van Sergej. Twee maanden
na ons afscheid kregen we eindelijk een brief:

Hoe kan ik het verdriet beschrijven dat me overviel toen ik op de
avond na jullie vertrek thuiskwam? Al die vertrouwde spullen die
achtergelaten waren, het speelgoed dat rondslingerde, de intense
stilte... Voor het eerst voelde ik me volslagen eenzaam. Ogen als Ho-
ning was ervandoor gegaan en had allerlei spullen meegenomen.
Gelukkig kwamen twee van mijn vrienden me opzoeken, een tech-
nicus en een officier, die zich ook volkomen verloren voelden in hun

verlaten huis. Ik heb hun toen gevraagd hun intrek te nemen bij mij.
Nu zorgen onze ordonnansen voor het huishouden en eten we
's avonds in de club van de marine, waar we nieuws vergaren over
wat er in de stad gebeurt.

Daarna vertelde Sergej over de oorlog, maar hij probeerde ons niet ongerust te maken. Het eerste bombardement had het hart van de oude stad getroffen en enorme kraters geslagen tussen de straten. Ons huis had weinig schade opgelopen; alleen het dak van de paardenstal had te lijden gehad van een granaatinslag. Hij vertelde ook dat de schepen die uitgevaren waren naar Korea waren onderschept en met man en muis tot zinken waren gebracht.

Uit zijn brief spraken verbittering en ongenoegen over zijn meerderen. De schepen die tijdens de verrassingsaanval averij hadden opgelopen, zo vertelde hij, lagen nog steeds in een dok op hun reparatie te wachten. Maar hij was vooral verontwaardigd over een incident dat inderdaad verbijsterend was: twee van onze schepen waren op onze eigen mijnen gelopen, het ene was vergaan, het andere was onherstelbaar beschadigd. De tsaar hield zich telefonisch op de hoogte van de situatie, maar wat kon hij uitrichten op een afstand van tienduizend werst? Toch eindigde Sergej met een bemoedigend bericht. Admiraal Alexejev was opgevolgd door admiraal Marakov, wiens moed en kunde legendarisch waren, en grootvorst Kirill en zijn jongere broer Boris hadden een inspectiebezoek gebracht aan de haven, wat het moreel van het garnizoen enorm had opgekrikt, ook al wilden de generaals Stössel en Alexej Koeropatkin, die fel gekant waren tegen een gewapend treffen, koste wat het kost vredesonderhandelingen aangaan.

Helaas kregen we op 30 april een andere brief die ons in het verdriet stortte.

Op de avond van 30 maart, zo schreef Sergej, stond ik samen met kapitein Zakoerski op de Gouden Berg die hoog uitsteekt boven de baai van Port Arthur. We hadden het bevel gekregen uit te kijken naar de vijand, want de talrijke berichten die door onze schepen waren onderschept, wezen erop dat die zich in de nabijheid bevond. Maar hoe we de horizon ook afspeurden, we zagen geen enkele beweging.

Om acht uur 's ochtends werden we gewekt door hevig kanonvuur dat afkomstig was van zee. De Japanners waren tot de aanval overgegaan. Samen met een stel andere officieren volgde ik hun manoeuvres en terwijl de slag voortwoedde, vernam ik dat in die maanloze nacht acht van onze torpedoboten tegen twaalven waren uitgevaren voor een observatiemissie, maar dat vier daarvan uit koers waren geraakt en niet waren teruggekeerd naar hun thuishaven. Ze werden inmiddels omsingeld door Japanse eenheden. Admiraal Marakov, de commandant van de Petropavolsk, die grootvorst Kirill en onze beroemde schilder Veresjtsjagin aan boord had, gaf het bevel de bedreigde torpedoboten te hulp te schieten.

Plotseling klonk er een ongekend harde explosie en spoot er als een immense fontein water uit de Petropavolsk omhoog. Nog voordat het water weer naar beneden was gekomen, brak het schip door een volgende explosie in tweeën; machteloos en vol afschuw zagen we het voor onze ogen zinken. Om de drenkelingen te redden voeren er onmiddellijk schepen op af, maar ook daarvan werd een groot aantal door de Japanse marine tot zinken gebracht. Mijn god, zevenhonderdvijftig man verdronken – dat kan niet! Wat een tragedie voor al die zonen van ons land die in dat verre Oosten Vadertje Rusland hadden willen verdedigen. Grootvorst Kirill heeft de ramp overleefd, samen met een zwaargewonde kapitein, vier officieren en vijfendertig matrozen. Veresjtsjagin, de schilder, is omgekomen. Diezelfde dag verspreidde zich als een lopend vuurtje het gerucht dat de ramp was veroorzaakt door twee mijnen. Later vernamen we dat twee onderzeeërs onze schepen tot zinken hadden gebracht.

Het nieuws van Sergej en de berichten die per telegraaf werden doorgestuurd en steeds alarmerender werden, voedden onze angst. Polyxena kwijnde weg; ze had nergens zin meer in en wilde Petersburg niet verlaten. Ondanks haar koppigheid besloot ik toch de kinderen samen met Jelizaveta en Wilhelm mee te nemen naar Alisia.

Toen we terugkwamen, bleek de situatie te zijn verergerd. De Japanners hadden verschillende strategische punten ingenomen; ze hadden tunnels gegraven, schade toegebracht aan de vestingwerken en Port Arthur omsingeld. In Petersburg deden geruchten over overgave de ronde. De brieven van Sergej werden steeds korter en schaarser. En toen bereikte het drama zijn dieptepunt.

Op 2 december ontvingen we om acht uur 's avonds het bericht dat generaal Kondratenko en zijn voltallige staf in Fort II waren gedood. Bevond Sergej zich onder de slachtoffers?

Ik was toevallig net bij mijn dochter toen ons de komst van een keizerlijke gezant werd aangekondigd. Polyxena voelde zich opeens niet goed, en daarom moest ik de gezant ontvangen: Sergej was omgekomen. Voorts liet Nikolaj II de weduwe weten dat haar echtgenoot bevorderd was tot de rang van kolonel en liet hij zijn condoleances overbrengen met de verzekering dat hij haar zou beschermen.

Een week lang was Polyxena als verlamd. Ik trok bij haar in.

'Mama, wat moet ik beginnen? De laatste maanden in Port Arthur waren we zo verliefd op elkaar.'

'Kind, de tijd heelt alle wonden. Maar blijf niet hier. Ga naar je tante of naar Xenia. Ik zorg wel voor de kinderen.'

Een maand later reisde ze af naar Riga.

Op 20 december capituleerde Port Arthur: generaal Stössel tekende de overgave en drie dagen later leverde het garnizoen zijn wapens in.

Meteen toen hij terug was, kwam de ordonnans van Sergej me opzoeken; met tranen in de ogen vertelde hij door welke wrange speling van het lot kolonel Rasjevski om het leven was gekomen: 'We voelden allemaal dat het niet lang meer zou duren; daarom had een van de officieren zelfs besloten om te trouwen met een beeldschoon meisje op wie hij smoorverliefd was. Toen hij vlak na de plechtigheid te horen kreeg dat hij die avond de wacht moest houden op Fort II, vroeg hij Sergej of hij zijn dienst wilde overnemen. "Het is mijn huwelijksnacht," had hij blozend gezegd. Sergej deed dat met plezier, temeer daar hij verwachtte zijn pokermaatjes te treffen. Maar die 2 december was het het noodlot dat hem opwachtte.'

Ik wist niet of het verhaal waar was, maar ik nam me voor het aan mijn dochter te vertellen als ze na verloop van tijd iets minder overmand zou zijn door verdriet.

Een paar weken na Sergejs dood kreeg Polyxena de persoonlijke spullen van haar man terug, waaronder zijn dagboek, dat begon op de avond van 26 januari, de dag voor ons vertrek uit Port Arthur. Polyxena had niet de moed om het meteen te lezen en borg het weg in een lade.

Enkele maanden later ontving ze een brief van de privésecretaris van Nikolaj II, waarin stond dat de tsaar het dagboek van kolonel Rasjevski zo snel mogelijk wilde aankopen voor het hofarchief, aangezien hij had vernomen dat dit document van groot historisch belang was. Feitelijk was het geen verzoek, maar een bevel.

Voordat mijn dochter afstand deed van het dagboek, smeekte ze me de passages over de familie en zijn intieme gedachten over te schrijven en uiteindelijk besloten we het eerste deel, dat hij voor zijn vrouw had geschreven, achter te houden.

Diep geraakt door het idee het intieme leven binnen te

dringen van deze man die op zijn achtendertigste was overleden, zette ik me aan het werk. Ik had zijn sterke, goede karakter altijd bewonderd. Al lezende begreep ik waarom onze
leiders zo geïnteresseerd waren in dit document. De oprechtheid en vrijmoedigheid van Sergej in combinatie met
zijn scherpzinnigheid stelden de fouten van de verantwoor-
delijken aan de kaak: het te grote vertrouwen, het gebrek aan
coördinatie, de slechte kwaliteit van het materieel, de ach-
terstallige leveringen... Ik had niet genoeg tijd om alles over
te schrijven en beperkte me tot de markantste feiten. Twee
dagen later ontving Polyxena van de keizerlijke gezant vijf-
tienduizend roebel in ruil voor de memoires van haar echtgenoot.

Net als wij had Rusland het zwaar te verduren gehad in die
tragische jaren, en de nederlaag die Japan ons had toegebracht
voedde de onvrede. De aanloop naar de revolutie barstte los.
Aanslagen, stakingen en protestdemonstraties volgden elkaar op. De concessies die Nikolaj II gedwongen was te doen,
baatten niet. De situatie werd steeds slechter en zorgwekken-
der.

6

In oktober 1907 trad Polyxena in het huwelijk met Vladislav Karpinski. Eerlijk gezegd mocht ik hem niet. Zijn gefleem, onophoudelijke omhelzingen en zijn eeuwige vrolijkheid stonden me tegen; ik begreep niet waarom Sergej met hem bevriend was geweest.

Na de bruiloft vertrouwde Polyxena de kinderen toe aan Jelizaveta en begon het paar aan een lange rondreis door Europa, waarbij ze Duitsland, Zwitserland, Frankrijk en Italië bezochten. Polyxena kwam terug met stapels meubelstof, tapijten en snuisterijen, bestemd voor het project waar ze al jaren van droomde: zonder de hulp van een architect haar eigen huis ontwerpen. Dagenlang verschanste mijn dochter zich in de studeerkamer van haar man om schetsen en tekeningen te maken, waarvan de ene nog waanzinniger was dan de andere.

Vladislav maakte geen bezwaar; hij vond het wel vermakelijk. Zelf had hij een passie voor films en hij had uit Parijs een filmcamera meegenomen.

De kinderen hadden zich elk op hun eigen manier aan het huwelijk aangepast. Vladimir, die nog steeds op de cadettenschool zat, zag zijn stiefvader zelden. Natalja, die inmiddels naar het Ekaterininsky Instituut ging, hield hem wantrouwend op afstand en nam alleen haar tante, op wie ze dol was, in vertrouwen. Zina daarentegen was plooibaarder en accepteerde Vladislav snel, en op zijn beurt hield hij ook oprecht van haar.

Feitelijk had Polyxena me niet meer nodig. Zonder schuldgevoel kon ik toegeven aan een wens die ik al heel lang koesterde: me samen met Wilhelm definitief in Jalta vestigen.

De kinderen zouden ons daar tijdens hun vakanties komen opzoeken. Polyxena stemde in met mijn beslissing en beloofde me te zullen schrijven om me van haar leven op de hoogte te houden. Ik had geen spijt van het leven dat ik in Sint-Petersburg had geleid en ik zou Jelena en mijn zus missen. Ons vertrek werd echter uitgesteld door een slechte tijding: Nikolaj Svertsjkov was na een korte ziekte overleden. Gelukkig woonde Anna bij haar dochter Zoja en haar twee kinderen; haar zoon Georgi had zich definitief in Engeland gevestigd. Anna sloeg mijn uitnodiging om met ons mee te gaan af en bleef liever in Tsarskoje Selo.

Nadat we alles voor de verhuizing hadden geregeld, gingen we in juni op weg naar Jalta. Wilhelm was blij om terug te keren naar Alisia, de plek waar hij het meest van hield. Dankzij alle meubels, kleden, schilderijen en de piano die we meegenomen hadden uit Sint-Petersburg, was mijn huis heel mooi en comfortabel.

Fedosja, op haar tachtigste nog steeds slank, redderde als altijd kwiek rond en commandeerde iedereen, zelfs mij, maar dat vond ik niet erg.

Ik beleefde een tweede jeugd. Ik was geen oma meer, maar een vrouw die werd bemind en die omringd door liefde volkomen vrij was. En Wilhelm, die aan mijn zijde vredig en gelukkig was, verlangde niet terug naar Duitsland.

Met onze schilderskisten trokken we eropuit en pootten op elke plek die ons inspiratie leek te bieden onze veldezels neer. We gingen zo op in het schilderen dat we onderdeel leken van de eeuwigheid, onbereikbaar voor alle beroering in de buitenwereld.

Soms, als we werden overvallen door de avond, zei Wilhelm nadat hij zijn schildersspullen met een zucht had opgeborgen: 'Zina, moet je God eens horen fluisteren in de bomen.'

Ik hield van hem, bewonderde hem om zijn talent en eenvoud. Hij was ongekunsteld en echt.

's Avonds ging ik vaak op zijn verzoek achter de piano zitten en als ik dan aan mijn partituur begon moest ik altijd aan mama denken. Ik speelde Mozart, Schubert of Claude Debussy, die expressieve Franse componist, wiens *La mer* ik onder de knie had gekregen.

Zo verstreken er twee jaar. Tijdens de vakanties vulde Alisia zich met gelach en liederen, werd er met deuren geslagen en mopperde Fedosja – en ik, ik keek vertederd en trots naar mijn kleinkinderen. En als de vakantie dan afgelopen was, hernam het leven zijn loop en keerden de stilte en rust weer in huis terug.

Op zijn zeventiende rondde Vladimir, die opmerkelijk knap was, zijn opleiding af en bereidde zich voor om in het leger te gaan. Natalja was op haar zestiende veel slimmer dan gemiddeld. Ze deed me aan Anna op die leeftijd denken: met haar vrij kleine gestalte en enorme, merkwaardig heldere ogen bezat ze onmiskenbaar charme.

En mijn Zina? Dat was een lange, spichtige puber van veertien, met een eigenzinnig en soms zelfs koppig karakter, die altijd verzonken was in haar gedachten. Polyxena had uit Parijs een Française meegenomen die zich uitsluitend met het onderricht van Zina bezighield. Een veel te mooi meisje om lerares te zijn, dacht ik toen ze samen met de kinderen tijdens hun vakantie naar ons kwam.

Toen ik op een avond Zina welterusten wilde wensen, hoorde ik de twee zusjes hevig ruziën en zag ik Zina struikelen over haar nachthemd, terwijl ze ontsteld een velletje papier van Natalja probeerde af te pakken. Tussen twee snikken zei ze: 'Geef terug, dat is niet van jou!'

Ik hield Natalja tegen en pakte een kalendervelletje van haar af. Woedend riep ze tegen haar jongere zusje: 'Verliefd zijn op zo'n oude man, je bent niet goed wijs!' Daarna liep ze de kamer uit en knalde de deur dicht. Zina huilde. Ik sloeg mijn armen om haar heen.

'Toe, liefje, vertel eens waarom je zo verdrietig bent. Je kunt je *baboesjka* alles vertellen. Alsjeblieft, hier heb je je waardevolle schat terug.'

Zonder ernaar te kijken gaf ik haar het velletje.

'Ik begrijp niet waarom mijn zus zo lelijk tegen me doet,' zei ze toen ze zichzelf weer een beetje in de hand had. 'Ik zal u alles vertellen, baboesjka, maar u mag me niet uitlachen. Kijk, dit is mijn grote liefde, elke avond leg ik zijn foto onder mijn hoofdkussen! Ik hou van hem, en als ik later groot ben trouw ik met hem.'

Toen ze me haar schat liet zien, zag ik groothertog Boris, die net als alle andere leden van de keizerlijke familie vaak op kalenders prijkte. Hij was vierendertig en was opmerkelijk knap. Zijn vader, grootvorst Vladimir, was de jongere broer van Alexandr III. Boris was een volle neef van Nikolaj II. Ik wiegde Zina in mijn armen en zei sussend: 'Ik lach je helemaal niet uit, liefje. Je houdt van hem en daar is niets mis mee.'

Daarna liep ik glimlachend om dat kleinemeisjessprookje de kamer uit. Ik gaf Natalja een standje, want Zina werd wel vaker door de twee oudsten geplaagd.

In haar brieven hield Polyxena me op de hoogte van haar dagelijkse leven, en dat jaar, 1911, verliep tamelijk roerig.

Vladimir, die bij de cavalerie wilde, was van plan om de officiersopleiding te volgen, maar op het allerlaatste moment vond zijn moeder dat ineens niet goed. En als Polyxena iets niet wilde... Op de dag van de inschrijving sloot ze hem op in zijn kamer met het dreigement dat ze hem in zijn benen zou schieten als hij het zou wagen eruit te komen. Ze zou het nog gedaan hebben ook.

Mijn dochter had kort daarvoor een lap grond in de buurt van Petersburg gekocht en ging zo op in de bouw van het huis dat ze Vladislav niet vergezelde als hij voor de zoveelste keer zijn geboorteland Polen bezocht.

Op een ochtend stuurde Polyxena me een telegram: 'Alstublieft, kom meteen.'

Omdat ik het ergste verwachtte, stapte ik onmiddellijk op de trein. Ik trof haar ontdaan aan. De reden van die wanhoop? Ze had in de slaapkamer van haar man, een enorme sloddervos, zijn dagboek gevonden en had het niet kunnen laten dat te lezen.

'Ik heb een prachtige vrouw, ze is elegant, intelligent en heel talentvol,' had Vladislav geschreven. 'Maar in bed lijk ik wel de liefde te bedrijven met een boomstam. Gelukkig kan ik die kilte tijdens mijn reizen compenseren.' Wat een pedante kwast, dacht ik. Misschien weet hij zelf niet hoe het moet.

Ik troostte mijn dochter zo goed als ik kon en raadde haar aan geen overhaaste stappen te nemen.

Gelukkig nam haar huis, dat langzaam vorm kreeg, haar volledig in beslag. Toen ik de tekeningen zag, vond ik het veel te groot, maar de omvang was wel de weerslag van Polyxena's karakter, en niet alleen van dat van haar, maar van het hele tijdsgewricht.

Petersburg was veranderd. De nog schaarse auto's die er rondreden, maakten grote indruk op me met hun snelheid en herrie. Een van Vladimirs beste vrienden, Fjodor Koltsjin, wilde piloot worden. Vliegtuigen, auto's – we stonden op de drempel van een nieuw tijdperk. Mijn leven in Jalta had een provinciaaltje van me gemaakt.

Tijdens de twee weken die ik in Petersburg verbleef, zocht ik mijn lieve vriendin Jelena op en daarna ging ik langs bij Anna in Tsarskoje Selo. Mijn zus, een inmiddels gezette, populaire en gerespecteerde douairière, had weer het vertier opgezocht waar ze in haar jeugd zo van had gehouden. Zowel in het theater als op de renbaan had ze een eigen loge. 'Vlak naast die van de keizerlijke familie,' vertelde ze. En samen met haar dochter Zoja, die met een man van een voorname familie was gehuwd, gaf ze grootse ontvangsten.

Nadat ik nog een weekje bij Jelizaveta had gelogeerd, die een charmant oud dametje was geworden, keerde ik terug naar mijn vredige thuishaven.

Een paar maanden later liet Polyxena me weten dat ze Vladislav botweg het huis uit had gezet – wellicht was hij er niet rouwig om dat hij zijn vrijheid had teruggekregen – en dat ze al een vervanger voor hem had. De nieuwe uitverkorene heette Nikolaj Nikolajevitsj Crown.

Toen we het jaar daarop in Petersburg in het appartement van Jelizaveta verbleven, dat ze ons had geleend, maakte ik kennis met baron Crown. Dat was een bescheiden, roodharige, van vaderskant Schotse reus, die zich in Polyxena's bijzijn gedroeg als een schuchtere aanbidder.

Het doel van onze reis was natuurlijk om Crown te ontmoeten, maar ook om het huis van mijn dochter te bezichtigen, dat inmiddels af was. Ik was diep onder de indruk van de afmetingen van haar salon, die maar één minpuntje had: hij was niet warm te stoken. Polyxena vertelde dat de kinderen tijdens de voorafgaande winter de houten vloer onder water hadden gezet en dat dat 's nachts was bevroren. De dag erop hadden ze kunnen schaatsen!

Afgezien van die praktische kleinigheden had ik grote bewondering voor haar smaak. Elk vertrek, elke hoek was volmaakt evenwichtig ingericht.

Ik keek naar mijn dochter: op haar veertigste was ze een prachtige, autoritaire, en vaak met veel genoegen vrijpostige, maar ook zeer gevoelige vrouw. Het was nooit stil in haar huis en veel mannen kwamen niet alleen voor mijn kleindochters, maar ook voor hun moeder, die, zich bewust van haar charmes, nog graag meedeed aan het grote spel der verleiding.

Vladimir zag ik amper, want die bereidde zich op uitnodiging van zijn vriend Max Pilatski voor om aan boord te gaan van een passagiersschip voor een reis naar Zuid-Amerika. Hij leidde volgens zijn moeder, die zich vaak over hem beklaagde, een lui en losbandig leven, en ik vroeg me af of Polyxena er wel verstandig aan had gedaan om hem te verbieden het leger in te gaan.

Tijdens dat verblijf leerde ik zijn vriend Fjodor Koltsjin kennen, een magere jongeman met dromerige ogen. Hij was niet echt knap, maar dat maakte hij meer dan goed met zijn charme. Wanneer hij naar je keek, voelde je je weer jong en begeerlijk. Hij leek zich erg uit te sloven om de knappe Marie Toutain het hof te maken.

Mijn kleine Zina was haast niet meer te herkennen in het meisje van zestien dat die middag lachend aan de arm van twee jongens binnenkwam.

'Grootmoeder, mag ik grootvorst Dmitri Pavlovitsj en Peter van Servië aan u voorstellen?'

Ik dacht dat ze een grapje maakte.

'Helemaal niet,' zei Polyxena, 'deze illustere jongemannen

zijn zeer goed bevriend met Vladimir en de laatste tijd wijken ze geen moment van Zina's zijde. Maar weet u,' voegde ze eraan toe, 'Peter is zo arm dat ik zijn redingote heb moeten verstellen.'

Zina bereidde zich voor op haar eerste bal dat door de Afanasievs in Tsarskoje Selo werd gegeven. Haar jurk was veel te gewaagd, maar haar moeder hield ervan te choqueren. Zonder het te beseffen was ze schaamteloos. Hoe Zina's sierlijke lichaam onder die jurk van huidkleurige mousseline eruitzag liet zich makkelijk raden.

Later schreef Zina me over dat bal: 'Ik heb mijn grote liefde, grootvorst Boris, gezien. Ik heb net zo lang naar hem gestaard tot hij uiteindelijk mijn kant op keek, en ik geloof dat hij vroeg wie ik was. Hij is nog mooier dan op de foto; ik hou van hem.'

De arme ziel, wat een hersenspinsels!

En Natalja? Die had als beste van de vierentwintig kandidaten de toneelopleiding afgerond en zat nu bij het keizerlijk theater. Voortaan mocht ze de bekende gouden broche met briljantjes dragen, in de vorm van de initialen van de keizerin, A.F. (Alexandra Fjodorovna) en de keizerlijke kroon.

In het huis van Polyxena zag ik ook regelmatig een zeer knappe Kaukasiër, Tsjoeta genaamd, die Natalja telkens met haar blik volgde; zijn aanwezigheid bracht haar in verwarring, merkte ik, maar hij had alleen oog voor Polyxena. Die bekende me dat hij, ondanks haar relatie met Crown, haar minnaar was en dat ze zich ergerde aan het 'getrekkebek' van Natalja. Ze had niet veel genegenheid voor haar dochter, ook al erkende ze dat ze heel intelligent was. Haar voorkeur ging uit naar Vladimir, op wie ze apetrots was vanwege zijn knappe uiterlijk, en naar Zina met haar hartverwarmende vriendelijkheid.

Omdat ik dat onrechtvaardig vond, probeerde ik beter contact te krijgen met Natalja. Maar dat was makkelijker gezegd dan gedaan. Ze leidde een onafhankelijk bestaan en ging veel om met haar vrienden van de toneelgroep. Ze kwam 's avonds laat thuis en ging vaak op tournee, en dan was ze dagen van huis. Toch kregen we langzaam maar zeker een goede band. Ik had bewondering voor wat ze allemaal wist van de Russische en buitenlandse literatuur, en voor haar niet te stillen honger naar kennis, en als ze het over een toneelstuk had, viel het me op hoe raak haar commentaar was.

Naarmate onze verstandhouding groeide, besefte ik steeds meer dat ze erg op mij leek en vond ik het jammer dat ik er zoveel jaar overheen had laten gaan voordat ik de moeite had genomen haar beter te leren kennen. Toen ik haar dat bekende, slechtte mijn openhartigheid de laatste obstakels. Ineens verlegen zei ze: 'Als kind voelde ik me heel alleen. Ik miste de liefde die mama wel aan Vladimir en Zina gaf. En daarna deed het overlijden van papa me heel veel verdriet. Voortaan zal ik u van al mijn plannen op de hoogte houden en u om raad vragen.'

'Je vriendschap en vertrouwen raken me zo diep, Natalja, dat ik graag wil dat je me tutoyeert. Ik heb jou namelijk ook nodig. Ik kan niet zonder jouw liefde, en mijn schilderijen kunnen alleen maar rijker worden van jouw jeugdigheid en kennis.'

'Zal ik dan met Kerstmis naar Alisia komen? Zou je dat fijn vinden?'

'Dat is een geweldig idee. Wilhelm en ik zullen het heerlijk vinden om je bij ons te hebben.'

Voordat we weggingen nam mijn kleindochter ons mee naar het theater om een repetitie bij te wonen. Ik was zo diep onder de indruk van haar spel en van de emoties die ze tot uitdrukking wist te brengen dat ik er sprakeloos van was. Wat een talent! Wilhelm, die even enthousiast was als ik, zei:

'Dat is nu wat ik noem een rasactrice.' En uit zijn mond was dat een groot compliment.

Op Alisia zag ik Fedosja weer, die met de dag zwakker werd. Ik probeerde haar te overreden niet meer te werken, maar wat ik ook zei, het haalde niets uit. Koppig als altijd antwoordde ze: 'Mijn taken neerleggen? Dan kan ik net zo goed nu al mijn doodvonnis tekenen. Laat me me rustig voorbereiden op de dood.'

Toen het haar op een ochtend niet meer lukte om op te staan, stuurde ze me toch weg.

'Mijn duifje, ik wil graag alleen zijn. Ik wil er klaar voor zijn als de Heer zich tot mij roept. Ik wil terugkijken op mijn leven en mijn zonden overdenken.'

Na een tijdje weigerde Fedosja nog te eten, waardoor ze nog meer verzwakte. Ik bleef thuis en wilde telkens naar haar toe, maar respecteerde haar wens.

Op een ochtend riep ze me bij zich.

'Kijk naar me, liefje, en zie in mijn ogen, die zich zo dadelijk zullen sluiten, alle liefde die ik voor je heb gevoeld. En dat zeg ik niet om medelijden te wekken. Ik ben er klaar voor. God reikt me de hand, en mijn ziel verlangt daarnaar. Ik zegen je. Je bent het zonnestraaltje in mijn leven geweest. Ga nu, ik wil graag alleen zijn.'

Ik boog me naar haar toe en omhelsde haar met al mijn liefde, daarna ging ik weg, zoals ze me had verzocht. Ondanks mijn verdriet, probeerde ik mijn tranen binnen te houden: Fedosja had me mijn hele leven geleerd sterk te zijn. Net als zij moest ik me groothouden; ik mocht haar niet teleurstellen.

De volgende dag raakte ze buiten kennis en ging ze heel vredig heen.

Ik had het heel koud en werd overvallen door een immens

gevoel van eenzaamheid. Plotseling deed het gewicht van de jaren zich voelen. Mijn jeugd was samen met Fedosja gestorven. Het intense verdriet borg ik weg in mijn geheime laatje, dat ik voor altijd dichtdeed, omdat ik er niets meer aan toe te vertrouwen had.

Ook al was het december, toch was het zacht en zonnig toen Natalja aankwam. Ik vond het heerlijk om haar met haar jeugdigheid en genegenheid om me heen te hebben. Telkens als we urenlang zaten te kletsen, voelde ik de jaren van me af glijden. Ze kon goed luisteren en stelde veel vragen, omdat ze mijn artistieke zoektocht wilde vergelijken met haar benadering van toneelteksten. Op haar verzoek vertelde ik haar over mijn leven en toen ik bij mijn ervaringen met de 'groep Berthold' was aanbeland en haar uitlegde waarom ik die de rug had toegekeerd, zei mijn kleindochter dat ze mijn opstelling volledig begreep.

Als ze aan het woord was, viel me op wat voor uitzonderlijke klank haar stem had. Ze was geen opvallende schoonheid, maar wel een opvallende persoonlijkheid.

Wilhelm was dol op haar: 'Als ik twintig jaar jonger was, zou ik net zo verliefd op haar zijn geworden als ik nu op jou ben,' zei hij lachend.

Natalja vroeg of haar vriend Fjodor, die bij zijn ouders in Odessa was, haar mocht komen opzoeken, en daar stemde ik met veel plezier mee in. Dankzij hun gezelschap werd het een heel vrolijke kerst en oud en nieuw. Fjodor, een begenadigd pianist, maakte met zijn talent diepe indruk op ons, en niet alleen met zijn pianospel, maar ook met de zigeunerliederen die hij met een nostalgisch en sensueel timbre zong en waarschijnlijk heimelijk opdroeg aan Natalja. De lieflijkheid van de muziek en de warmte van de wodka – Wilhelm en ik dompelden ons onder in die sfeer van jeugdigheid, verleiding en verlangen, en wanneer we ons discreet terugtrokken was het vaak al ver na middernacht.

Ik stond er dan ook niet van te kijken toen mijn kleindochter vertelde dat Fjodor en zij hadden besloten het jaar daarop te trouwen. 'Het is nog een geheim. Vertel het niet aan mama. Jij bent de enige die het weet.' Ze wilden nog een jaar wachten, omdat Natalja een paar maanden op tournee zou gaan en Fjodor zou deelnemen aan verkenningsvluchten in Europa.

Ik beloofde dat ik niets zou zeggen. Maar hoewel ik blij was met hun plannen, vroeg ik me af hoe groot hun kans op geluk was. Beiden – Natalja als actrice en Fjodor als piloot – waren zo gehecht aan hun beroep dat al het andere en zelfs de liefde op de tweede plaats kwam.

Polyxena zou hun verbintenis afkeuren. Snobistisch als ze was, zouden de ouders van Fjodor, die tot de puissant rijke bourgeoisie behoorden, niet goed genoeg zijn voor haar, ook al had hun zoon op de militaire academie gezeten en was hij door de tsaar, die inzag dat hij de steeds machtiger wordende bourgeoisie meer privileges moest verlenen, voor het leven tot de adelstand verheven.

7

Eind juni zette een onverwachte gebeurtenis het leven van onze familie op z'n kop. Zoals zo vaak begon het met een telegram van Polyxena: 'Mama, kom meteen.' Hoewel ik de toon van mijn dochter gewend was, maakte ik me toch zorgen en samen met Wilhelm ging ik snel naar haar toe. De reden waarom ze me een telegram had gestuurd was deze keer ernstig: Zina was verdwenen.

Anna en Natalja, die waren teruggekomen van Tsarskoje Selo, vertelden wat er was gebeurd.

'Ik geloof dat we terug moeten naar 20 juni,' begon Anna. 'Die dag zijn we naar het hoogtepunt van het seizoen geweest, een paardenkoers, gevolgd door een tuinfeest. Iedereen ging van de ene loge naar de andere. Er kwamen veel kennissen bij ons langs, en Zoja, Natalja en Zina hielpen me de gasten te ontvangen.

Op een gegeven moment kwam tot mijn verbazing de secretaris van grootvorst Boris naar me toe, die liet weten dat zijn meester graag naar ons toe wilde komen. Ik was zeer vereerd. Al mijn vriendinnen zouden groen zien van jaloezie! Ik stemde ermee in en even later kwam de grootvorst naar me toe. Hij dankte me voor de uitnodiging en vroeg of ik mijn dochter aan hem wilde voorstellen. Mijn dochter en nichtjes maakten een diepe reverence voor hem en nadat hij tegen ieder van hen een vriendelijke opmerking had gemaakt, liep hij naar Zina en Natalja. Ik schonk geen aandacht meer aan hem en richtte me weer op mijn plichten als gastvrouw. De rest moet jij maar vertellen, Natalja.'

Natalja ging verder: 'De grootvorst was heel innemend, stelde ons allerlei vragen en vroeg naar onze interesses. Maar op een gegeven moment merkte ik dat zijn belangstelling alleen uitging naar Zina en maakte ik me uit de voeten.

De avond viel. Omdat ik het tijd vond om naar huis te gaan, ging ik op zoek naar mijn zus. Ze was nog steeds in gesprek met de grootvorst, die niet in de gaten leek te hebben dat het al bijna donker was. Het was een netelige situatie, want niemand kon weg voordat híj afscheid had genomen.

Uiteindelijk ging zijn secretaris naar hem toe en fluisterde hem iets in het oor. Alsof hij net ontwaakt was uit een droom, keek de grootvorst toen om zich heen en ging naar mijn tante om afscheid van haar te nemen. Vervolgens vroeg hij aan Zina en mij: "Jongedames, zou u mij het genoegen willen doen morgen bij mij op de thee te komen?" Verrukt namen we de uitnodiging aan.

De volgende dag kwam een chauffeur ons op het afgesproken tijdstip halen met een luxueuze limousine. Ik was veel meer onder de indruk dan Zina, die ik bewonderde om haar kalmte. Na de thee stelde de secretaris mij voor een rijtoer te maken met de auto. Omdat ik begreep dat de grootvorst en mijn zus alleen wilden zijn, ging ik met hem mee.

Toen we weer naar huis gingen, was Zina in gedachten verzonken en zei geen woord. Daarna nam ze de gewoonte aan om in haar eentje lange wandelingen te maken door de prachtige parken die Tsarskoje Selo omringen. Maar op een avond kwam ze niet meer thuis. Dat is nu inmiddels drie dagen geleden, en sindsdien heeft niemand haar meer gezien. Mama heeft al navraag gedaan bij haar vriendinnen en zelfs bij tante Jelizaveta, maar dat heeft niets opgeleverd. Dat was het, baboesjka, nu ken je het hele verhaal.'

Crown, die zag dat Polyxena zich grote zorgen maakte, stelde voor de politie in te schakelen, maar Natalja hield dat ontsteld tegen.

'Doe dat vooral niet. U kunt gerust zijn. Ik weet waar Zina is, maar heb mijn mond gehouden, uit angst dat ze zou vluchten vanwege een mogelijk schandaal. Ik neem aan dat u ook wel weet waar ze is.'

Er viel een zware stilte. We hadden het inderdaad begrepen.

Wat een ramp! Polyxena smeekte Anna het tegen niemand te vertellen. Haar tante beloofde dat, omdat ze besefte dat elke loslippigheid funest zou zijn voor de familie. Wat moesten we? De groten der aarde hebben alle rechten. Maar hoe zat het met Zina's reputatie? Ze was nog geen zeventien.

Gelukkig speelde het zich niet af in Petersburg. Nadat mijn zus de hoop had uitgesproken dat Zina snel zou terugkomen, zei ze dat ze weer naar Tsarskoje Selo ging. Polyxena besloot met haar mee te gaan. Twee dagen later kwam ze alleen, maar stralend thuis.

'De grootvorst heeft me de hand van Zina gevraagd en audiëntie bij de tsaar aangevraagd om diens toestemming te krijgen. Zina en hij komen over een week terug. Tot dan kunnen we alleen maar wachten.'

Gerustgesteld over mijn kleindochter ging ik terug naar Alisia, waar een brief van Zina op me lag te wachten:

Lieve baboesjka,

Aangezien u mijn enige vertrouwelinge bent, ben ik het u verschuldigd de waarheid te vertellen.

Tijdens het tuinfeest op de renbaan was ik in de loge van tante

Anna toen ik de blik van Boris op me voelde rusten. Dat vond ik niet vreemd: al vanaf mijn twaalfde had ik naar dat moment uitgekeken en ik bekende hem terstond dat het mijn grootste verlangen was hem te leren kennen. Dat verraste hem en bracht hem zelfs zo in verwarring dat hij snel, maar hortend begon te praten, wat hem in mijn ogen nog charmanter maakte. Plotseling vroeg hij echter: 'Hoe oud bent u eigenlijk?'

'Bijna zeventien.'

'Mijn god, dan ben ik twintig jaar ouder.' Zijn ogen stonden droef.

'De jaren doen er niet toe. Ik ben heel blij u te ontmoeten.'

'Waarom?'

'Omdat het in de sterren stond geschreven en ik ernaar verlangde.'

De volgende dag ging ik bij hem op de thee, samen met Natalja, die zo discreet was ons alleen te laten. Toen ze weg was zwegen we een tijdje en daarna pakte hij mijn hand vast en schuifelde ik dichter naar hem toe. Hij streelde mijn haar en keek me heel teder aan. Ik vertrouwde hem.

Hij vroeg me de volgende dag weer naar hem toe te komen. Dolblij nam ik zijn uitnodiging aan. We spraken iedere middag af: de auto wachtte me in het park van Tsarskoje Selo op en dan maakten we een lange, romantische rijtoer. Niemand had in de gaten waar ik heimelijk heen ging, maar tegelijkertijd besefte ik dat de situatie niet lang kon duren. Op een dag smeekte ik Boris dan ook me in huis te nemen, en toen hij me op andere gedachten probeerde te brengen, wierp ik me in zijn armen. Hij omhelsde mij ook en zei: 'Blijf bij me.'

'Ik ga nu weg om een paar spulletjes te pakken, maar stuur daarna de auto naar me toe,' zei ik tegen hem.

Eindelijk zou ik mijn leven met hem delen, en nooit zou ik meer bij hem weggaan.

Boris stond me op het bordes van zijn huis op te wachten. En raad eens, grootmoeder, wat voor verrassing hij voor me had? De

hele trap lag bezaaid met rode rozenblaadjes. Wie heeft ooit zoiets
sprookjesachtigs meegemaakt? Hij verwelkomde me met de woor-
den: 'Zina, niemand zal ooit jouw plaats innemen. Wil je mijn
vrouw worden?'

Hij is mijn ridder op het witte paard en ik ben zielsgelukkig.

Zo, grootmoeder, nu weet u alles. Antwoord me en laat me we-
ten dat u het begrijpt.

Hoe kon ik het afkeuren wat ze had gedaan? Hij hield niet alleen van haar, hij wilde ook met haar trouwen. Herinneringen aan Alexej kwamen bij me boven.

Helaas duurde de droom van Zina niet lang – zelfs nog geen
maand! De keizer, die de relatie afkeurde, beval zijn neef 'dat
persoontje' nooit meer te zien en zond hem mee op een oor-
logsbodem die een jaar zou wegblijven.

Zonder in discussie te gaan gehoorzaamde Boris hem.

Toen Zina dat nieuws hoorde, werd ze ziek; twee weken
lang kwam ze haar kamer niet uit en weigerde ze te eten.

Tevergeefs wachtte ze op een bericht, een brief waarin Boris haar zijn gedrag zou verklaren.

Hij liet niets van zich horen.

Op aanraden van een arts stuurde Polyxena haar een tijdje
naar Xenia in Riga. Toen ze van die logeerpartij terugkwam
leek ze weer rustig, maar haar blik, die zijn kinderlijke onschuld had verloren, was hard geworden.

Drie maanden later kondigde ze als een donderslag bij
heldere hemel aan dat ze met Nikolaj Jelisejev, een jeugd-
vriend van haar, zou trouwen. Ze schreef niets over haar gevoelens en vertelde alleen dat ze op huwelijksreis naar Parijs
zouden gaan.

Polyxena maakte zich grote zorgen over Zina. Om haar afleiding te bieden nam Crown haar mee naar Medved, een populair restaurant in Petersburg. Natalja bleef thuis, omdat ze een belangrijke rol moest instuderen.

Plotseling rook ze een brandlucht en ongerust snelde ze naar buiten: de paardenstal stond in lichterlaaie. Ze rende er vlug heen en riep de koetsier, maar die lag laveloos tegen de staldeur. Waarschijnlijk had hij de ramp veroorzaakt.

Terwijl de knallen en explosies elkaar opvolgden riep Natalja alle andere bedienden en liet ze de brandweer waarschuwen. Ineens herinnerde ze zich dat Fjodor zijn motorfiets in de stal had gezet en dat Vladislav er vroeger een groot aantal oude films had opgeslagen.

Het vuur verbreidde zich snel. De bedienden en talloze vrijwilligers vormden een keten en gaven elkaar emmers water door om te voorkomen dat het vuur nog verder om zich heen zou grijpen. Maar die avond stond er een gemene wind en al snel bereikten de vlammen de bomen en niet veel later het huis.

Koelbloedig gaf Natalja leiding aan de operatie. Ze kreeg het voor elkaar dat een groot aantal meubels uit het huis werd gehaald en daarna rende ze zelf een paar keer het brandende huis in om juwelen, bontmantels, jurken en waardevolle snuisterijen te redden.

De brandweer was er nog steeds niet. Toen die eindelijk kwam sloegen de vlammen al uit de ramen en was een deel van het dak met een hels kabaal ingestort. Het huis, dat met uitzondering van de onderbouw helemaal uit hout bestond, was reddeloos verloren.

Toen Polyxena thuiskwam, was er van haar huis niet meer over dan een smeulende puinhoop. En tot overmaat van ramp had ze de maand ervoor vergeten de verzekeringspremie te betalen, waardoor ze genoodzaakt was de grond te verkopen. Gelukkig was die sterk in waarde gestegen, waardoor ze een echt paleis kon huren van de emir van Boechara.

Drie dagen na de ramp kwam Vladimir bruinverbrand terug van zijn bootreis. Hij wist niet wat hij zag. Van zijn huis waren alleen verkoolde restanten over. Maar dat was niet het ergste. Polyxena, die een eind wilde maken aan zijn vrolijke, ledige bestaan, had voor hem een aanstelling als bankemployé geregeld. Dat was een geweldige provocatie voor de jongeman die zo van luxe hield. Algauw vond hij die saaie baan beneden zijn stand en niet veel later gingen dankzij zijn knappe uiterlijk, charmes en populariteit bij de vrouwen alle deuren weer voor hem open en kon hij in het kielzog van zijn rijke vrienden zijn vrolijke leventje hervatten.

Wilhelm en ik mochten dan wel op een afstand van duizenden werst wonen, toch merkten ook wij in onze prachtige Krim dat Rusland een kruitvat was dat elk moment kon ontploffen. Er waren integere, krachtige en competente bestuurders nodig om leiding te geven aan dit gigantische land en om voor meer gerechtigheid en gelijkheid te zorgen. 'Meer vrijheid' voeg ik daar niet aan toe, want in dat principe had ik geen enkel vertrouwen meer. Ik had namelijk gemerkt dat allerlei mensen dat beginsel aangrepen om hun honger naar macht en rijkdom te stillen. In mijn ogen bestond er slechts één waarheid: het woord van Christus – onbaatzuchtigheid, liefdadigheid en zelfopoffering. Maar dat was een utopie, aangezien we nog lang niet naar Zijn voorschriften leefden.

Met het klimmen der jaren worden hartstochten, de neiging alles uit het leven te halen wat erin zit en te genieten van materiële zaken minder. Veel dingen die ik in mijn jeugd had gedaan, leken me nu ineens onbezonnen en egoïstisch. Toch had ik niet te klagen. God had me zeer veel geschonken. Hoe kon ik hem daarvoor danken? Bidden ging me niet goed af. Maar soms, als ik volledig opging in het schilderen, verscheen er een schijnsel waarin ik Zijn aanwezigheid voelde en daalde er een grote rust op mij neer.

Zou ik ooit schilderijen nalaten die de moeite waard waren? In Wilhelm daarentegen herkende ik een oorspronkelijk kunstenaar; ik had grote bewondering voor zijn werk.

Als onbetwiste mater familias bestierde Polyxena alles en iedereen met ferme hand. Ze werd met de dag autoritairder en duldde geen enkele tegenspraak; als iemand tegen haar plannen gekant was, verhief ze haast hysterisch haar stem. En vaak trof haar toorn de arme Nikolaj Nikolajevitsj Crown, die dan alleen nog maar nauwelijks hoorbaar fluisterde en zich zo klein mogelijk probeerde te maken in een wanhoopspoging van de aarde te verdwijnen.

Op een keer, toen we allemaal bij Polyxena waren samengekomen om Nieuwjaar te vieren, trakteerde mijn dochter ons op een van haar gevreesde woedeaanvallen. Natalja had net aangekondigd dat ze van plan was in juli met Fjodor te trouwen.

'Nooit,' brulde Polyxena, 'maar dan ook nooit zal ik die nouveau riche als schoonzoon accepteren!'

Natalja wachtte kalm tot de storm was uitgeraasd, ook al duurde die lang. Daarna keerde ze haar moeder de rug toe en liep ze zonder een woord te zeggen het huis uit.

Vladimir nam het voor zijn vriend op en zelfs Nikolaj Nikolajevitsj durfde tegen Polyxena in te gaan. Zina was nog niet terug van haar huwelijksreis. En ik, ik wist dat Polyxena nooit zou terugkomen op haar oekaze.

Om haar enigszins vrij te pleiten moet echter worden gezegd dat het slechte huwelijk van Zina Polyxena had verbitterd. Boris was 'een Duitser geworden, een slappeling als alle andere Romanovs'. Ze eiste een schoonzoon van zuiver Russische adel, een directe afstammeling van Rjoerik, de grondlegger van Rusland. Ze was woedend over Zina's huwelijk met die Jelisejev, die schuchtere jongen met wie ze in een opwelling was getrouwd. Niet veel later wist ze haar dochter er trouwens van te overtuigen dat ze een vergissing had begaan, en twee maanden na haar terugkeer in Petersburg scheidde Zina.

Natalja wilde dat ik kennismaakte met de ouders van Fjodor en omdat ik haar zo graag mocht, stemde ik daarmee in.

Ik werd ontvangen door een uiterst gesoigneerde heer met grijs haar en lange, delicate handen. Van zijn echtgenote kon ik dat evenwel niet zeggen; dat was een gezette vrouw met een mollig gezicht, die oeverloos kwebbelde over de onbenulligste onderwerpen. Ik maakte ook kennis met hun dochter, Jelizaveta Taoebej, die al getrouwd was en me qua uiterlijk en gedrag aan Larissa deed denken, en met haar jonge broer, Nikolaj, een uiterst innemende Fjodor in het klein.

De Koltsjins woonden in een prachtige wijk, en hun huis in de Kavalergardskayastraat was luxueus, maar zeer somber. Het huwelijk zou op 2 juli in Saltykovka plaatsvinden in het prachtige buiten van prins Saltykov, een van Fjodors beste vrienden.

Ik hield geen goed gevoel aan het bezoek over, want ik besefte terdege dat de toekomstige schoonouders van Natalja ook niet blij waren met de verbintenis, en diep in mijn hart gaf ik Polyxena gelijk: de goedlachse en fantasierijke Natalja zou zich nooit aan die familie kunnen aanpassen.

Polyxena weigerde op de bruiloft aanwezig te zijn en verbood Vladimir en Zina erheen te gaan. Als reactie op haar minachtende houding besloten de ouders van Fjodor ook weg te blijven.

Mijn hart kromp ineen, zo gemeen vond ik het.

Wilhelm kwam naar me toe en zei ten overstaan van iedereen: 'Dan gaan wij erheen.' Ik was heel blij dat hij mijn wens en reactie had aangevoeld.

Op Saltykovka stond ons een verrassing te wachten in de vorm van de lange gestalte van Nikolaj Nikolajevitsj, die zich ondanks Polyxena's verbod toch onder de gasten had geschaard. We waren met z'n tienen: Wilhelm en Crown waren de getuigen van Natalja, Jelizaveta en prins Saltykov die van Fjodor. Het was prachtig weer en het prille paar straalde van geluk, ook al moesten ze het hun ouders beiden kwalijk nemen dat ze niet waren gekomen.

Te voet begaven we ons naar de nabijgelegen kerk. De mis werd opgedragen door een begeesterende, jonge priester. Fjodor had uit Petersburg een koor laten komen en de prachtige, ontroerende liederen vulden het gewelf.

Daarna stond er aan de oever van de rivier die door het park kronkelde een lunch voor ons klaar. In de schaduw van de berken waren tafels gedekt en bij de aanblik van dat landelijke tafereel moest ik aan Manet denken, die schilder wiens werk ik in Parijs zo had bewonderd.

Na de maaltijd besloot ik te gaan wandelen langs de rivier, die een bocht maakte en vervolgens in de verte verdween.

Het gelach vervaagde en stierf daarna helemaal weg; aan de oever dobberde een bootje en aan de horizon ontwaarde ik een typisch Russisch dorp, met zijn sparrenhouten hutten, met luiken die in alle kleuren van de regenboog waren geschilderd, en omgeven door al even kleurige pilaren. Hoewel ik het van die afstand niet kon zien, vermoedde ik dat er een put was en ik zag de emmer voor me, hangend aan een lange staak.

Verscholen achter een talud en met mijn voeten bijna in

het water stond ik te genieten van de rust en de schoonheid, toen ik opeens voetstappen hoorde en er twee spiernaakte gestaltes opdoken: Natalja, klein, met fraaie rondingen, hield de hand van Fjodor vast, die er in zijn naaktheid lenig en gespierd uitzag. Ze konden me niet zien en ik durfde me niet te verroeren. Prachtig vond ik die grootsheid van de natuur.

Ik zag ze de rivier in springen; hun lichamen zochten elkaar en hun lippen versmolten. Dat moment waarop geliefden alleen op de wereld zijn bood me de kans weg te glippen en ontroerd door dat beeld van liefde, jeugdigheid en ontluikende hartstocht ging ik terug naar het huis.

Fjodor en Natalja gingen niet op huwelijksreis naar Europa, zoals gangbaar was, maar verkozen de uitgestrekte vlaktes van Rusland. Op de terugweg zouden ze in Riga langsgaan bij de Afanasievs, hun beste vrienden, en vervolgens doorreizen naar Petersburg, of beter gezegd: naar Petrograd, want dat jaar was de naam van die stad veranderd.

Een paar dagen voor het huwelijk van Natalja viel er een donkere schaduw over die mooie zomer. De moord op aartshertog Franz-Ferdinand en zijn echtgenote op 15 juni was de voorbode van noodlottige gebeurtenissen. Nikolaj ii had geprobeerd zijn volk ervan te overtuigen dat Wilhelm ii, de Duitse keizer, niet tegen hem ten strijde zou trekken, maar op 15 juli verklaarde Oostenrijk-Hongarije de oorlog aan Servië, waardoor ook Duitsland en Rusland, door de allianties die beide met andere landen waren aangegaan, tegenover elkaar kwamen te staan. Dat was een enorme ontgoocheling voor de tsaar. Hij begreep niet dat zijn vertrouwen zo had kunnen worden beschaamd en dat zijn keizerrijk werd meegesleept in het conflict.

Het idee dat men erachter zou komen dat Wilhelm van

Duitse afkomst was bezorgde me huiveringen, maar gelukkig was men dat vergeten. Hoewel ik op grote afstand van hen woonde, bleef ik dankzij Polyxena, die me regelmatig schreef, toch op de hoogte van het leven van mijn kleinkinderen.

Zina had van grootvorst Boris, die terug was van zijn gedwongen reis, een lange, liefdevolle brief gekregen, waar een schitterende armband van smaragd bij zat, die ze zonder begeleidende brief aan hem terugstuurde.

Natalja wilde niet zonder Fjodor bij haar schoonouders wonen en ging bij hen weg. Fjodor volgde een training in de buurt van Petrograd, waar hij opgeleid zou worden tot piloot, wat hem twee jaar later in staat stelde zich aan te sluiten bij de luchtmacht van de geallieerden. Hij vroeg zijn vrouw vaak om met hem mee te gaan in zijn 'vogelkooi', maar daar moest Natalja niet aan denken. Zina daarentegen was wel enthousiast en vond het heerlijk om boven uitgestrekte vlaktes te zweven. Gekleed in haar *tjoeba* en *valenki* (bontjas en vilten laarzen), greep ze elke gelegenheid aan om met hem mee te gaan, tot groot genoegen van Fjodor, die zeer trots was op zijn dappere schoonzus.

Het was een teken des tijds dat alle vrouwen om me heen werkten. Natalja was actrice, Zina had haar verpleegstersdiploma gehaald en werkte in een militair hospitaal, en de zus van Fjodor had een schoonheidskliniek geopend, ook al was haar echtgenoot zeer welgesteld. Alleen Vladimir weigerde te werken en zette zijn ledige nachtleven voort. Gezien de situatie mocht hij zijn moeder heel dankbaar zijn dat ze het hem verboden had in het leger te gaan.

In februari kondigde Natalja groot nieuws aan: op mijn zesenzestigste zou ik overgrootmoeder worden! Zij was niet echt blij met haar zwangerschap, die haar het reizen bemoeilijkte, maar Fjodor was in de zevende hemel.

Ik ging naar Petrograd om mijn eerste achterkleindochter te bewonderen, die op 28 september werd geboren en naar de wens van haar vader Natasja werd genoemd. Zina was haar peettante en Nikolaj Koltsjin haar peetoom. Het was een zeer beweeglijk schepseltje, met dik, donker haar zoals dat van Fjodor, en ze had voor een zuigeling een heel bijzondere kleur ogen: lichtgrijs met een zwart randje om de iris. Een indrukwekkende niania zorgde voor de baby, maar Natalja had besloten haar dochtertje zelf de borst te geven.

In diezelfde periode kreeg ik een brief van Zina: 'Grootmoeder, ik hou van hem met heel mijn hart en ziel.'

Wat was er gebeurd?

Ze had Boris weer gezien op een liefdadigheidsbal dat de keizerin had georganiseerd ten behoeve van het ziekenhuis waar haar twee dochters en Zina werkten.

Toen ik de grootvorst zag aan komen lopen, zo schreef Zina, nam ik me heilig voor niet met hem te praten. Maar ik had geen rekening gehouden met de koppigheid van Boris, die het snel voor elkaar kreeg dat hij alleen met me was en me smeekte naar hem te luisteren.

Hij zwoer me dat hij nog altijd, en zelfs meer dan ooit, van me hield.

Ik gaf me gewonnen. De grootvorst vertelde dat de keizer zich had verzet tegen ons huwelijk en hem voor een keuze had gesteld: in ballingschap gaan of huwen met een van de prinsessen die hij voor hem zou uitkiezen. Dat waren de twee dochters van de koning van Noorwegen en een Duitse prinses, die alle drie zeer knap waren. Maar hij had voor ballingschap gekozen.

Vervolgens zweeg Boris even en voordat ik besefte wat hij deed, stond ik voor de keizerin en hoorde ik hem zeggen: 'Majesteit, veroorlooft u mij Zinaïda Rasjevskaja aan u voor te stellen. Ik bemin haar en wil met haar in het huwelijk treden.'

Ik maakte een diepe reverence en durfde mijn ogen niet op te

slaan uit vrees dat ze, geërgerd door Boris' stoutmoedigheid, ge-
ringschattend op me zou neerkijken. Toen ik echter mijn hoofd op-
hief, zag ik een prachtige vrouw die me toelachte en haar hand naar
me uitstak.

'U werkt in ons ziekenhuis, als ik me niet vergis?'

'Ja, majesteit.'

'Dit zijn mijn dochters. Tatjana,' zei ze tegen een van de groot-
vorstinnen, 'neem deze jongedame onder je hoede.'

En tegen Boris fluisterde ze: 'Ik zal bidden dat God je liefde zegent
en je wens verhoort.'

Boris is zwak noch laf. Ik hou van hem met heel mijn hart en ziel.

Elke dag werkte Zina onder leiding van grootvorstin Tatjana, die soms verhalen vertelde over haar jeugd met Boris en
zijn broers. Dat deed me aan Sergej denken, die het in zijn
dagboek ook over Boris had gehad. Wat een vreemde speling
van het lot. Wellicht zou Boris de echtgenoot van Sergejs
dochter worden. Zonder bemoeienis van de tsaar of Polyxena hervatte het stel hun relatie.

Om oud en nieuw te vieren kwam de hele familie weer samen
bij Polyxena. Ik had ernaar uitgekeken mijn zus weer te zien,
die al het mondaine vertier moe was geworden en onlangs
haar huis in Tsarskoje Selo had verkocht om zich in Odessa
te vestigen, samen met haar dochter Zoja, wier echtgenoot
opgeroepen was voor militaire dienst. Ik was blij dat Anna
dichter bij mij kwam wonen en ik had Jelizaveta, die inmiddels zevenenzeventig was, weten over te halen bij mij op Alisia te komen wonen.

Zo dadelijk zou het twaalf uur slaan. Wat voor wensen
zouden we doen? Ik vermoedde dat iedereen vanbinnen aar-
zelde om die onder woorden te brengen, want allemaal voor-
voelden we dat 1916 onrustig zou verlopen.

Het jaar begon in elk geval niet echt goed voor de familie. De relatie tussen Natalja en haar schoonouders verslechterde snel. De Koltsjins wilden dat ze het toneel opgaf om zich helemaal aan haar dochter te wijden, maar Natalja, die zich niets van hun mening aantrok, peinsde er niet over om van haar tournee af te zien. Voordat ze vertrok, vroeg ze mij of ik voor haar Natoesja wilde zorgen en verrukt ging ik op haar voorstel in. Polyxena besloot ook naar me toe te komen.

Met het kleine meisje deed een nieuwe generatie zijn intrede in Alisia. Ik luisterde naar haar 'luide gebabbel', zoals Wilhelm het noemde, en volgde alles wat ze deed, en toen Fjodor en Natalja haar eind augustus kwamen halen, was ik droevig gestemd, omdat ik zo gehecht was geraakt aan dat kind dat altijd brabbelend haar handjes naar me uitstak. Ik wist op dat moment nog niet dat dit onze laatste familiereünie zou zijn. Maar ik zou me moeten aanpassen aan het nieuwe tijdsgewricht: het was gedaan met de grote huizen waarin verschillende generaties vrolijk met elkaar omgingen, lachten en zo nu en dan huilden. Iedereen leefde voortaan op zichzelf en zelfs ouders werden soms van elkaar gescheiden door hun beroep.

Ik zou achtenzestig worden. Mijn eigen leven deed er niet veel meer toe, maar één vraag bleef me achtervolgen: wie zou na mij onze familiegeschiedenis vastleggen? Op Polyxena hoefde ik niet te rekenen. Niet dat ze geen kwaliteiten bezat. Integendeel, met het klimmen der jaren was ze een sterke persoonlijkheid geworden: ze had een grote intuïtie en een uitstekende smaak, en met haar charme nam ze iedereen voor zich in. Ze werd echter te zeer in beslag genomen door haar eigen leven en het welslagen van haar kinderen om zo'n taak op zich te nemen.

De brieven die ik ontving waren niet bepaald geruststellend. De Duitsers trokken op naar Riga en Jelena bereidde zich er net als het merendeel van haar buren op voor om zich in Petrograd te vestigen. De Koltsjins waren al naar hun luxueuze buiten in Odessa vertrokken.

Zina leefde samen met grootvorst Boris, maar de toestand in het land was zo ernstig dat niemand zich om haar reputatie bekommerde. Vladimir sprak zelfs openlijk over de relatie tussen Boris en zijn zus. Zowel in Odessa als in Petrograd heerste een gevoel van onzekerheid en was de stemming somber. Onder aanvoering van de revolutionairen braken vrijwel overal opstanden uit, en iedereen wachtte gespannen op de afloop, waarvan men al bevroedde dat die tragisch zou zijn.

En dat was ook zo.

8

'Tezamen met mij, de tsaar en God zal Rusland ten onder gaan.' Met deze verwensing, die Raspoetin had uitgesproken vlak voordat hij in de ijskoude golven van de Neva verdween, eindigde het jaar.

Polyxena beschreef me de moord op de monnik tot in de kleinste details. Zij had het van grootvorst Dmitri gehoord. Prins Joesoepov en een stel van zijn vrienden, onder wie Dmitri, hadden besloten de monnik uit de weg te ruimen vanwege zijn occulte krachten, zijn losbandige leven en zijn invloed aan het hof. En inderdaad had hij de tsaar en de tsarina volledig in zijn ban, overtuigd als ze waren dat alleen 'de man van God' hun zoon Alexis, die aan hemofilie leed, kon genezen.

Maar wie had er gelijk? Was Raspoetin een heilige of een cynische charlatan? Niemand kende de ware identiteit van deze *moezjiek*, die ontegenzeggelijk hypnotiserende krachten bezat. Wellicht kwamen de geruchten die over hem de ronde deden voort uit jaloezie.

De moord, zo vertelde Polyxena, zou worden gepleegd bij prins Joesoepov, die Raspoetin op de afgesproken dag uitnodigde. Na wat beleefdheden te hebben uitgewisseld werden er thee en koekjes geserveerd, waarvan Raspoetin er eentje nam en toen plotseling met een spotlach zei: 'Ik weet dat er gif in deze koekjes zit, maar het is verspilde moeite.'

Joesoepov reageerde hoogst verontwaardigd op die aantijging, ook al was hij er heilig van overtuigd dat de monnik een paar tellen later dood zou neerstorten. Maar hoe ongeloofwaardig het ook klinkt, het gif werkte niet. Toen Raspoetin na enige tijd opstond om afscheid te nemen van het gezelschap, liep Joesoepov ineens naar een tafel, pakte een pistool en schoot zijn gast in koelen bloede enkele keren in de rug. Raspoetin wankelde, maar wist toch rechtop naar de deur te lopen. Bang voor de gevolgen van de mislukte aanslag, raakten de aanwezigen in paniek en als op commando stortten alle mannen zich op de arme monnik. Ze bonden hem vast en besloten hem in de Neva te gooien, aangezien Raspoetin niet kon zwemmen. Maar voordat hij in dat ijskoude water belandde, riep hij tegen hen: 'Tezamen met mij, de tsaar en God zal Rusland ten onder gaan.' Wat een afschuwelijk einde; de eerste gruweldaad gepleegd door mannen die zich de handhavers van het recht waanden.

Dat jaar begon in alle opzichten slecht: veel van onze soldaten deserteerden, omdat ze niet de moed bezaten buiten onze landsgrenzen te vechten; toch weerden we ons goed aan het front en hadden we een offensief ingezet tegen Armenië en Boekovina.

In februari raakten de gebeurtenissen in een stroomversnelling: op de 23ste brak de revolutie uit, op 2 maart trad de tsaar af en enkele dagen later werd hij samen met zijn gezin gevangengezet in Tsarskoje Selo en nam Ljov zijn plaats in.

Raspoetin had gelijk: het heilige Rusland was stervende.

Algauw werd corresponderen lastig, en die maand ontving ik slechts twee brieven: de ene van Natalja, waarin ze haar echtscheiding aankondigde, en de andere van Zina, die zei dat de bevolking geteisterd werd door de Spaanse griep, verspreid door soldaten die waren teruggekeerd van het front. 'De mensen sterven bij bosjes. De oorlog maakt nog minder slachtoffers dan deze vreselijke ziekte,' schreef mijn kleindochter, die waarschijnlijk uit vrees voor de censuur niet op de politieke situatie inging.

Daarna niets meer – stilte. Ik vervloekte het dat we zo ver weg woonden. Hoe ging het met mijn familie? Hoe kon ik dat te weten komen? Ik huiverde de hele tijd en had het idee dat ik rondwaarde in een nachtmerrie.

En toen kwam Vladimir op een dag naar Alisia, vergezeld door een beeldschone vrouw.

'Grootmoeder, dit is mijn verloofde, Valentina Soblina. Ik kom u nieuws over de familie brengen.'

'Snel, vertel, Vladimir.'

'Wees gerust. Met mama gaat het goed, ook al maakt ze zich grote zorgen over de toekomst. Ze is onze meubels aan het verkopen en verwacht volgende maand hierheen te komen. Zina woont samen met Boris – die twee laten elkaar nooit meer alleen – en Natalja staat elke avond op het toneel, en Fjodor is onlangs hertrouwd met Natasja Afanasiev en woont tegenwoordig in Odessa.'

'En de tsaar?'

'Die zit nog altijd samen met zijn gezin gevangen in Tsarskoje Selo. Hij mag niet meer worden aangesproken met "hoogheid", maar alleen met Nikolaj Romanov. Ik wil weg uit dit land, ik herken het niet meer. Samen met Valentina neem ik de boot naar Frankrijk, waar we gaan trouwen.'

En inderdaad kwam Vladimir drie dagen later afscheid van me nemen voordat hij aan boord zou gaan van een van de weinige buitenlandse schepen die Jalta nog aandeden.

De week daarop arriveerde Polyxena samen met Nikolaj Nikolajevitsj, maar zonder Zina, die Boris niet wilde achterlaten, en zonder Natalja, die weigerde weg te gaan. Zij bleef met haar dochtertje in Petrograd. Van Polyxena hoorde ik dat een zekere Kerenski een voorlopige regering had gevormd en dat de situatie van de tsaar nog altijd hetzelfde was. Maar grootvorst Boris had men wonder boven wonder ongemoeid gelaten.

'Ik wacht op hen en daarna vluchten we met z'n allen naar Frankrijk,' zei Polyxena. 'En Wilhelm en u zouden er verstandig aan doen met ons mee te gaan,' voegde ze eraan toe.

'Maar je denkt toch niet dat ik Jelizaveta achterlaat? En waar moeten we daarginds van leven? Ik blijf op Alisia, in mijn Rusland.'

Wilhelm was het met me eens, en Polyxena, die zag dat we vastbesloten waren, roerde het onderwerp niet meer aan.

De dagen verstreken en Zina was nog steeds niet gearriveerd.

Na een maand kwam ze eindelijk: ze ondersteunde een sterk vermagerde, onherkenbare man. Mijn kleindochter was zelf ook slechts een schim van wie ze ooit was geweest.

'Daar zijn we dan eindelijk! Maakt u zich maar geen zorgen over Boris,' zei ze toen ze ons verschrikt naar hem zag kijken. 'Toen we uit Tsarskoje Selo vertrokken, was hij op sterven na dood, maar nu gaat het beter met hem. Kom, dan help ik een kamer voor hem klaar te maken. Zodra ik hem in bed heb geholpen, zal ik u over onze odyssee vertellen.'

Voordat hij naar zijn kamer ging, zei de grootvorst tegen mij: 'Dank u voor uw gastvrijheid, mevrouw. Het is zeer slecht gesteld met ons land. Nicki en zijn gezin zitten nog steeds gevangen en God mag weten welk lot hun te wachten staat. Ik geef u mijn erewoord: ik hou zielsveel van uw kleindochter en zodra we Rusland ontvlucht zijn, zal ik met haar trouwen.'

Ik was diep ontroerd en twijfelde niet aan zijn oprechtheid. Eindelijk zou Zina dan toch in het huwelijk treden met de neef van onze arme tsaar.

Even later kwam Zina terug. We hadden allemaal vol ongeduld zitten wachten om het verhaal over hun avonturen te horen. Zina stak van wal.

Net toen we besloten hadden Tsarskoje Selo te verlaten en de tsaar en zijn gezin aan hun lot te moeten overlaten, aangezien niemand naar hen toe mocht, werd Boris ziek. De arts die ik onmiddellijk liet roepen, gaf te kennen dat hij zich grote zorgen maakte: Boris had griep gekregen en leed aan hepatitis. Omdat de koorts maar niet wilde zakken en hij ijlde, bleef ik dag en nacht aan zijn bed en hoorde ik hem wartaal uitslaan. Maar één zin herhaalde hij heel vaak: 'Mama, haar juwelen, we moeten John zoeken.'

Wie was die John? Ik vroeg het aan zijn kamerdienaar. Die vertelde me dat het de naam was van de huismeester van Boris' moeder, grootvorstin Maria, en dat hij zich schuilhield in haar huis. Ik besloot er in mijn eentje heen te gaan.

Omdat bij de hoofdingang gewapende soldaten de wacht hielden, liep ik door de tuinen in de hoop een andere ingang te vinden, maar overal stuitte ik op wachters. Met geen mogelijkheid kon ik het huis binnenkomen. Ik wilde net weer in het rijtuig stappen toen een oude man op me af kwam en met een sterk Engels accent tegen me zei: 'Barysjnia, ik heb u samen met mijn meester, grootvorst Boris, bij de paardenkoersen gezien. Mijn ambassade heeft een plek voor me geregeld op een schip dat morgen naar Engeland vertrekt. Maar voor die tijd móét ik de grootvorst spreken.'

'Dat kan helaas niet. De grootvorst is ernstig ziek en zal u waarschijnlijk niet herkennen. Bovendien is het gevaarlijk om naar hem toe te gaan. Ik ben hierheen gekomen in de hoop John te vinden, de huismeester van zijn moeder, want in zijn ijldromen heeft de grootvorst het vaak over hem en...'

'Maar die John, dat ben ik. Luister, barysjnia,' zei hij terwijl hij zijn stem liet dalen, 'ik heb de juwelen van de grootvorstin in mijn bezit. Kom mee, dan geef ik ze aan u, want de broers van de grootvorst zijn al gevlucht.'

John liep om het rijtuig heen om te kijken of er iemand was. Niemand. Daarna dook hij een poort in. Ik moest een hele poos wachten tot hij terugkwam, met een pak dat hij in oude kranten had gewikkeld.

'Ik vertrouw ze toe aan u. De grootvorstin heeft tegen me gezegd: 'Als er iets ernstigs gebeurt, pak dan mijn juwelenkistje en geef het aan Boris, maar alleen aan hem.'

'Ik beloof u dat ik haar wens zal respecteren. Geef me uw adres in Engeland. Zodra we uit Rusland weg zijn, ook al weet ik niet wanneer dat is, zal ik u schrijven.'

Hoewel hij ernstig verzwakt was, leek Boris heel even gelukkig toen hij het juwelenkistje zag.

Opnieuw maakte ik me zorgen: hoe kon ik met hem vertrekken, ziek als hij was? De avond ervoor had ik mannen rond het huis zien sluipen; we moesten opschieten. En toen kreeg ik een ingeving: de koetsier en ik brachten een *telega*, een paard met wagen, in gereedheid, waar we een dekzeil overheen legden. Zowel voor mezelf als voor de koetsier liet ik boerenkleding halen. Boris installeerden we op een veldbed op de wagen, omringd door tonnen en grote balen wasgoed. Zijn koffer deed dienst als tafeltje en het juwelenkistje schoven we samen met proviand onder het veldbed. Mijn eigen spulletjes had ik met wat kleren in een rieten mand gestopt.

Het was begin juli. Ik wilde naar Moskou, in de hoop dat we daar een trein naar Jalta zouden kunnen nemen. De arts van Boris, die nog een keer naar hem kwam kijken, had ons gewaarschuwd dat de volgende dag alle huizen van de grootvorsten gevorderd zouden worden. Wat er met de eigenaren zou gebeuren, daar was niet over gerept. Sommigen waren al gevlucht, maar wat de anderen te wachten stond, was onbekend. De arts gaf me medicijnen en vertrouwde zijn patiënt toe aan mijn zorgen. Met een vaderlijk lachje zei hij bemoedigend: 'Het gaat iets beter met hem. Ik hoop dat het u lukt. Houd moed! Gelukkig neemt God geliefden in bescherming!'

En die bescherming konden we zeker gebruiken. U moest eens weten hoe mijn hart tekeerging. Ik nam een grote verantwoordelijkheid op me. Niet alleen ondernam ik een reis met de liefde van mijn leven, maar ik hielp ook een lid van de keizerlijke familie te vluchten. Ik ging naast de koetsier zitten, die een kruisje sloeg, en toen gingen we op pad. Uiteraard moesten we grote steden mijden en zo reden we uitsluitend door dorpen helemaal naar Moskou. Met name aan het begin reisden we alleen 's nachts, uit angst dat een overijverige wachter zou kijken wat we vervoerden. Overdag hielden we ver weg van de dorpen halt op een afgelegen plek aan een rivier of aan de rand van een bos. Na twee dagen ging het wat beter met Boris, maar het geschud en het geratel van de wielen, die met ijzer waren beslagen, waren enorm vermoeiend voor hem.

Op een ochtend opende hij zijn ogen en zei: *'Moesjka,'* – vliegje, zo noemt hij me altijd – 'waar zijn we?' Toen ik hem dat vertelde, wilde hij overeind gaan zitten, maar dat vond ik niet goed.

Het duurde tien dagen voordat we de omgeving van Moskou bereikten. Niemand had ons lastiggevallen en Boris had geen koorts meer, maar kon nauwelijks op zijn benen staan. De koetsier, die al boerenkleding voor Boris had gekocht, moest hem helpen uit de telega te stappen. Het was warm en aan onze voeten kabbelde een beekje. Met veel genoegen liet Boris zich in het lauwe water zakken. Daarna verkleedde ik hem als boer en verborg ik zijn nachthemd onder de struiken van een talud. Nadat we het veldbed hadden opgevouwen en het dekzeil van de kar hadden gehaald, gingen we op de banken zitten. Heerlijk was dat, om eindelijk frisse lucht op te snuiven en Boris' hand te voelen. Op dat moment leek hij echter meer mijn kind dan mijn minnaar.

We reisden door naar Moskou. De arts had ons het adres gegeven van een verpleegster, Olga Pavlovna, in wie hij veel vertrouwen had. We werden welkom geheten door een potige, goedlachse vrouw, die kamers voor ons klaarmaakte en eten voor ons op tafel zette, maar zich daarna vooral over Boris ontfermde en zijn temperatuur en bloeddruk opnam. We waren opgewekt, want het leek ons heerlijk om in bad te kunnen en eindelijk weer in een echt bed te slapen.

De volgende dag kwam Olga Pavlovna opgewonden naar ons toe.

'Meneer, de tsaar en zijn gezin komen morgen hier op het station aan.'

'Dan ga ik naar ze toe. Dat moet,' zei Boris meteen.

'Maar dat is heel riskant, niet alleen voor u, maar ook voor hen. Ze worden dag en nacht bewaakt en niemand mag bij hen komen. Maar laat me erover nadenken, ik verzin wel iets.'

Daarna liet Olga ons alleen en ging ze naar het ziekenhuis waar ze werkte. Het was 7 juli en we vroegen ons af wat ze met het ongelukkige gezin van de tsaar zouden doen.

's Avonds kwam Olga met een stralend gezicht terug.

'Stelt u zich eens voor. Ze hebben het ziekenhuis gevraagd of ze voor morgenvroeg een verpleegster beschikbaar hebben. Toen ik hoorde dat het om tsarevitsj Alexis ging, die een hevige bloeding heeft gehad toen ze uit Petrograd vertrokken, heb ik me onmiddellijk aangemeld met mijn verpleeghulp. Meneer, als u het risico aandurft, neem ik u mee en dan kunt u hen zien.'

'Ik ga zeker met u mee, Olga Pavlovna. En wat er ook gebeurt, ik ben u eeuwig dankbaar.'

'Ik denk niet dat ze u zullen herkennen nu u zo vermagerd bent en een baard hebt, maar voor de zekerheid leen ik u een bril en een verplegersjas.'

Ondanks mijn smeekbeden liet Boris zich niet op andere gedachten brengen en de volgende dag ging hij 's ochtends vroeg op pad. Het wachten was een marteling. Ook al hield ik mezelf voor dat niemand in die magere verpleger een grootvorst zou herkennen, toch vreesde ik het ergste en was ik bang dat mijn grote liefde samen met de andere leden van zijn familie zou worden afgevoerd en dat ik hem nooit meer zou zien.

Rond een uur of één kwam Boris eindelijk terug. Hij was alleen en de aanblik van zijn ontstelde gezicht bracht me van slag. Huilend als een kind wierp hij zich in mijn armen. Ik plantte hem in een stoel en wiegde en suste hem tot hij rustig genoeg was om hem vragen te kunnen stellen, en nadat hij zichzelf weer in de hand had gekregen vertelde hij wat er op die vreselijke ochtend was gebeurd.

Toen we vertrokken, zijn we eerst bij het ziekenhuis langsgegaan om de verpleegsterstas van Olga Pavlovna te halen, plus wat instrumenten in een grote mand, die ze aan mij gaf. Daarna zijn we door een ambulance naar het station gebracht, waar een soldaat ons voorging naar een wagon met gesloten gordijnen die door twee andere soldaten werd bewaakt. Olga had me verzocht haar te helpen zonder iets te zeggen. Zij zou kijken wat het juiste moment was. Omdat ik wist wat voor risico ze liep, had ik haar mijn woord gegeven.

We werden een coupé binnengelaten, waar ik Alexis met gesloten ogen zag liggen. Mijn god, ik schrok ontstellend van zijn haast doorschijnende gezicht. Alexandra zat naast hem. Ze staarde zo intens naar haar dierbare zoon dat ze niet naar me opkeek. Het arme kind. Al vanaf zijn geboorte was zijn leven één grote lijdensweg geweest. Ik bleef bescheiden achter Olga staan en gaf haar de instrumenten waar ze vriendelijk, maar met gezag om vroeg. De benen van Alexis waren deels verlamd. Zijn ogen, die hij inmiddels had geopend, schitterden van de koorts en hij had zo'n pijn dat alles wat er om hem heen gebeurde hem onverschillig liet.

Plotseling gebeurde er een wonder. Toen Alexandra zich omdraaide en haar blik de mijne ving, keek ze me heel lang aan. Daarna zei ze vlak: 'Zou u mijn man willen halen in de coupé hiernaast?'

Ik knikte en stapte de gang op. De soldaat, die wat zat te dommelen, kwam niet in actie. Ik deed de deur open en ging de coupé binnen. Nicki zat aan het raam te roken. Maria, Tatjana, Olga en Anastasia zaten stilletjes om hem heen, en dat beklagenswaardige familietafereel werd slechts beschenen door een zwak, kaal peertje. Ik deed mijn mond open, maar kreeg geen woord over mijn lippen. Ik moest het tot twee keer toe proberen voordat het me lukte te zeggen: 'Uw vrouw vraagt naar u.'

Nicki hief zijn hoofd en keek me even met een droeve blik aan, maar ineens lichtte zijn gezicht op van verbazing: 'Boris,' fluisterde hij.

Iedereen keek me aan. Ik legde een vinger op mijn lippen en toen zei Nicki heel luid: 'Ik kom met u mee, even mijn sigaret uitmaken', en daarna, veel zachter: 'We gaan naar Siberië. Ik heb niets meer over mijn leven te zeggen. Bid voor ons. Moge God over je waken.' Daarna ging hij weg.

De meisjes staken hun armen naar me uit en grepen me vast. Anastasia, de spontaanste, vloog me zelfs om de hals, maar ik maakte me los uit haar omhelzing en om geen argwaan te wekken, ging ik terug naar Olga Pavlovna. Ik bewoog me alsof ik slaapwandelde en voerde haar bevelen werktuiglijk uit.

Ik weet niet hoelang we gebleven zijn. Misschien een minuut of twintig.

De stem van Olga Pavlovna bracht me terug naar de werkelijkheid. Op een gegeven moment zei ze: 'We zijn klaar.' Alexandra liep op haar af en bedankte haar. Daarna glimlachte ze tegen mij en pakte ze mijn handen vast. 'U ook bedankt.'

Het was voorbij.

Mijn handen beefden, ik wist niet meer wat ik deed. Ik keek naar Nicki, die me aanstaarde. Met tranen in de ogen ging de verpleegster weg en na hen nog één keer heel lang te hebben aangekeken volgde ik haar voorbeeld.

Daarna keerden we terneergeslagen en zwijgend terug naar huis. We waren volledig verdoofd door dat stille, droeve weerzien.

'Weet je, Moesjka, misschien is het wel van ons allemaal verkeerd geweest dat we een zorgeloos bestaan hebben geleid zonder ons te bekommeren om wat er om ons heen gebeurde. Maar dat geldt niet voor hem, niet voor Nicki. Hij had nooit keizer willen worden; dat was hem opgelegd door het lot. Voor hem telden alleen zijn vrouw en kinderen. Misschien bezat hij niet genoeg gezag, maar hij was zeer loyaal.'

Het duurde nog drie dagen voordat we treinkaartjes naar Jalta wisten te bemachtigen. Ik schonk de telega aan de koetsier met het advies naar zijn familie te gaan. Ik schafte kleren voor Boris aan, deze keer die van een ambtenaar, en beval hem voor de zekerheid zijn bril op te houden en zijn baard te laten staan. Voordat we naar het station gingen, gaf hij Olga, die attent als altijd een grote mand met proviand voor ons had klaargemaakt, een klein horloge van blauw email aan een gouden ketting.

De trein was bomvol en als haringen in een ton zaten we samengepakt met een voltallig gezin: ouders, drie kinderen en een niania. Maar ik verkoos hun luidruchtigheid boven de aanwezigheid van ambtenaren, die misschien nieuwsgierig waren geweest en allerlei vervelende vragen zouden hebben gesteld. Naarmate we Moskou verder achter ons lieten, werd het leven kalmer. Iedereen wijdde zich volgens een vast ritueel aan zijn taak. Als je al die boeren zag die het hooi binnenhaalden, zou je haast niet geloven dat ons land was getroffen door een historische tragedie.

Zo, dat was mijn verhaal, nu ga ik weer naar Boris.

Zodra Zina weg was, daalde er een stilte neer in het vertrek. Eindelijk waren we allemaal samen. We hadden blij moeten zijn. Toch waren Polyxena, Nikolaj Nikolajevitsj, Wilhelm, Jelizaveta en ik allemaal in de greep van een angst die waarschijnlijk voortkwam uit het gevoel van onzekerheid dat Boris en Zina met zich mee hadden genomen.

Over een tijdje zou ik Zina, dat frêle kindje dat ik had grootgebracht en dat de gebeurtenissen nu zo moedig en koelbloedig het hoofd bood, nooit meer zien. Ik probeerde haar nog kinderlijke, innemende gezicht en haar sierlijke, fraaie gestalte in mijn geheugen te prenten. Binnenkort zou ze me verlaten, waarschijnlijk voor altijd. Mijn hart kromp ineen. Een schakel maakte zich los van de keten. Aan de arm van een man die bijna twintig jaar ouder was dan zij en dol op haar was, ging Zina haar toekomst tegemoet.

Een paar dagen later vertrokken de grootvorst en mijn kleindochter naar Anapa, een badplaats aan de Zwarte Zee, waar grootvorstin Maria, de moeder van Boris, en zijn broer Andrej al waren. Er was geen sprake van dat ze in hetzelfde hotel zouden verblijven, want de grootvorstin weigerde Zina en Malia Krasinski, die samenleefde met Andrej, te ontvangen. Zoals het een brave en liefhebbende zoon betaamt, moest hij voor Malia en Zina een ander hotel vinden, en hij verdeelde zijn tijd tussen hen en zijn moeder.

Ik kon slechts met moeite bevatten dat Polyxena ook weg zou gaan. Nikolaj Nikolajevitsj was naar Jalta gegaan om daar op de kade te proberen plaatsen te bemachtigen op een buitenlands schip. Door alle gebeurtenissen deden echter steeds minder schepen Jalta aan, terwijl steeds meer mensen wilden vertrekken. Dus luidde het antwoord steevast: 'Wachten.'

Over Natalja hoorden we niets, maar tot onze verrassing kwam Fjodor wel langs met zijn nieuwe vrouw, die van een uitzonderlijke schoonheid was. Hij had gehoopt dat zijn dochtertje bij ons zou zijn en was zeer teleurgesteld. Polyxena verzekerde hem dat alles goed ging met Natasja, en dat ze erg op hem leek. Daar was hij heel trots op. Ik bood hem thee aan, maar hij zei hij dat hij liever een glaasje wodka wilde, en toen ik zijn schitterende ogen en zijn lichtelijk trillende handen zag, kwam er een beeld van Vladimir bij me boven, uit de tijd dat hij was begonnen met drinken. Fjodor kletste en lachte, maar zijn vrolijkheid leek me gekunsteld en ik merkte dat het hem frustreerde dat hij zijn land niet had kunnen verdedigen. Hij zag de toekomst somber in.

'Eerst een oorlog en vervolgens een revolutie – daar komt Rusland nooit snel bovenop,' zei hij, nadat hij om nog een glas wodka had gevraagd.

Zijn vrouw, die zijn toestand niet in de gaten had, keek hem teder aan. Arme Fjodor! Ondanks zijn beeldschone echtgenote leek hij niet gelukkig. Wat vrat er aan hem? Dat zou ik echter nooit te weten komen. Een paar maanden na hun bezoek vernam ik dat zijn vrouw en hij gestorven waren tijdens een vreselijke tyfusepidemie die Odessa teisterde. Het nieuws over zijn dood deed me verdriet; alleen het feit dat zijn ouders bij hem waren op het moment dat hij stierf, bood me enige troost.

Fjodor had een roerig leven geleid en wellicht had hij geen aanleg om gelukkig te zijn, maar zijn fantasie en vermetelheid maakten hem uitzonderlijk innemend. Hij was een van de eerste piloten die proefvluchten maakten met de door Sikorski ontworpen bommenwerpers, en voor zijn aan roekeloosheid grenzende moed tijdens de oorlog had hij twee Sint-Gregoriuskruizen gekregen. Afgezien van de herinneringen aan zijn charme had hij ons zijn dochtertje achtergelaten, van wie hij intens veel had gehouden.

Een vriendin van Natalja, die met haar toneelgezelschap

naar Jalta was gekomen, kwam ons nieuws over haar brengen. Zo hoorde ik dat ze was hertrouwd met Nikolaj Vasilje-
vitsj Petrov, een schouwburgdirecteur, en dat Natasja hersteld was van de roodvonk, waar haar moeder zich grote
zorgen om had gemaakt. Over wat er allemaal gaande was in
het land vertelde de vriendin niets, en wij vroegen er niet
naar. We wisten wel dat een zekere Lenin, de grote marxisti-
sche theoreticus en instigator van de revolutie van 1905, de
regering van Kerenski omver had geworpen en de macht had
gegrepen.

Ondanks allerlei beloftes wilde niet één boot Boris en zijn
familie aan boord nemen, en daarom kwam Zina naar Alisia
om Crown te smeken een goed woordje voor hen te doen. Nikolaj Nikolajevitsj had het geluk dat hij naar Roemenië kon
en een week later keerde hij terug met goed nieuws: hij had
voor Boris en Zina toestemming verkregen om naar Frankrijk
te gaan. Nu moesten ze nog een boot zien te vinden. Er werd
hun aangeraden eerst de Calypso, een Engelse oorlogsbo-
dem, te proberen, maar de kapitein weigerde; daarna vroegen ze het aan de kapitein van de Malborough. Die stemde
toe, maar op voorwaarde dat alleen Boris zou inschepen.

Net toen we radeloos begonnen te worden, vertelde Zina
ons op 6 april dat commandant Musseler van La Scarpe, een
Frans escortevaartuig, bereid was iedereen naar Constanti-
nopel te brengen. Wat een opluchting! Ze zouden de volgende ochtend bij het krieken van de dag uitvaren. In allerijl
moesten er koffers worden gepakt. Er heerste zo'n koortsachtige sfeer dat we nauwelijks de tijd hadden om te treuren
over het naderende afscheid.

Op 7 april 1919 haalde een sloep eerst Zina en Boris, en
daarna Polyxena en Nikolaj Nikolajevitsj op. Het afscheid
was kort, maar heftig. Ik gaf mijn dochter een icoon die van
mijn moeder was geweest, en om zeven uur was het voorbij.

Toen ik door een verrekijker het schip zag wegvaren voelde ik vanbinnen een wond openspringen die nooit meer zou helen.

Wilhelm stond naast me. Hij zweeg, maar was er voor me. Wat zou de toekomst ons brengen? Het antwoord liet niet lang op zich wachten.

Uitgerust met bloedige vaandels trok een 'gewapende horde' Jalta binnen. Overal zag het rood, rood en nog eens rood.

De deurbel ging, en toen ik opendeed stond er een militair op de stoep.

'Kameraad, we hebben je huis nodig. Onze commandant komt morgen langs om je instructies te geven.'

Wat kon ik daarop zeggen? Ik moest me erbij neerleggen. Ik dacht aan mijn dierbaren. Godzijdank waren ze op tijd vertrokken.

Om mijn verdriet te verzachten ging ik 's avonds aan de piano zitten – een luxe, een vaarwel. Ik speelde wat er in me opkwam en liet de herinneringen aan mijn vader, mijn moeder, Nikolaj, en Koersk met zijn nachtegalen om me heen zweven.

Ineens ging de deur van de zitkamer open en schrok ik op. Toen ik mijn hoofd omdraaide zag ik Berthold staan.

'Dag, Zinaïda. Kijk, het lot heeft ons opnieuw samengebracht. Ik ben blij jou en Wilhelm weer te zien. Ben ik welkom?'

'Je weet heel goed dat mijn huis altijd voor je openstaat, Berthold.'

Terwijl we theedronken hoorde ik dat Berthold een van Lenins adviseurs was die de opdracht hadden gekregen de bezetting van Odessa te organiseren. Hij vertelde dat heel Rusland in handen van de bolsjewieken was en bevestigde het gerucht, dat ons al ter ore was gekomen, dat Odessa als zoveel andere steden het toneel was geweest van plunderingen, verkrachtingen en slachtpartijen. Ik verwachtte dat hij die excessen botweg zou vergoelijken met een afgemeten opmerking als: Weet je, Zinaïda, je kunt de maatschappelijke orde nu eenmaal niet omverwerpen zonder bloedvergieten. Maar nee. Hij vertelde alleen dat de tsaar en zijn gezin dood waren, zonder te melden hoe dat precies was gebeurd, en bezorgd over het heden zei hij vervolgens: 'Zinaïda, ik moet je huis vorderen. Toen ik hoorde dat Alisia van jou was, speelde er maar één gedachte door mijn hoofd: je helpen en je beschermen. Jij hebt toch ooit mijn leven gered? Ik denk dat ik zelfs al een oplossing heb bedacht, zodat je hier kunt blijven wonen. We noemen je huis de nationale volksbibliotheek tot nut van het algemeen. Ik zal kisten met propagandaboeken sturen, waarin eigentijdse schrijvers het opnemen voor onze zaak. Wilhelm wordt bibliothecaris en jij pianolerares; dan zijn jullie beiden nuttige burgers voor het land. Lijkt jullie dat iets?'

Zijn voorstel leek ons weldoordacht; bovendien hadden we geen keus. Al de volgende dag gingen we aan de slag: we haalden de meubels beneden weg en bouwden kasten. De nieuwe gezagsdragers, die graag in een goed blaadje wilden komen te staan bij de adviseur van Lenin, zorgden ervoor dat er met grote spoed stapels boeken werden geleverd, die wij sorteerden, indeelden en van een nummer voorzagen. Tante Jelizaveta deed haar uiterste best om ons daarbij te helpen.

Boven behield ik drie slaapkamers en in een ander, groter vertrek, dat voortaan als zitkamer dienstdeed, zette ik de piano neer. Alle sporen van luxe in onze inrichting haalde ik weg en aan de hand van een lijst met verboden schrijvers die Berthold had opgesteld, vernietigde ik alle compromitterende literatuur.

Op de voorgevel kwam een gigantisch bord te hangen, waarop Berthold het opschrift NATIONALE VOLKSBIBLIO-

THEEK TOT NUT VAN HET ALGEMEEN had laten aanbrengen en daaronder, in kleinere letters: PIANOLESSEN.

Berthold bleef een week bij ons. Ik merkte dat Wilhelm zich aanvankelijk niet op zijn gemak voelde in het gezelschap van Lenins afgezant, maar gaandeweg verbeterde hun relatie, ook al werden ze geen vrienden, en gingen ze minder stijfjes met elkaar om, maar gesprekken over politiek meden ze, alsof ze dat stilzwijgend hadden afgesproken. Ik vond Berthold trouwens menselijker dan vroeger; hij was veel minder stellig in zijn opvattingen. De revolutie waaraan hij zijn hele leven had gewijd, en de tragedies waar dat toe had geleid en waar hij de ogen niet voor kon sluiten, hadden hem misschien aan het denken gezet over de betekenis van begrippen als vrijheid en gelijkheid, die hij vroeger had misbruikt.

Voordat hij wegging gaf Berthold ons door hem ondertekende documenten waarin de nieuwe status van het huis was vastgelegd, en raadde hij ons aan die zorgvuldig te bewaren. En na dat blijk van broederschap verdween hij uit ons leven, ongetwijfeld voor altijd.

Op 4 oktober 1919 werd ik tweeënzeventig. Wat viel er nog te vertellen? Waarschijnlijk niets.

In de lente van 1920 kwam Natalja echter onverwacht bij ons langs, met aan haar hand een klein meisje. Vanwege ernstige pleuritis had ze een tijd in Odessa moeten doorbrengen en toen ze eenmaal was hersteld, was ze naar Alisia gekomen, zonder te weten of ik nog leefde.

Heerlijk vond ik het om die kinderen weer te zien. We hadden elkaar heel veel te vertellen. Het eerste nieuwtje was dat Natalja een zoontje had, Sergej, dat op 17 oktober 1919 was geboren. Zelf speelde ze in het Poesjkin-theater in Petrograd onder leiding van haar echtgenoot en ze was een beroemde actrice geworden. Ik vond haar knap, maar mager en toen ik dat zei, antwoordde ze: 'In Petrograd heerst hongersnood en die ziekte heeft ook niet geholpen. Moet je zien hoe bleek Natoesja is. Ik denk dat ik haar in de zomer naar haar min stuur.'

Ik keek naar het kleine meisje met die rustige, ernstige blik in haar enorme grijsblauwe ogen in dat veel te spichtige gezicht.

Toen ik haar hand vastpakte lachte ze tegen me.

'Ik ben baboesjka.'

'Weet ik,' zei ze.

Ineens kreeg ik een ingeving en voelde ik een warme golf van geluk door mijn lichaam stromen.

'Natoesja, als je later groot bent, wil je dan het verhaal van onze familie opschrijven?'

Ze nestelde zich op mijn schoot en terwijl ze haar armen om me heen sloeg, gaf ze me een kus.

'Ja, baboesjka, dat beloof ik.'